AF204832

Das Buch
Ihr Freund Alex hat endlich um ihre Hand angehalten, und zum ersten Mal seit Langem ist die TV-Produzentin Laurie Moran wieder richtig glücklich. Doch mitten in die Hochzeitsvorbereitungen platzt ein neuer Fall für sie und ihre Sendung »Unter Verdacht«: Vor fünf Jahren wurde der charmante, hochangesehene junge Arzt Dr. Martin Bell in seiner Auffahrt erschossen. Der Täter konnte unbekannt fliehen. Nun fordern Martins verzweifelte Eltern von Laurie, den Fall noch einmal aufzurollen. In ihren Augen steht die Schuldige ohnehin fest: Martins psychisch labile Witwe Kendra, die sich nun allein um die kleinen Kinder kümmert. Der Fall bewegt Laurie zutiefst, schließlich wurde vor ein paar Jahren ihr eigener Mann vor den Augen ihres Sohnes ermordet. Also übernimmt sie und gräbt sich immer tiefer in die erschütternden Zusammenhänge. Was ihr dabei komplett entgeht: Anscheinend ist sie selbst ins Visier eines Stalkers geraten. Eines Stalkers, der nichts anderes als ihren Tod plant ...

Die Autorin
Mary Higgins Clark (1927–2020), geboren in New York, lebte und arbeitete in Saddle River, New Jersey. Sie zählte zu den erfolgreichsten Thrillerautorinnen weltweit. Ihre große Stärke waren ausgefeilte und raffinierte Plots und die stimmige Psychologie ihrer Heldinnen. Mit ihren Büchern führte Mary Higgins Clark regelmäßig die internationalen Bestsellerlisten an und erhielt zahlreiche Auszeichnungen, u. a. den begehrten »Edgar Award«. Sie starb am 31. Januar 2020 im Kreis ihrer Familie.

Ein ausführliches Werkverzeichnis findet sich am Ende dieses Buchs.

MARY HIGGINS CLARK

ALAFAIR BURKE

DENN DU GEHÖRST MIR

THRILLER

Aus dem Amerikanischen von Karl-Heinz Ebnet

WILHELM HEYNE VERLAG
MÜNCHEN

Die Originalausgabe *You Don't Own Me* erschien erstmals 2018
bei Simon & Schuster, New York.

FSC
www.fsc.org

MIX
Papier aus verantwor-
tungsvollen Quellen
FSC® C014496

Penguin Random House Verlagsgruppe FSC® N001967

Vollständige Taschenbuchausgabe 08/2021
Copyright © 2018 by Nora Durkin Enterprises, Inc.
All rights reserved. Published by arrangement with
the original publisher, Simon & Schuster Inc.
Copyright © 2020 der deutschsprachigen Ausgabe
by Wilhelm Heyne Verlag, München,
in der Penguin Random House Verlagsgruppe GmbH,
Neumarker Str. 28, 81673 München
Redaktion: Claudia Alt
Printed in Germany
Umschlaggestaltung: © Nele Schütz Design München/
Margit Memminger unter Verwendung
von shutterstock/Marina Poushkina
Satz: Leingärtner, Nabburg
Druck und Bindung: GGP Media GmbH, Pößneck
ISBN: 978-3-453-44135-4

www.heyne.de

Für meinen ersten Urenkel,
William Warren Clark
Willkommen in der Welt, Will!

MARY

Für David und Hiedi Lesh,
Cheers!

ALAFAIR

PROLOG

Um ein Haar wäre der sechzigjährigen Caroline Radcliffe eine der Untertassen aus der Hand gefallen, die sie ins übervolle Sideboard räumen wollte, als sie einen Schrei aus dem Familienzimmer hörte. Sofort hatte sie ein schlechtes Gewissen, weil sie die Kinder für einen kurzen Moment aus den Augen gelassen hatte. Sie hatte aus dem Fenster gesehen und sich gefreut, dass sie nun, Ende März, mit den Kindern bald wieder mehr Zeit im Freien verbringen konnte.

Sie ging nachsehen. Der vierjährige Bobby sauste an ihr vorbei und glucks aufgeregt vor sich hin. Im Familienzimmer fand sie die zweijährige Mindy heulend auf dem Boden sitzen, wo sie mit ihren blauen Augen auf die Bauklötzchen starrte, die überall um sie herum verstreut lagen.

Caroline erkannte sofort, was sich abgespielt hatte. Bobby war zwar ein süßer kleiner Junge, nur ärgerte er hin und wieder gern seine jüngere Schwester. Gelegentlich war Caroline versucht, ihn zu warnen: Irgendwann würden die Mädchen den Spieß umdrehen. Aber dann dachte sie sich, dass die beiden eben Geschwister waren und ihre Streitigkeiten besser unter sich selbst ausmachen sollten.

»Es ist doch alles gut, Mindy, Liebes«, sagte sie tröstend. »Ich helfe dir, wir bauen alles wieder so auf, wie es gewesen ist.«

Aber Mindy zog eine Schnute und stieß die neben ihr liegenden Klötzchen noch weiter weg. »Will nicht!«, heulte sie. Und als Nächstes verlangte sie unmissverständlich nach ihrer *Mama*.

Caroline seufzte, hob sich Mindy auf die Hüfte und hielt die Kleine im Arm, bis sie sich beruhigt hatte.

»Schon besser«, sagte Caroline. »So kenne ich meine Mindy.«

Mindys Vater, Dr. Martin Bell, hatte sehr deutlich zu verstehen gegeben, dass Caroline die Kinder nicht wie Kleinkinder behandeln sollte. Seiner Ansicht nach verstieß sie bereits gegen seine Regel, wenn sie Mindy auf den Arm nahm.

»Belohnung und Strafe, darum geht es doch«, sagte er gern. »Ich will sie ja nicht mit Hunden vergleichen, aber ... na ja, so lernen Tiere eben. Sie will, dass man sie in den Arm nimmt. Kommt man ihr jedes Mal entgegen, kriegt sie nur einen Anfall, wenn man es einmal nicht tut, und dann gibt es ständig Tränen.«

Nun, zum einen gefiel es Caroline überhaupt nicht, dass er Kinder mit Hunden verglich. Und zum anderen wusste sie ebenfalls das eine oder andere über Erziehung. Sie hatte selbst zwei erwachsene Kinder und als Kinderfrau sechs weitere mit großgezogen. Die Bells waren ihre vierte Familie, und ihrer Meinung nach hatten sich Bobby und Mindy ein wenig zusätzliche Liebe und Zuneigung durchaus verdient. Ihr Vater arbeitete die ganze Zeit und hatte für alles im Haus seine Vorschriften, auch für die kleinen Kinder. Und ihre Mutter ... nun, ihre Mutter machte gerade eine schwere Zeit durch. Sie war der Grund, warum Caroline überhaupt im Haushalt mithalf, obwohl die Mutter zu Hause war.

»Bobby!« Sie hatte seine Schritte auf der Treppe gehört. »Bobby!«, rief sie ihm hinterher. Solange Dr. Bell nicht da war, konnten sie und die Kinder im Haus einigen Lärm veranstalten. »Ich hab ein Wörtchen mit dir zu reden. Und du weißt auch, warum, junger Mann!«

Caroline hatte die Kleinen zwar ins Herz geschlossen, dennoch ließ sie sich von ihnen nicht auf der Nase herumtanzen.

Sie setzte Mindy am Fußende der Treppe ab. Mit jedem Schritt wurde Bobby langsamer, um das Unvermeidliche wenigstens hinauszuzögern. Unsicher ging Mindys Blick zwischen Caroline und Bobby hin und her, gespannt wartete sie darauf, was als Nächstes passierte.

»Lass das bitte sein«, wies Caroline Bobby zurecht. Dann zeigte sie auf Mindy. »Und du weißt, was sich gehört?«

»Es tut mir leid, Mindy«, murmelte er.

»Ich glaube nicht, dass ich dich gehört habe«, sagte Caroline.

»Es tut mir leid, dass ich deine Bauklötze umgeworfen habe.«

Caroline wartete, bis Bobby seine Schwester etwas widerstrebend umarmt hatte. Aber die nach wie vor wütende Mindy wollte von der Entschuldigung nichts wissen.

»Bobby ist gemein!«, heulte sie.

In diesem Moment war das Rumpeln des Garagentors zu hören, das draußen geöffnet wurde. Das Heim der Bells war zweifellos das exklusivste Haus, in dem sie jemals gearbeitet hatte. Es handelte sich um eine Remise aus dem späten neunzehnten Jahrhundert, ein ehemaliges Kutschenhaus mit Pferdestall, das renoviert und mit allen modernen Annehmlichkeiten ausgestattet worden war, unter anderem mit dem ultimativen Luxus in Manhattan: einer unterirdischen Parkgarage.

Daddy war zu Hause.

»Vielleicht räumt ihr beide das Chaos im Zimmer auf, bevor euer Vater es zu Gesicht bekommt.«

Popp! Popp! Popp!

Caroline entfuhr ein Aufschrei, und die Kinder fingen sofort zu weinen an.

»Das waren bloß Feuerwerksböller«, sagte sie so ruhig wie möglich, obwohl ihr Herz raste und sie wusste, dass sie sich nicht getäuscht hatte: Es waren Schüsse gewesen. »Geht nach oben, ich sehe mal nach, wer hier so einen Radau veranstaltet.«

Als die beiden Kinder halb oben auf der Treppe waren, eilte sie zur Eingangstür und lief die Stufen zur Einfahrt hinab. Das

Licht im Innenraum von Dr. Bells BMW brannte, die Fahrertür stand halb offen. Dr. Bell war über das Lenkrad gesackt.

Langsam ging Caroline weiter, bis sie vor der offenen Autotür stand. Sie sah das Blut. Sie sah genug, um zu wissen, dass Dr. Bell nicht überleben würde.

Panisch lief sie nach drinnen und rief den Notruf. Irgendwie schaffte sie es, der Leitstelle die Adresse mitzuteilen. Erst als sie aufgelegt hatte, fiel ihr Kendra ein, die sich in ihrem benommenen Zustand wie gewöhnlich oben aufhielt.

Großer Gott, wer bringt es bloß den Kindern bei?

1

Fünf Jahre später arbeitete Caroline immer noch in der Remise, aber vieles hatte sich verändert. Mindy und Bobby waren nicht mehr ihre Babys. Sie waren fast mit der ersten und dritten Klasse fertig. Und sie weinten nur noch selten, selbst wenn über ihren Vater geredet wurde.

Und Mrs. Bell – Kendra, wie Caroline sie mittlerweile oft nannte –, hatte sich vollkommen gewandelt. Sie verschlief nicht mehr die Tage. Sie war eine gute Mutter. Und sie arbeitete, weshalb es zu den Aufgaben von Caroline gehörte, die Kinder zweimal in der Woche von der Wohnung ihrer Großeltern in der Upper East Side abzuholen. Eine Aufgabe, an der keiner von ihnen sonderlich Gefallen fand. Verglichen mit seinen Eltern war Dr. Bell ein wahrer Freigeist gewesen.

Caroline hatte gerade deren Wohnung verlassen und war mit den Kindern bereits auf halbem Weg zum Aufzug, als die Großmutter ihr hinterherrief. Sie drehte sich um. Beide Großeltern standen nebeneinander vor ihrer Wohnungstür. Dr. Bell war schmal, fast hager, die dünnen Haarsträhnen hatte er sich quer über den Schädel gekämmt. Als Leiter der Gefäßchirurgie am renommierten Mount Sinai Medical Center war er es gewohnt gewesen, dass alle nach seiner Pfeife tanzten. Obwohl er sich seit nunmehr neun Jahren im Ruhestand befand, hatte sich sein mürrischer Gesichtsausdruck, den er Tag für Tag im Krankenhaus zur Schau gestellt hatte, nicht geändert.

Von Cynthias früherer Schönheit – mittlerweile war auch sie schon in den Achtzigern – konnte keine Rede mehr sein. Von den vielen Stunden in der Sonne war ihre Haut trocken und runzlig geworden. Ihre Mundwinkel hingen stets nach unten und verliehen ihr einen permanent beleidigten Ausdruck.

»Ja?«, fragte Caroline.

»Hat Kendra wenigstens *versucht*, diese Fernsehproduzentin für Martins Fall zu interessieren?«, fragte Dr. Bell.

Caroline lächelte höflich. »Es steht mir nicht zu, anderen zu erzählen, mit wem sich Mrs. Bell unterhält ...«

»Sie meinen *Kendra*«, unterbrach er sie unwirsch. »Meine Frau ist die einzige Mrs. Bell. Diese Frau ist nicht mehr mit meinem Sohn verheiratet, weil mein Sohn in seiner Einfahrt erschossen wurde.«

Caroline zwang sich zu einer freundlichen Miene. Oh, sie erinnerte sich sehr genau an das, was sich ein halbes Jahr zuvor wegen dieser Fernsehproduzentin abgespielt hatte. Robert und Cynthia waren nach Mindys Tanzaufführung, die nach der Schule stattgefunden hatte, mit nach Hause gekommen und hatten dort Kendra von *Unter Verdacht* erzählt, einer Sendung, die sich ungelöster Verbrechensfälle annahm. Ohne Kendras Wissen hatten sie das Produktionsstudio angeschrieben und darum gebeten, Martins ungeklärten Mordfall in die Sendung zu nehmen.

Die einzig wahre Mrs. Bell, Cynthia, mischte sich nun ein. »Kendra sagte uns, dass die Produzentin, eine gewisse Laurie Moran, den Fall abgelehnt hat.«

Caroline nickte. »Genau das ist passiert. Kendra war darüber ebenso verärgert wie Sie. Aber jetzt muss ich Ihre Enkelkinder nach Hause bringen, bevor meine Arbeitszeit endet«, sagte sie noch, obwohl sie nie auf die Uhr schaute.

Als sie kurz darauf im Fahrstuhl in die Lobby des Apartmenthauses, in dem die Bells wohnten, nach unten fuhren, beschlich sie ein ungutes Gefühl: Die beiden würden die Sache nicht auf sich beruhen lassen, da war sie sich sicher. Den Namen Laurie Moran würde sie noch öfter zu hören bekommen.

2

Auf ... und ab ... auf ... und ab ...« Laurie Moran strampelte zu ohrenbetäubenden Techno-Beats und im Lichtgeflacker ähnlich einer Disco aus den späten Siebzigerjahren. Der Mann vor ihr gab erneut ein begeistertes »Wow!« von sich, was sicherlich keinen zusätzlichen gesundheitlichen Nutzen haben dürfte.

Rechts von ihr grinste ihre Freundin Charlotte – sie hatte den morgendlichen Spinning-Kurs vorgeschlagen – und wischte sich mit einem kleinen Tuch über die Stirn. In der lauten Musik war sie nicht zu verstehen, aber Laurie las ihr von den Lippen ab: »Gib's zu, du findest es toll!« Linda Webster-Cennerazzo auf der anderen Seite sah dagegen genauso erschöpft aus wie sie selbst.

Nein, Laurie fand es nicht toll. Kurzzeitig war sie erleichtert, als ein ihr bekannter Song loswummerte, aber dann machte ihr perfekt gebräunter und durchtrainierter Leiter alles wieder zunichte, als er brüllte: »Leute, am Knöpfchen drehen. Zeit für den nächsten Anstieg!«

Laurie fasste zum Drehrad an ihrem Indoor Cycling Bike, doch statt nach rechts drehte sie zwei Stufen nach links. Ein höherer Tretwiderstand war jetzt das Letzte, was sie brauchte, ganz zu schweigen vom inneren Widerwillen, den es auch noch zu überwinden galt.

Aber dann war die Tortur endlich vorbei, und sie folgte den übrigen ausgelaugten Teilnehmern gemeinsam mit Charlotte und Linda zu den Umkleiden. Das Studio war mit denen, die Laurie bislang gekannt hatte, nicht zu vergleichen. Es gab mit

Eukalyptusöl getränkte Handtücher, flauschige Bademäntel und einen richtigen Wasserfall in der Saunalandschaft.

Das Make-up dauerte bei Laurie keine zehn Minuten. Die schulterlangen Haare musste sie nur waschen und föhnen, dazu trug sie einen Moisturizer und etwas Mascara auf. Sie streckte sich auf einem Liegestuhl aus, während sich Charlotte zu Ende schminkte.

»Ich will einfach nicht glauben, dass du dir diese Qual viermal pro Woche antust«, sagte Laurie.

»Ich auch nicht«, pflichtete Linda bei.

»Und dreimal davon Crosstraining, vergesst das nicht«, sagte Charlotte.

»Jetzt gib doch nicht so an«, erwiderte Linda etwas pikiert.

»Hört mal, ich hab mich dafür entschieden, weil ich in der Arbeit die meiste Zeit nur rumsitze und mit Kunden zum Essen gehe. Ihr beide seid beruflich und auch privat viel auf den Beinen.«

»Das kannst du laut sagen«, kam es von Linda, die sich auf den Weg zur Dusche machte.

Laurie wusste, dass Charlotte schon aus beruflichen Gründen in Topform sein musste. Sie war die Vorsitzende der New Yorker Niederlassung ihres Familienunternehmens Ladyform, eines bekannten Herstellers von Sportbekleidung für Frauen. »Wenn ich noch mal mitkommen sollte, setze ich mich in den Heißwasserbottich neben dem Wasserfall und überlasse das Strampeln dir.«

»Wie du willst, Laurie. Außerdem finde ich, dass du genau richtig bist, so wie du bist. Aber du hast schließlich gesagt, dass du besser in Form kommen willst vor deiner großen Hochzeit.«

»Es wird keine *große* Hochzeit«, protestierte sie. »Und ich weiß auch nicht, was ich mir dabei gedacht habe. Diese Hochzeitsmagazine setzen einer Frau nur dumme Ideen in den

Kopf: Designer-Kleider, ein Meer aus Blumen und Unmengen an Tüll. Mir ist das alles zu viel. Ich bin wieder zur Vernunft gekommen.«

Aber der Gedanke an ihre bevorstehende Hochzeit mit Alex erfüllte Laurie mit großer Freude. »Wenn Timmys Schuljahr vorbei ist, machen wir irgendwas Kleines und unternehmen eine Familienreise«, sagte sie so gelassen wie möglich.

Charlotte schüttelte missbilligend den Kopf, während sie eine Tube Haargel in ihrem schwarzen Prada-Lederrucksack verstaute. »Laurie, glaub mir. Vergiss die Familienreise. Schließlich sind das eure Flitterwochen. Die solltet ihr wirklich zu zweit verbringen. Und Leo wird während eurer Abwesenheit liebend gern auf Timmy aufpassen.«

Laurie bemerkte, dass eine Frau im nächsten Gang ihr Gespräch belauschte, und senkte die Stimme. »Charlotte, ich hatte eine große Hochzeit mit Greg. Diesmal möchte ich eine kleine Feier. Alles, was zählt, ist, dass Alex und ich endlich zusammen sind. Für immer.«

Laurie hatte den Strafverteidiger Alex Buckley kennengelernt, als sie ihn als Moderator für ihre Fernsehsendung *Unter Verdacht* angeheuert hatte. In der Arbeit war er schnell zu ihrem engsten Vertrauten geworden, bald darauf in ihrem Privatleben aber zu wesentlich mehr als das. Als er seinen Rückzug von der Sendung verkündete, um sich ganz seiner Anwaltskanzlei widmen zu können, war sich Laurie nicht mehr ganz sicher gewesen, welchen Platz er in ihrem Leben einnahm. Mit Greg hatte sie bereits die große Liebe gefunden, und nach seinem Tod war sie vollauf damit beschäftigt gewesen, die beruflichen Anforderungen mit den Pflichten einer alleinerziehenden Mutter unter einen Hut zu bringen. Sie hatte geglaubt, vollends zufrieden zu sein, bis Alex ihr unmissverständlich klargemacht hatte, dass er mehr von ihr wollte, als sie ihm seiner Meinung nach zu geben bereit war.

Nach einer dreimonatigen Auszeit musste sie erkennen, dass sie ohne Alex schrecklich unglücklich war. Also hatte sie ihn angerufen und gebeten, mit ihr zum Essen zu gehen. Bereits beim Auflegen hatte sie gewusst, die richtige Entscheidung getroffen zu haben. Mittlerweile waren sie seit zwei Monaten verlobt. Und sie hatte sich an den von Alex ausgewählten Platinring mit dem Diamant-Solitär gewöhnt.

Doch ehrlicherweise konnte sie sich nicht erinnern, Alex jemals nach *seinen* Wünschen gefragt zu haben.

Sie versuchte sich selbst in einem tollen weißen Kleid zu sehen, in dem sie durch einen langen Mittelgang schritt, hatte aber immer nur Greg vor Augen, der vor der Kirche auf sie wartete. Und wenn sie sich ausmalte, mit Alex das Ehegelübde abzulegen, sah sie sich irgendwo im Freien, umgeben von Blumen, möglicherweise sogar barfuß an einem Strand. Wenn es nach ihr ginge, sollte es etwas Besonderes sein und vor allem anders als bei ihrer ersten Hochzeit. Aber auch das war etwas, was *sie* wollte.

Sie war schon fast an der Tür zu ihrem Büro, als sie bemerkte, dass ihre Assistentin Grace Garcia ihre Aufmerksamkeit zu gewinnen versuchte. »Erde an Laurie? Bist du da?«

Sie blinzelte, und damit war sie wieder in der Realität. »Tut mir leid, ich glaube, ich bin immer noch ganz hinüber von dem Spinning-Kurs, zu dem Charlotte mich geschleppt hat.«

Grace sah sie mit ihren großen dunklen Augen an. Die langen schwarzen Haare hatte sie zu einem strengen *Bezaubernde-Jeannie*-Knoten hochgesteckt, dazu trug sie ein Wickelkleid und kniehohe Stiefel – deren lediglich sieben Zentimeter hohe Absätze nach Graces Maßstäben als flache Treter durchgingen.

»Spinning ist gerade schwer angesagt«, erwiderte Grace. »Das ganze Getöse, und die Leute in ihren abgefahrenen Klamotten, als wären sie auf der Tour de France. Meine Liebe, du bist in einem Fitness-Studio auf der 5th Avenue.«

»Es war definitiv nichts für mich. Du hast mir was gesagt, als ich noch nicht ganz hier war?«

»Genau. In der Lobby warten Besucher auf dich. Sie saßen schon da, als ich am Morgen kam. Laut der Security sind sie vor acht eingetroffen und wollten auf jeden Fall bleiben, bis du kommst.«

Laurie freute sich über den Erfolg ihrer Sendung, auf so manche Begleiterscheinungen aber hätte sie gut und gern verzichten können. Dazu gehörten Fans, die kurz mal im Studio »vorbeischauen« wollten, um sich ein Selfie oder ein Autogramm abzuholen.

»Es sind auch wirklich keine Fans von Ryan?« So populär Alex beim Publikum auch gewesen war, die jüngere Generation fand ihren jetzigen Moderator Ryan Nichols schlicht »zum Niederknien«.

»Sie wollen zu dir, keine Frage. Du erinnerst dich noch an den Fall Martin Bell?«

»Natürlich.« Einige Monate zuvor hatte Laurie gedacht, der Fall würde sich perfekt für *Unter Verdacht* eignen – ein renommierter Arzt wurde in der Einfahrt zu seinem Haus erschossen, nur wenige Meter von seiner Frau und seinen Kindern entfernt, die sich im Haus aufhielten.

»Seine Eltern sind im Konferenzraum B. Sie behaupten, seine Frau sei die Mörderin, und sie wollen, dass du es beweist.«

3

Konferenzraum B«, wie Grace ihn bezeichnet hatte, trug mittlerweile offiziell den Namen »Bernard B. Holder Konferenzraum«. Studiochef Brett Young hatte ihn nach Holders Pensionierung im Jahr davor so getauft. Holder, noch länger im Studio beschäftigt als Brett selbst, hatte so unterschiedliche Kategorien wie Soaps, politische Enthüllungsstorys und ein Reality-TV-Format geleitet, das mit der Realität nicht mehr viel zu tun gehabt hatte.

Grace allerdings bezeichnete den Raum nach wie vor mit seinem alten Namen. Wie oft hatte Laurie Bernie für seine anzüglichen Witze, die oft auf Graces Kosten gegangen waren, zurechtweisen wollen, aber Grace hatte immer nur ein höfliches Lächeln für ihn übrig gehabt. »Ich werde noch lange nach ihm da sein«, hatte sie dann gesagt. Und genau so war es gekommen.

Laurie hörte schon die lauten Stimmen von drinnen, als sie sich der Tür näherte. Kurz hielt sie inne. Die Frau sprach davon, das Vergangene hinter sich zu lassen und zum Wohle der Kinder endlich Frieden zu finden. »Ich sehe es nicht gern, wenn der Name der Familie in den Schmutz gezogen wird.«

Ihr Mann war deutlicher zu verstehen. Er klang verbittert und wütend. »Es interessiert mich nicht die Bohne, was mit dem Namen der Familie geschieht. Sie hat unseren Sohn umgebracht.«

Ein paar Sekunden wartete Laurie noch, bevor sie den Raum betrat. Mrs. Bell richtete sich auf ihrem Stuhl auf, ihr Mann schien bereits gestanden zu haben.

Laurie stellte sich als die Produzentin von *Unter Verdacht* vor.

»Dr. Robert Bell.« Sein Händedruck war fest, aber kurz.

Die Hand der Frau war kaum zu spüren. »Nennen Sie mich Cynthia«, sagte sie leise.

Laurie sah, dass Grace bereits die Gastgeberin gespielt hatte. Beide hielten Pappbecher mit einer Kartonmanschette zum Schutz vor der heißen Flüssigkeit in der Hand.

»Meine Assistentin hat mir gesagt, Sie seien schon sehr früh hier gewesen.«

Dr. Bell sah sie mit eisigem Blick an. »Um ehrlich zu sein, Ms. Moran, wir haben angenommen, dass nur so ein Treffen mit Ihnen zustande kommt.«

Es war nicht zu übersehen, dass mindestens einer der beiden ihr gegenüber feindselig eingestellt war. Sie hatte keine Ahnung, aus welchem Grund. Sie wusste nur: Robert und Cynthia Bell hatten ihr einziges Kind durch Mord verloren, und das hieß, dass sie, Laurie, um jeden Preis freundlich zu ihnen sein wollte.

»Bitte nennen Sie mich Laurie. Und, Dr. Bell, nehmen Sie doch bitte Platz und machen Sie es sich bequem.« Sie deutete auf den leeren Stuhl gleich neben seiner Frau. Er sah sie argwöhnisch an, aber Laurie verstand es, andere so zu behandeln, damit sie sich entspannten. Sie spürte fast, wie sein Blutdruck sank, als er sich auf dem ledernen Konferenzstuhl niederließ.

»Ich nehme an, Sie sind wegen Ihres Sohnes hier. Ich bin mit dem Fall vertraut.«

»Natürlich«, erwiderte Dr. Bell barsch, was ihm einen missbilligenden Blick seiner Frau eintrug. »Entschuldigen Sie. Ich gehe davon aus, dass Sie eine viel beschäftigte Frau sind. Aber ich hoffe, Sie kennen wenigstens den Namen meines Sohnes und die Umstände seines schrecklichen Todes. Immerhin haben wir Sie kontaktiert. Wir haben das Schreiben an Sie selbst verfasst, jedes Wort davon stammt von uns gemeinsam.« Er griff nach der Hand seiner Frau. »Es war nicht leicht, wissen Sie, erneut von dem fürchterlichen Abend zu erzählen. Wir haben unseren Sohn identifizieren müssen. So war das eigentlich nicht vorgesehen, dass wir die nächste Generation überleben.«

»Jahrelang haben wir keine Kinder bekommen«, sagte nun Cynthia. »Wir dachten schon, es würde nicht mehr passieren. Und dann, als ich schon vierzig war, wurde er geboren. Für uns grenzte es an ein Wunder.«

Laurie nickte, sagte aber nichts. Zuhören und Schweigen war oft das Beste, was sie für die Hinterbliebenen eines Mordopfers tun konnte, wie sie auch aus eigener leidvoller Erfahrung wusste.

Cynthia räusperte sich. »Wir möchten es einfach von Angesicht zu Angesicht hören: Warum wollen Sie uns nicht helfen, den Mörder unseres Sohnes zu finden? Sie haben so vielen anderen Familien geholfen. Warum ist unser Sohn Ihre Mühe nicht wert?«

Zu Lauries schwierigsten Aufgaben gehörte es, die Briefe, E-Mails, Facebook-Einträge und Tweets der Hinterbliebenen zu sichten. Es gab so viele ungelöste Mordfälle. Menschen verschwanden einfach. Ihre Freunde und Familienangehörigen schickten Laurie häufig ausführliche Chroniken zu den Fällen, dazu Geschichten zum Ermordeten. Fotos vom Schul- oder Universitätsabschluss, Babybilder, geschilderte Lebensträume, die nie mehr in Erfüllung gehen würden – manchmal kamen Laurie dabei die Tränen. Ihrer Ansicht nach schadete es den Familien eher, wenn sie sie kontaktierte und ihnen persönlich mitteilte, dass sie ihren Fall nicht übernehmen könne. Manchmal aber – wie jetzt – wollten die Familien es von ihr persönlich hören.

»Es tut mir sehr leid.« So oft Laurie Angehörigen die Nachricht schon überbracht hatte, es wurde nicht einfacher für sie.

»Es geht nicht darum, dass das Fall Ihres Sohnes weniger wert wäre als andere. Ich weiß, er hatte kleine Kinder, er war ein hochangesehener Arzt. Wir können nur in einigen wenigen Fällen pro Jahr ermitteln. Daher müssen wir uns auf jene konzentrieren, von denen wir wirklich glauben, dass wir Fortschritte erzielen können, wo die Polizei bislang erfolglos geblieben ist.«

»Die ermittelnden Beamten waren erfolglos«, sagte Dr. Bell. »Noch nicht einmal einen Tatverdächtigen können sie vorweisen, von einer Verhaftung oder Verurteilung ganz zu schweigen. Aber wir müssen jetzt mit ansehen, wie Martins Mörderin seine Kinder großzieht.«

Er musste den Namen der Verdächtigen gar nicht erwähnen. Laurie wusste, dass er von seiner ehemaligen Schwiegertochter sprach. Sie hatte zwar nicht mehr alle Einzelheiten im Kopf, wusste aber, dass die Ehefrau in der Beziehung unglücklich gewesen war und anscheinend zu nicht geklärten Zwecken Geld abgehoben hatte.

»Das ist eigentlich das Schlimmste«, sagte Cynthia. »Schlimm genug, mit dem Wissen leben zu müssen, dass Kendra unseren Sohn umgebracht hat und ungeschoren davongekommen ist. Aber Großeltern haben kein festgeschriebenes Recht, ihre Enkelkinder sehen zu dürfen. Wussten Sie das? Wir haben Anwälte damit betraut. Solange sie nicht von einem Gericht für schuldig an Martins Tod befunden wird, hat sie das uneingeschränkte Sorgerecht über die Kinder. Das heißt, wir müssen nett zu dieser Frau sein, damit wir Bobby und Mindy nicht verlieren. Es macht einen ganz krank.«

»Es tut mir leid«, wiederholte Laurie. »Es ist immer eine schwierige Entscheidung für uns.«

Durch die viele Post, die im Sender landete, hatte Laurie erfahren, dass es Abertausende von ungelösten Mordfällen im Land gab. Rätsel warteten darauf, gelöst zu werden. Aber in vielen dieser Fälle gab es keinerlei Spuren, die man hätte verfolgen, keine losen Fäden, die man hätte zusammenführen können. Nichts, wo man hätte weitergraben können. Wenn Laurie ihre Arbeit machen wollte, brauchte sie Indizien, Hinweise, denen nachzugehen sich lohnte. Sie hatte den Mordfall Martin Bell ursprünglich in die engere Auswahl genommen, weil er vielversprechend klang. Und er hatte den Vorteil, dass sie in New York bleiben konnte. Solange Timmy noch zur Schule ging, wollte sie so wenig wie möglich reisen.

Leider stellte sich heraus, dass der Fall doch nicht so geeignet war. *Unter Verdacht* brauchte einen Verdächtigen oder mehrere Verdächtige, die bereit waren, vor laufender Kamera ihre Unschuld zu beteuern. Hier gab es keine Polizei, keine Strafverteidiger, keine Rechtsbelehrung, nur schonungslose Fragen. Nicht jeder Tatverdächtige war bereit, sich dem auszusetzen.

»Wie der Titel der Sendung schon sagt«, führte Laurie weiter aus, »sind wir auf die Mitarbeit derjenigen angewiesen, die nach der Tat jahrelang im Schatten des Verdachts gelebt haben.«

»Welche anderen Verdächtigen gibt es denn noch?«, fragte Dr. Bell.

»Dieser Frage gehen wir nach, wenn wir glauben, mit der Produktion beginnen zu können.«

»Aber Sie haben doch soeben zu verstehen gegeben, dass Sie aus diesem Grund den Fall unseres Sohnes nicht annehmen können. Sie brauchen die Kooperation der Verdächtigen, wenn man so will.«

»Ja.«

»Also, wer sind die anderen Verdächtigen? Vielleicht können wir sie ja dazu bewegen, an der Sendung mitzuwirken.«

»So weit sind wir leider nie gekommen.« Laurie hatte das Gefühl, als drehte sich die Unterhaltung im Kreis. Von Anfang an, nach dem Brief der Bells und der kursorischen Durchsicht der Presseberichterstattung, war Laurie klar gewesen, dass erneute

Ermittlungen im Mordfall Martin Bell die Mitarbeit seiner Witwe Kendra erforderlich machten. Wäre sie zur Teilnahme bereit, hätte Laurie zusammen mit ihr, der Polizei und anderen Zeugen daran arbeiten können, andere potenzielle Tatverdächtige ausfindig zu machen und sich deren Mitwirkung zu sichern. Aber nachdem Kendra Bell unmissverständlich deutlich gemacht hatte, auf keinen Fall in *Unter Verdacht* auftreten zu wollen, hatte sich Laurie einem anderen Fall zugewandt. Jetzt verstand sie nicht, warum die Bells deshalb so verwundert waren.

»Kendra war unsere einzige und alleinige Verdächtige«, sagte Dr. Bell. »Die Polizei hat sie zwar offiziell nie der Tat verdächtigt, uns aber sehr deutlich zu verstehen gegeben, dass sie ganz oben auf ihrer Liste stand. Was brauchen Sie denn noch?«

Plötzlich ging Laurie ein Licht auf. Mit einem Mal glaubte sie den Grund für diese Verwirrung zu kennen.

»Sie meinen also, Kendra wäre nach wie vor bereit, an der Sendung teilzunehmen?«, fragte Laurie auf gut Glück.

»Absolut!«, kam es prompt von Cynthia Bell. In ihren Augen flackerte Hoffnung auf. »Sie war sehr aufgebracht, dass Sie sich monatelang Zeit gelassen haben, um eine Entscheidung zu treffen, und dann abgelehnt haben. Ach, bitte, sagen Sie uns, dass Sie es sich noch einmal überlegen wollen.«

Laurie lächelte höflich. »Ich kann nichts versprechen. Aber ich werde noch einmal einen Blick auf den Fall werfen, nur um sicherzugehen, dass ich auch nichts übersehen habe.«

Laurie hatte sich nicht mehrere Monate Zeit mit ihrer Entscheidung gelassen, und sicherlich hatte nicht sie den Fall abgelehnt. Kendra Bell hatte Robert und Cynthia Bell angelogen, und Laurie war jetzt entschlossen, den Grund dafür herauszufinden.

4

Nachdem Laurie die Bells zum Aufzug begleitet hatte, kehrte sie in ihr Büro zurück. Sie konnte es kaum erwarten, die Einzelheiten zum Mordfall Martin Bell durchzugehen. Sie erinnerte sich, wie aufgeregt sie damals gewesen war, als sie im Wust der liegen gebliebenen Fanpost auf den Brief seiner Eltern gestoßen war. Der Fall schien wie gemacht für ihre Sendung. Martin Bell galt nach allem, was man hörte, als liebevoller Vater und brillanter Arzt und stammte aus einer bekannten New Yorker Familie. Sein Vater war früher Leiter der Chirurgie am Mount Sinai gewesen und sein Großvater Generalbundesanwalt des Staates New York. Der Name Bell fand sich an mehr als nur einer Handvoll Gebäude im Bundesstaat.

Und dann wurde Martin, der geliebte Sohn, vor seinem wunderschönen Haus im Greenwich Village erschossen.

Ein hervorragender junger Arzt – und Vater –, aus dem Nichts heraus in Downtown Manhattan ermordet. Natürlich hatte sie damals an Greg denken müssen. Wie hätte es anders sein können?

Die Ähnlichkeiten zu Gregs Fall aber endeten hier bereits. Lauries Sohn Timmy war Zeuge am Mord seines Vaters geworden. Der damals Dreijährige hatte so seine Version einer Täterbeschreibung liefern können, die vor allem auf den Augen des Mörders beruhte: »Der Mann mit den blauen Augen hat meinen Daddy erschossen ... der Mann mit den blauen Augen hat es getan!« Martin Bells Kinder hingegen hatten sich zur Tatzeit mit der Kinderfrau im Haus aufgehalten, niemand hatte den Mord in der Einfahrt gesehen.

Und im Unterschied zu Kendra Bell war Laurie auch niemals als Tatverdächtige eingestuft worden. Klar, man hatte ihr in den fünf Jahren, in denen der Mord an Greg unaufgeklärt blieb, gelegentlich argwöhnische Blicke zugeworfen. Für manche war in solchen Fällen automatisch der Ehepartner schuldig. Aber Lauries Vater war zu jener Zeit noch als stellvertretender Polizeichef im NYPD tätig, kein Polizist hätte es gewagt, ihr gegenüber auch nur die Andeutung eines Verdachts laut auszusprechen, solange es keine stichhaltigen Beweise dafür gab.

Kendra jedoch war von der New Yorker Boulevardpresse regelrecht durch den Fleischwolf gedreht worden. Schon vor seiner Ermordung war Martin Bell so etwas wie eine Berühmtheit gewesen. Er galt als aufstrebender Star an der neurologischen Abteilung der New Yorker Universität, bevor er seine eigene Praxis eröffnete, mit der er sich auf die Schmerztherapie spezialisierte. Er war Autor eines Bestsellers über Schmerzreduzierung mittels Homöopathie, Stressvermeidung und physikalischer Therapie und betrachtete die Verschreibung von Medikamenten sowie chirurgische Eingriffe nur als allerletztes Mittel. Greg, erinnerte sich Laurie, hatte einmal gesagt, er hätte sehr viel weniger Patienten in der Notaufnahme, wenn sich mehr Ärzte an Dr. Bells Ratschläge halten würden. Je berühmter Bell wurde, desto häufiger wurde er als Wundertäter angesehen.

Das Bild, das in der Öffentlichkeit von ihm kursierte, hätte allerdings in keinem größeren Gegensatz zu dem seiner Ehefrau stehen können. Fotos wurden veröffentlicht, auf denen Kendra einen verwirrten, fast verwahrlosten Eindruck machte. Es stellte sich heraus, dass sie Stammgast in einer Kellerbar im East Village war und große Summen vom gemeinsamen Konto der Eheleute abgehoben hatte. Nach manchen Berichten soll sie zum Zeitpunkt des Mordes dermaßen weggetreten gewesen sein, dass die Kinderfrau sie nicht wachgekriegt hatte.

Schlagzeilen bezeichneten sie als »Schwarze Witwe« oder als »Junkie-Mom«, weil sie angeblich ein heftiges Drogenproblem hatte.

Nach ersten Online-Recherchen hatte Laurie Kendra in der Hoffnung kontaktiert, sie würde es begrüßen, dass ein großer TV-Sender ihr die Möglichkeit bot, der Öffentlichkeit ihre Version der Geschichte zu präsentieren. Laurie gefiel der Gedanke, ihre Sendung könnte den Angehörigen und Freunden des Mordopfers helfen, die Tragödie endlich hinter sich zu lassen. Sie half jedenfalls denen, deren Leben in der Schwebe hing, die zwar niemals verhaftet oder eines Verbrechens angeklagt wurden, aber den argwöhnischen Blicken nicht entkamen. Und würden Kendras Kinder, wenn sie älter wurden, nicht erfahren wollen, wer ihren Vater umgebracht hatte? Sollten die Kinder denn nicht mit absoluter Sicherheit wissen, dass ihre Mutter keine Schuld traf? Laurie jedenfalls wusste noch sehr genau, wie verzweifelt sie sich in Gregs Mordfall nach Antworten gesehnt hatte.

Als aber Laurie vier Monate zuvor Kendra zu Hause besucht hatte, damit sie die Teilnahmeerklärung unterzeichnete, hatte die Witwe zu verstehen gegeben, dass sie kein Interesse daran habe. Sie hatte sämtliche Gründe vorgebracht, die Laurie in solchen Fällen immer zu hören bekam: Sie wolle die Polizei nicht gegen sich aufbringen, weil eine Fernsehsendung bei ihren Recherchen womöglich weiterkäme als die Ermittlungsbehörden. Sie habe endlich Arbeit gefunden und sich ein neues Leben ohne Martin aufgebaut und fürchte nun, dass ihr aufgrund der erneuten Aufmerksamkeit nur abermals der Zorn der Öffentlichkeit entgegenschlage. Vor allem aber seien ihre Kinder mittlerweile alt genug, um mitzubekommen, dass ihre Mutter im Fernsehen auftrete. »Ich will nicht, dass sie das alles durchmachen müssen, solange Sie mir nicht absolut garantieren können, dass Sie den Mörder meines Mannes finden.«

Dieses Versprechen konnte ihr Laurie natürlich nicht geben.

Das alles klang äußerst vernünftig.

Jetzt aber war Laurie im Besitz neuer Informationen.

Sie fand Grace in Jerry Kleins Büro, das gleich neben dem ihren lag. Manchmal vergaß Laurie glatt, dass Jerry in seiner Anfangszeit im Studio ein schüchterner, etwas linkischer Praktikant gewesen war. Mittlerweile war er Lauries Produktionsassistent, und sie konnte sich gar nicht vorstellen, wie sie ohne ihn zurechtkommen sollte.

»Grace hat mir gerade erzählt, dass Martin Bells Eltern heute Morgen hier aufgetaucht sind«, sagte Jerry.

Laurie war anscheinend nicht die Einzige, die sich noch an den Fall erinnerte.

»Wir hatten ein überaus interessantes Gespräch«, erzählte Laurie. »Sie scheinen zu glauben, dass Kendra es gar nicht erwarten kann, in der Sendung aufzutreten. Anscheinend hat sie ihnen gegenüber gesagt, dass *ich* diejenige sei, die den Fall abgelehnt hat.«

Jerry und Grace, wie immer Lauries eifrigste Fürsprecher, bestätigten sofort, wie begeistert sie sich damals gezeigt hatte.

»Warum sollte Kendra Bell also diesbezüglich lügen?«, fragte Jerry.

»Genau das möchte ich herausfinden.«

Erst jetzt bemerkte Laurie, dass der Moderator der Sendung, Ryan Nichols, an Jerrys Tür lehnte. Er platzte gern unangekündigt in ihre Treffen und hatte überhaupt eine Art, die Laurie hin und wieder ziemlich auf die Nerven ging.

»Was wollen wir herausfinden?«, fragte er jetzt.

Laurie musste sich immer wieder seine Qualifikationen ins Gedächtnis rufen, die durchaus für sich sprachen: Magna-cum-laude-Abschluss an der juristischen Fakultät in Harvard, danach Anstellung am Obersten Gerichtshof, schließlich eine angesehene Stelle als Bundesstaatsanwalt. Zu Lauries Bedauern hatte er dann aber beschlossen, dass ihn seine unzweifelhafte juristische Begabung auch für eine Fernsehkarriere befähige, obwohl er auf diesem Gebiet keinerlei Erfahrung vorweisen konnte. Laurie hingegen hatte dagegen eine Ausbildung als Journalistin durchlaufen und sich anschließend zur Produzentin hochgearbeitet.

Ryan hatte lediglich ein paar Auftritte als Nachrichtensprecher, bevor er seine Vollzeitstelle für ihren Sender antrat. Neben seiner Arbeit als Moderator für *Unter Verdacht* fungierte er als Rechtsbeistand für andere Sendungen und hatte auch die eine oder andere Idee für ein eigenes Format, wobei ihm ein gutes Aussehen in der Fernsehbranche sicherlich zugute kam. Er hatte blonde Haare, große grüne Augen und ein umwerfendes Lächeln – und natürlich gehörte zu seinen Ideen ausnahmslos, dass er vor der Kamera stand. Richtig störte sich Laurie aber an Ryans Unwillen, wahrhaben zu wollen, dass sein großer Karriereschub hauptsächlich der engen Freundschaft zwischen seinem Onkel und Lauries Chef Brett Young geschuldet war. Brett war im Allgemeinen nur schwer zufriedenzustellen, in seinen Augen wurde aber alles, was Ryan anfasste, zu Gold. Trotz Ryans offizieller Funktion als »Moderator« verlangte Brett von Laurie, dass sie Ryan in alle Abläufe der Produktion mit einband.

»Wir haben gerade über den Martin-Bell-Fall gesprochen«, sagte Laurie. »Der Arzt, der in seiner Einfahrt im Greenwich Village erschossen wurde.«

Laurie hatte Ryan nicht mit einbezogen, als sie im vergangenen Herbst erste Recherchen dazu angestellt hatte.

»Ach, ja. Es war doch wohl die Ehefrau, oder? Der Fall wäre perfekt für uns.«

Er sagte das in einem Ton, als wäre er der Erste gewesen, als wäre vor ihm noch keiner auf die Idee gekommen.

Grace und Jerry tauschten einen genervten Blick aus. Ihr Ärger auf Ryan war mit der Zeit nicht weniger geworden, während Laurie Ryans Rolle allmählich für sich akzeptieren konnte – so unverhältnismäßig groß sie auch sein mochte.

»Ich hatte mit Kendra – das ist die Ehefrau – um Thanksgiving herum einige Gespräche, aber sie wollte nichts von der Sendung wissen.«

»Weil sie schuldig ist«, entgegnete Ryan selbstgefällig.

Am liebsten hätte Laurie ihn gefragt, wie oft er sich erst irren musste, bevor er einmal unvoreingenommen an einen ihrer Fälle herangehen würde. »Na ja, zu der Zeit schien es ihr vor allem wichtig gewesen zu sein, die Privatsphäre ihrer Kinder zu schützen. Jetzt aber habe ich den Eindruck, dass sie ihren Schwiegereltern etwas anderes erzählt hat.« Sie fasste ihr Gespräch mit den Bells kurz zusammen. »Ich habe vor, sie heute, wenn sie von der Arbeit nach Hause kommt, zu überraschen. Möchtest du vielleicht mitkommen? Du kannst dann ja den guten Bullen spielen.«

»Um wie viel Uhr?«

»Um fünf, spätestens. Wir dürfen nicht zu spät kommen.« Alex' Amtseinführung als Bundesrichter war auf 18.30 Uhr angesetzt, und Laurie würde um nichts in der Welt auch nur eine Minute davon verpassen wollen.

»Klingt gut«, erwiderte er. »Ich lese mich in den Fall noch ein.«

Nachdem Ryan fort war, sahen Jerry und Grace zu Laurie, als hätten sie gerade miterleben dürfen, wie die Capulets und Montagues ewigen Frieden schlossen.

»Was?«, fragte Laurie mit einem Schulterzucken. »Wenn mich mein Gefühl nicht trügt, hat mich Kendra bei unserem letzten Treffen angelogen. Es kann also nicht schaden, wenn ich einen ehemaligen Staatsanwalt dabei habe.«

Als Laurie in ihr Büro zurückkehrte, wurde ihr mal wieder bewusst, dass sie Ryan nur eines vorwerfen konnte: dass er nicht Alex Buckley war, Ryans Vorgänger als Moderator der Sendung. Aber jetzt waren sie und Alex verlobt, er fehlte ihr nicht mehr bei der Arbeit. Jetzt würde sie immer mit ihm zusammen sein. Da sollte sie Ryans Unzulänglichkeiten locker ertragen.

5

Caroline ermahnte Bobby, dass die fünf Minuten, die sie ihm für sein Videospiel gegeben hatte, längst abgelaufen seien. Er vollführte noch einige letzte Bewegungen in seinem Kart-Racing-Game, bevor er ihrer Aufforderung nachkam.

Er reichte ihr das Tablet und gesellte sich zu seiner Schwester, die auf dem Sofa saß und mit einem Puzzle beschäftigt war, das sie bereits Dutzende Male zusammengesetzt hatte. Die beiden Geschwister waren immer schon sehr unterschiedlich gewesen. Bereits als Kleinkind schien Mindy in ihrer eigenen Welt zu versinken, während ihr Bruder Bobby immer unterhalten werden wollte.

Als sie am Fenster vorbeikam, bemerkte sie eine Handvoll Touristen, die sich auf den Bürgersteig drängten und die leere Einfahrt in Augenschein nahmen. Ihr Führer war ein schlaksiger Typ, der seine langen Haare zu einem kleinen Dutt gebunden hatte. Wie immer trug er schwarze weite Kleidung und leuchtend orangefarbene Tennisschuhe. Seit nunmehr fast vier Monaten kam er zweimal in der Woche vorbei. Er nannte seine Exkursionen die »Big Apple Verbrechertour«.

Caroline hatte einmal mit ihm zu reden versucht und ihn daran erinnert, dass im Haus ein siebenjähriges Mädchen und ein neunjähriger Junge lebten. Der Ort gehöre nicht auf eine Liste berüchtigter Tatorte – anders als diverse Mafia-Kneipen oder die Stelle, wo eine Frau nach dem Sprung aus dem Empire State Building zu Tode gekommen war, oder das Hotel, wo ein Punk-Rock-Star seine Freundin ermordet hatte.

Aber der Führer hatte die Touristen damals lediglich darauf aufmerksam gemacht, dass Caroline die Kinderfrau war, die nach Martin Bells Ermordung die Polizei gerufen hatte. Sofort war sie um Autogramme und Selfies gebeten worden.

Wenn jetzt wieder die Touristen auftauchten, zog Caroline einfach die Vorhänge zu. Einziger Trost war, dass seine Gruppen ständig kleiner zu werden schienen. Einmal hatte sie sogar auf einer beliebten Touristen-Website eine vernichtende Kritik gepostet.

Wenn, dann bin ich den Kindern gegenüber loyal, dachte sie mit Blick auf Bobby und Mindy, die das Puzzle zerlegten, um wieder von vorn beginnen zu können.

Sie schälte gerade einen Apfel, den es zusammen mit Käse als Nachmittagssnack geben sollte, als das Telefon klingelte.

Sofort war sie alarmiert, als sich die Anruferin vorstellte. Caroline hatte immer gewusst, dass sie von Laurie Moran nicht zum letzten Mal gehört hatte.

»Spreche ich mit Kendra Bell?«, fragte die Produzentin.

»Nein. Mrs. Bell ist in der Arbeit.«

»Verstehe. Sie sind nicht zufällig Caroline Radcliffe?«

»Doch.«

»Vielleicht erinnern Sie sich noch, wir haben uns vor einigen Monaten kurz gesehen. Ich habe mich mit Kendra Bell getroffen.«

Wie konnte ich das vergessen?, dachte Caroline. Mit klopfendem Herzen hatte sie oben an der Treppe gelauscht, obwohl sie Bobby und Mindy bei ihren Hausaufgaben hätte beaufsichtigen sollen.

Mach es nicht, mach es nicht, hatte sie im Stillen gefleht und dabei die Finger gekreuzt, als könnte sie Kendra im Wohnzimmer telepathisch ihre Botschaft übermitteln. Und wie erleichtert war sie, als Kendra dann alle möglichen Gründe aufführte, die gegen eine Teilnahme sprachen.

»Natürlich erinnere ich mich. Kann ich Ihnen irgendwie helfen?«, fragte Caroline.

»Ich glaube nicht. Wissen Sie, wie ich sie erreichen kann?«

»Mrs. Bell will während der Arbeit nicht gestört werden. Selbst ich rufe sie nur in Notfällen an.«

»Um wie viel Uhr erwarten Sie sie heute Abend zurück?«

»Sie arbeitet normalerweise bis fünf. Aber dann will sie mit den Kindern zu Abend essen und mit ihnen noch Zeit verbringen, bevor sie ins Bett müssen. Sie ist sehr beschäftigt. Sagen Sie mir doch, worum es geht, vielleicht kann ich Ihnen behilflich sein.«

»Nein. Es ist wichtig, dass ich mit Mrs. Bell persönlich spreche.«

Die Bells würden nie Ruhe geben. Natürlich nicht. Ihr Sohn war ermordet worden. Seit Monaten bekam sie mit, wie Kendra sich ihrer Fragen erwehren musste. *Kommt die Sendung endlich zustande? Warum brauchen sie so lange, bis sie eine Entscheidung treffen?* Es war nicht schwer gewesen, sich während der Ferien etwas Zeit zu erkaufen, aber in den vergangenen zwei Monaten waren sie immer hartnäckiger geworden. Letzte Woche schließlich hatte Kendra ihnen – fälschlicherweise – erzählt, dass die Produzenten zu dem Schluss gekommen seien, der Fall passe nicht in die Sendung.

Und jetzt rief die Produzentin erneut an. Das war nicht gut.

»Ich kann mir Ihre Nummer notieren und Mrs. Bell ausrichten, dass Sie angerufen haben«, bot Caroline an.

Nachdem sie aufgelegt hatte, sah sie aus dem Fenster. Die Touristen waren verschwunden. Dennoch ließ sie die Vorhänge geschlossen, voller Angst, dass sie die Außenwelt nicht davon abhalten konnte, unwiderruflich in dieses Haus einzudringen.

Kendra war damals in einem so üblen Zustand. Bitte, Gott, sag mir, dass sie es nicht war.

6

Die Remise wirkte genau so, wie Laurie sie vom vergangenen Herbst in Erinnerung hatte, sah man von den blühenden, blassrosafarbenen Pfingstrosen in den Blumenkästen vor den Fenstern ab.

Ryan stieß einen leisen Pfiff aus, als sie aus dem schwarzen Uber-SUV stiegen, den sie für die Fahrt nach Downtown angemietet hatten. »Hübsches Haus«, sagte er. »Mit Privatgarage und allem. Wenn ich mir so was leisten könnte, würde ich mir auch den Porsche zulegen, von dem ich immer träume. Hat doch keinen Sinn, sich sein Traumauto zu leisten, wenn einem die anderen in der Parkgarage ständig Dellen reinfahren.«

Laurie lächelte. Sie hatte ein nettes Gehalt, mit dem sie sich die völlig ausreichende Dreizimmerwohnung für sich und Timmy leisten konnte, außerdem trug Gregs Lebensversicherung dazu bei, dass sie als alleinerziehende Mutter in New York gut über die Runden kam. Jetzt aber, da sie und Alex heiraten wollten, sprachen sie von einer größeren Wohnung. Dabei hatte sie das Gefühl, dass alles, was für sie infrage käme, Ryan wahrscheinlich höchstens als »ganz hübsch« bezeichnen würde.

Die Kinderfrau, die an die Tür kam, machte aus ihrer Verärgerung keinen Hehl.

»Ich sagte Ihnen doch, ich würde Mrs. Bell Ihre Nachricht ausrichten«, kam es mürrisch von ihr.

Laurie hätte einiges darauf gewettet, dass Caroline die Nachricht noch nicht weitergeleitet hatte. Die Frau war Anfang bis

Mitte sechzig, wirkte aber sehr jugendlich. Sie hatte ihre grau-braunen Haare zu Locken gelegt und versteckte ihre massige Statur unter einem übergroßen blauen Hauskleid. »Wir tragen gerade das Abendessen auf.«

Ein wunderbarer Geruch nach Knoblauch und Butter wehte von drinnen heran. »Das duftet ja köstlich«, sagte Laurie. »Ich möchte Mrs. Bell auch gar nicht lange aufhalten. Aber wie gesagt, es ist wichtig. Ich habe auch meinen Kollegen mitgebracht, Ryan Nichols. Sie kennen ihn vielleicht aus unserer Sendung.«

Laurie hatte gehofft, dass Ryans Anblick Kendras offensichtlich äußerst fürsorgliche Kinderfrau beeindrucken würde. Die meisten Menschen brachen in helle Begeisterung aus, wenn sie vor jemanden standen, der auch nur entfernt als »berühmt« galt. Caroline Radcliffe gehörte eindeutig nicht dazu. Sie starrte Ryan nur mit kaltem Blick an, offensichtlich alles andere als beeindruckt.

»Caroline, alles in Ordnung?« Die Stimme kam aus dem Haus.

Caroline wollte schon die Tür schließen, als Laurie Kendra Bell erhaschte, die nun doch anscheinend auf dem Weg zur Haustür war. »Kendra, hier ist Laurie Moran. Ihre Schwiegereltern haben mich heute besucht. Es scheint mir ein Missverständnis vorzuliegen.«

Caroline schüttelte nur den Kopf, als Kendra an der Haustür erschien. »Ich habe Ihnen doch gesagt, dass ich nicht interessiert bin«, sagte Kendra.

»Ich weiß«, erwiderte Laurie. »Ich akzeptiere Ihre Entscheidung auch. Aber anscheinend haben Sie Martins Eltern erzählt, dass ich mich gegen den Fall entschieden hätte. Ich habe kein Problem, ihnen die Wahrheit zu sagen – dass Sie sich vor einigen Monaten unmissverständlich gegen eine Teilnahme ausgesprochen haben –, aber ich dachte mir, ich sollte Ihnen vorher die Möglichkeit einräumen, sich dazu zu äußern.«

Kendra war sichtlich hin- und hergerissen. Sie wollte Laurie und Ryan nicht bei sich im Wohnzimmer haben, aber sie wollte auch nicht, dass Martins Eltern von Laurie die Wahrheit zu hören bekamen.

Sie öffnete die Tür und ließ sie herein.

Kendra trug noch ihre Arztpraxiskleidung – einen dunkelblauen Laborkittel über schwarzem Rollkragenpullover. Ihre schulterlangen, dunkelbraunen Haare waren zu einem ordentlichen Pferdeschwanz gebunden. Bei der Ermordung ihres Mannes war Kendra vierunddreißig gewesen, das hieß, sie musste mittlerweile neununddreißig sein. Allerdings wirkte sie älter. Die Falten auf der Stirn zeugten von Stress, und aus ihren dunklen Augen sprach eine unergründliche Traurigkeit. Dennoch sah sie um einiges attraktiver aus als die derangierte Frau, als die die Medien sie nach dem Mord dargestellt hatten. Laurie fragte sich, ob sie nach Gregs Tod ebenso ausgesehen hatte – damals, als sie sich noch nicht eingestanden hatte, dass sie wieder glücklich sein durfte.

Nachdem Laurie Ryan vorgestellt hatte, führte Kendra sie ins Wohnzimmer und bat Caroline, die letzten Vorbereitungen für das Abendessen zu übernehmen. Laurie wusste, dass die Kinderfrau lauschen würde, ganz egal, wo im Haus sie sich aufhielten.

»Man lässt Sie als Ärztin arbeiten?«, platzte Ryan heraus.

Laurie und Ryan hatten auf der Fahrt ins Village in groben Zügen über den Mord an Martin Bell gesprochen, Laurie hatte ihn allerdings nicht über die gegenwärtige Situation der Witwe ins Bild gesetzt.

»Ganz gewiss nicht«, räumte sie ein, »höchstwahrscheinlich, weil viele genau so reagieren würden wie Sie. Aber danke, dass Sie mich an mein Medizinstudium erinnern. Die Medien nach Martins Tod ... nun, Sie erinnern sich sicherlich, in welcher Art und Weise über mich berichtet wurde. Als wäre ich irgendeine Drogenabhängige auf der Straße.«

Laurie sah Ryan mahnend an. Er sollte eigentlich die Rolle des guten Bullen übernehmen, was man bislang nicht gerade behaupten konnte.

»Sie haben sich während des Studiums kennengelernt?«, fragte Ryan dann in einem sehr viel versöhnlicheren Ton.

»Ja«, antwortete Kendra mit traurigem Lächeln. »Martin hat allen immer gern erzählt, wie wir uns kennengelernt haben.«

Kendra, wusste Laurie, mochte die Geschichte ebenso wie ihr Mann, denn sie hatte ihr schon bei ihrem ersten Telefonat davon berichtet. Laurie hatte Ryan gebeten, Kendra darauf anzusprechen, hatte aber erwartet, dass er etwas feinfühliger vorgehen würde.

»Ich war in meinem letzten Studienjahr an der Stony Brook University auf Long Island. Martin war Gastdozent in meinem Seminar zur Physikalischen Medizin und Rehabilitation. Nach der Hälfte seines Vortrags war … finito. Seine Powerpoint-Präsentation war einfach tot. Der berühmte Arzt, der in *Today* und in *Good Morning America* auf alles immer eine Antwort hatte, war mit einem Mal sprachlos. Er und der Professor fummelten am Laptop herum. Martin erzählte mir später, dass er vollkommen panisch war. Er hatte kaum noch Zeit für den Rest seines Vortrags, für den er unbedingt eine Reihe komplexer Daten benötigte, die er in zwei Tabellen zusammengefasst hatte. Laut seinen Worten – und daran habe ich so meine Zweifel – sei ich ›selbstbewusst und anmutig‹ durch den Mittelgang des Vorlesungssaals nach vorn geschritten, hätte ihm ganz ruhig die Fernbedienung aus der Hand genommen, die Batterien aus dem Fach gelöst und neue eingelegt. Ich wusste, es gab immer welche im Schrank, der im Saal stand. Dann bin ich auf meinen Platz zurückgekehrt. Eine Kleinigkeit eigentlich, aber Martin hat in diesem Moment beschlossen, dass ich etwas ganz Besonderes sei.«

Sie sah auf den Beistelltisch hinab, als würde sich eine ganz andere Szene vor ihren Augen abspielen. »Und jetzt schauen Sie sich an, was daraus geworden ist«, sagte sie traurig. »Nein, ich bin keine Ärztin. Ich habe zwar das Studium abgeschlossen und meine Assistenzzeit begonnen, in der Pädiatrie an der NYU. Aber Martin wollte sofort eine Familie gründen, und ich war auch schon fast dreißig. Ich hätte auf alle hören sollen, die mir gesagt haben, es wäre zu viel auf einmal. Trotzdem habe ich mich mit Feuereifer in dieses neue Leben gestürzt, mittlerweile ist mir bewusst, wie jung ich damals noch war. Nachdem Bobby dann auf der Welt war, fühlte ich mich so … erschöpft. Die ganze Zeit. Und abgelenkt. Es muss in der Arbeit aufgefallen sein, denn bald darauf wurde ich von den Chefärzten dazu ›ermutigt‹« – sie malte mit den Fingern die Anführungszeichen in die Luft –, »mir eine einjährige Auszeit zu gönnen. Und dann, bevor ich wusste, wie mir geschah, war ich erneut schwanger. Und als neben Bobby auch noch Mindy da war, beschloss Martin, dass es für die Kinder das Beste wäre, wenn ich ganz zu Hause bliebe. Wie meine Schwiegermutter immer so gern sagte: ›Ein vielbeschäftigter Arzt ist für eine Familie mehr als genug.‹«

Aus früheren Gesprächen wusste Laurie, dass Kendra in ihrer Entscheidung, auf eine Laufbahn als Ärztin zu verzichten, den Grund für den späteren Niedergang sah. Aber das alles spielte keine Rolle, solange Kendra nicht ihre Meinung änderte und an *Unter Verdacht* teilnahm.

Verstohlen sah Laurie auf die Uhr. Sie waren bereits zehn Minuten im Haus und hatten noch nicht mal das eigentliche Thema angesprochen. Sie durfte auf keinen Fall zu Alex' Amtseinführung zu spät kommen.

»Dann arbeiten Sie also immer noch in der Praxis Ihres Bekannten?«, fragte Laurie, um die Geschichte voranzutreiben.

»Ja«, sagte Kendra. »Wahrscheinlich finde ich niemanden mehr, der mich noch als Assistenzärztin nimmt, damit ich die

Ausbildung zur Fachärztin abschließen kann. Gott sei Dank ist mir ein Freund aus dem Studium geblieben, Steven Carter. Alle anderen tun so, als hätte es mich nie gegeben, er aber hat sich weit aus dem Fenster gelehnt und mich als Assistenzärztin übernommen. Die Arbeit tut mir gut. Und auch für die Kinder ist es gut, wenn sie mich arbeiten sehen.«

In den Jahren vor Martins Tod hatte sich Kendra nicht unbedingt durch harte Arbeit hervorgetan. Laut Martin, seinen Eltern und selbst ihren eigenen Freunden war Kendra »nicht mehr dieselbe« gewesen, nachdem sie den Plan aufgegeben hatte, als Ärztin zu arbeiten. Was wie ein vorübergehender Durchhänger nach der Geburt ihrer beiden Kinder ausgesehen hatte, wuchs sich zu einer vollständigen Persönlichkeitsveränderung aus, vor allem, nach dem Tod ihrer Mutter. Diese war bei einem Autounfall nachts auf der Rückfahrt nach Long Island ums Leben gekommen, nachdem sie bei der mit den Kleinkindern überforderten Kendra ausgeholfen hatte. In der Zeit hatte Kendra ihren Mann kaum noch zu gesellschaftlichen und akademischen Anlässen begleitet, und wenn doch, hatte sie auf andere verstört und reizbar gewirkt. Man hatte gemunkelt, sie hätte ein ernstes Alkoholproblem. »Der arme Martin« und »er muss wegen der Kinder bleiben« war oft zu hören gewesen, wenn die Rede auf Kendra kam.

Tatsächlich hatte die Kinderfrau an dem Tatabend Kendra erst wachrütteln müssen, bevor sie die Polizei rief.

»Ich weiß, Sie wollen zu Ihrem Abendessen«, sagte Laurie, der die Zeit davonlief. »Ich möchte daher unumwunden auf den Grund unseres Besuchs zu sprechen kommen. Sie haben Martins Eltern gesagt, ich hätte den Fall Ihres Mannes abgelehnt. Das aber ist definitiv falsch. Für uns sieht es daher so aus, als hätten Sie etwas zu verbergen, Kendra.«

»Ich habe nichts zu verbergen. Sie wissen das. Ich versuche nur mein Leben auf die Reihe zu bekommen. Ich will meine

Kinder großziehen. Ich will arbeiten. Wenn das alles wegen dieser Sendung wieder aufgewühlt wird, würden meine Kinder und ich es nicht verkraften. Das habe ich Ihnen doch alles schon erklärt.«

»Warum sagen Sie das dann nicht auch Ihren Schwiegereltern?«

»Sie würden es nicht verstehen. Jahrelang haben sie versucht, Kinder zu bekommen, Martin war für sie daher von Anfang an das absolute Wunschkind gewesen – und mit einem Mal war er tot. Sie haben keinerlei Verständnis für mich. Sie sehen in mir nur seine Mörderin. Haben Sie eine Ahnung, wie schrecklich das ist? Meine eigenen Eltern sind schon tot. Martin und seine Eltern waren die einzige Familie, die ich hatte. Aber jetzt hassen sie mich. Sie sind völlig besessen davon, das Sorgerecht für die Kinder zu bekommen. Sie lassen nicht locker.«

Sie war den Tränen nahe. »Bitte«, bat sie inständig, »sagen Sie ihnen nicht, dass die Sendung meinetwegen nicht zustande kommt.«

Böser Bulle, redete Laurie sich ein. *Du gibst den bösen Bullen. Und du darfst auf keinen Fall zu spät zum wichtigsten Abend in der Karriere deines Verlobten kommen.*

»Ausgeschlossen, dass ich Ihren Schwiegereltern das verschweige«, erwiderte Laurie. »Immerhin waren sie es, die mir einen Brief geschrieben und mich überhaupt erst auf Martins Fall aufmerksam gemacht haben. Ich kann Ihren Wunsch durchaus nachvollziehen, aber Gleiches gilt auch für die Wünsche Ihrer Schwiegereltern.«

»Sie werden es gegen mich ins Feld führen, dass ich ihnen nicht die Wahrheit gesagt habe. Die beiden können es doch gar nicht erwarten, das Sorgerecht für die Kinder zu bekommen«, sagte sie und senkte die Stimme. »Sie haben Geld. Und Einfluss. Sie werden einen Richter finden, der ihnen wohlwollend gegenübersteht. Bitte, sagen Sie mir, was ich tun soll.«

»Das ist nicht meine Aufgabe«, entgegnete Laurie. »Aber Sie haben mich in Ihr Täuschungsmanöver mit hineingezogen. Ich müsste Martins Eltern anlügen, wenn ich dieses Missverständnis nicht aufklären würde. Ich werde sie morgen anrufen und ihnen erläutern, warum es mit der Sendung nicht weitergeht.«

»Oder«, mischte sich nun Ryan ein, »Sie nehmen einfach an der Sendung teil.«

Erschreckt sah Kendra zu ihm.

»Wenn Sie mitmachen«, erklärte er, »würden Ihre Schwiegereltern nie zu erfahren brauchen, dass Sie sie in die Irre geführt haben. Wir beginnen mit der Produktion, und das war es dann.«

Kendras Blick ging ins Leere, als sie ihre Möglichkeiten überdachte. Dann sagte sie widerstrebend: »Gut, ich mache mit. Wie gesagt, ich habe nichts zu verbergen. Aber ich will nicht, dass meine Kinder in die Sendung kommen.«

»Natürlich«, antwortete Ryan und legte ihr tröstend die Hand auf die Schulter.

»Oder dass meine Arbeitsstelle erwähnt wird«, sagte sie. »Steven hat einiges auf sich genommen, als er mich eingestellt hat. Ich will nicht, dass er Drohanrufe oder Schlimmeres bekommt.«

Sie versicherten ihr, dass das nicht der Fall sein würde. Dennoch bat Kendra um eine schriftliche Bestätigung. Laurie fügte den entsprechenden Passus unten an ihre übliche Teilnahmeerklärung an und reichte ihr das Formular zum Unterschreiben, bevor sie ihre Meinung ändern konnte.

»Ach, übrigens«, sagte Kendra, als sie das Blatt zurückgab, »ich habe über den neuen Bundesrichter gelesen. Im Artikel wurde erwähnt, dass er seit Kurzem verlobt ist – mit Ihnen, wenn ich das richtig verstanden habe. Herzlichen Glückwunsch.«

»Danke«, antwortete Laurie, die sich etwas überrumpelt

fühlte. »Ich muss jetzt auch gleich zum Gericht. Er wird heute Abend in seinem neuen Amt vereidigt.«

Als Laurie in den Uber-Wagen stieg, plagten sie dann doch Gewissensbisse. Vielleicht sagte Kendra die Wahrheit, vielleicht war sie wirklich nur um die Privatsphäre ihrer Kinder besorgt. Aber dann rief sich Laurie ins Gedächtnis, dass Kendra zu einer Lüge bereit gewesen war, solange es ihren eigenen Interessen diente.

Außerdem war Kendra nicht die Einzige, die einen Verlust erlitten hatte. Cynthia und Robert Bell hatten ihren Sohn verloren, sie waren auf Laurie zugekommen, damit ihm Gerechtigkeit zuteilwürde.

Es gab nur eine Möglichkeit, wie sie ihnen helfen konnte: indem sie herausfand, wer Martin Bell getötet hatte und warum.

7

Kaum hatte Kendra die Eingangstür zugesperrt, als sie hinter sich Caroline hörte.

Anfangs, als die Kinderfrau von Martin angestellt wurde, hatte Kendra sie überhaupt nicht gemocht. Ihr war es so vorgekommen, als wäre die Entscheidung, ihre Arbeit aufzugeben und als Mutter zu Hause zu bleiben, ohne ihr Zutun getroffen worden. Es war noch nicht einmal eine bewusste *Entscheidung* gewesen. Es war einfach so ... passiert. Eines Tages war sie früher von der Arbeit nach Hause gegangen, als die ersten Wehen einsetzten – wahrscheinlich falscher Alarm, hatte sie noch gedacht. Dann hatte sie auf der Entbindungsstation einen großen Blumenstrauß von ihren Krankenhauskollegen bekommen. *Bis in drei Monaten dann, Mommy!*, hatte auf der beigelegten Karte gestanden. Sie kam dann wie geplant zurück, blieb aber keine vier Wochen mehr. Sie redete sich ein, sich nur bis zum Ende des Ausbildungsjahres eine Auszeit zu genehmigen. Im Herbst würde sie wieder einsteigen. Aber dann wurde sie mit Mindy schwanger, und mit einem Mal schien es ihr unmöglich, weiter als Ärztin zu arbeiten.

Als Mindy eineinhalb war, rief sie im Krankenhaus an und bewarb sich erneut um eine Stelle. Verglichen mit den nicht enden wollenden Bedürfnissen zweier Kleinkinder erschien ihr die aufreibende Arbeit einer Assistenzärztin geradezu als Zuckerschlecken. Aber dann stellte sich heraus, dass sie mit ihrer Ausbildung nicht mehr auf dem neuesten Stand war. Sie hätte einige Seminare nachholen müssen, um erneut als Assistenzärztin arbeiten zu können. Währenddessen wurden Martin und seine Eltern nicht müde, sie darauf hinzuweisen, dass Martin, das »Wunderkind«, von einer nicht berufstätigen Mutter aufgezogen worden war. Wie hasste sie es, wenn Cynthia Martin auf den Arm patschte, ihn bewundernd ansah und sagte: »Ein vielbeschäftigter Arzt ist für eine Familie mehr als genug.«

Natürlich hast du von mir immer erwartet, dass ich dich anbete, dachte Kendra. Sie hatte weiß Gott eine Menge versucht, um ihn zufriedenzustellen.

Am Anfang war ihr das Leben mit Martin wie ein wahr gewordenes Märchen erschienen. Sie hatte damals nach jener Vorlesung mit Steven den Saal verlassen, und Martin hatte sie entdeckt und ihr für ihre Hilfe bei seinem Computerproblem gedankt. »Der gute Doktor scheint ja ganz hin und weg zu sein«, hatte Steven danach gesagt. Die Fantasie gehe mit ihm durch, hatte sie Steven geantwortet, aber insgeheim gewusst, dass er recht hatte. Martins Worte waren dem Anlass angemessen gewesen – zurückhaltend, professionell, dankbar –, in seinem Ton aber hatte ein Erstaunen mitgeschwungen, als wäre ihm bewusst gewesen, dass diese Begegnung ihrer beider Leben verändern könnte.

Später erzählte ihr Martin, dass er sogar bei der Universitätsleitung nachgefragt habe, um keinesfalls gegen irgendwelche internen Leitlinien zu verstoßen, falls er sich mit einer jungen, aufstrebenden, intelligenten Kinderärztin verabredete, die er als Gastdozent kennengelernt hatte. Als er sich dann bei ihr meldete und dazu einlud, sie zu einem medizinischen Vortrag in der Stadt zu begleiten, hatte sie seinen Anruf bereits erwartet. Und beim Essen an jenem Abend sagte er ihr, dass sie auf jeden Fall in New York City eine Stelle als Assistenzärztin annehmen solle. »Wie soll ich Sie denn sonst dazu bringen, sich in mich zu verlieben, wenn Sie am anderen Ende des Landes sitzen?«

Wie hatte sie sich angestrengt, ihn glücklich zu machen. Gleich nach ihrem Abschluss wollte er sie heiraten, dann wollte er ein Kind, dann ein zweites, und sie machte alles mit. Und dann wollte er, dass seine junge, aufstrebende, intelligente Kinderärztin als Hausfrau und Mutter zu Hause blieb.

Sie hatte erwartet, dass ihre Mutter sich auf ihre Seite stellen würde. Kendras Vater war Klempner gewesen und hatte nach den Maßstäben des Suffolk County ganz anständig verdient, ihre Mutter hatte als Friseurin gearbeitet und zum Lebensunterhalt der Familie beigetragen. Nach ihrem ersten Studienjahr war ihr Vater allerdings an einem Herzinfarkt gestorben und hatte sie und ihre Mutter mit einem gewaltigen Schuldenberg an Studiengebühren zurückgelassen. Ihre Mutter hatte daraufhin in zwei Salons gearbeitet – in dem einen tagsüber, im anderen abends –, damit Kendra ihre Ausbildung beenden konnte.

Statt sie darin zu bestärken, ihren Traum zu verwirklichen und als Ärztin zu arbeiten, hatte ihre Mutter nur gemeint, dass sie tun solle, was sie für richtig halte. »Es ist doch ein großes Glück, dass du diese Wahl hast«, hatte ihre Mutter gesagt. »Ich hatte sie nicht. Wie gern wäre ich mit dir zu Hause geblieben. Du hast nur ein Leben, Liebes. Egal, welchen Weg du einschlägst, er wird der richtige sein.«

Also gab sie nach. Sie redete sich ein, dass sie nicht zwingend arbeiten müsse. Bobby und Mindy würden in den Genuss sämtlicher Privilegien kommen, die ihr selbst immer verwehrt gewesen waren – Privatschulen, das Aufwachsen in New York City, die weitreichenden Beziehungen von Martins Eltern. Und sie musste dazu nur zu Hause bleiben und sie großziehen.

Ich hab's versucht, dachte Kendra jetzt. *Ich hab versucht, so zu sein, wie Martin mich wollte. Aber das Selbstvertrauen, die Anmut, die er im Vorlesungssaal an mir wahrgenommen hatte, übertrug sich nicht auf das Haus – wo ich Ehefrau und Mutter war.*

Die Kinder hatten sie auf eine Art ausgelaugt, wie das Medizinstudium es nicht vermochte. Im Rückblick wurde ihr klar, dass sie an einer postpartalen Depression gelitten hatte. Ihre Mutter fuhr zweieinhalb Stunden pro Wegstrecke, um ihr an ihren wenigen freien Tagen zu helfen. Dann ereignete sich der Autounfall. So hieß es offiziell. Ein Unfall. Aber Kendra wusste, was wirklich geschehen war. Ihre übermüdete Mutter – die keinen Schlaf bekommen hatte, weil sie ihrer übermüdeten Tochter helfen wollte – war am Steuer eingeschlafen.

Kendra war tiefer in die Dunkelheit eingetaucht. Martin hatte ihr noch nicht einmal die Möglichkeit gelassen, sich unter mehreren Bewerberinnen jemanden auszusuchen, als er Caroline ins Haus holte.

»Es ist doch so«, hatte er verkündet. »Du bist ein Wrack. Und ein Wrack hat kein Mitbestimmungsrecht.« In diesem Augenblick hätte sie ihn am liebsten umgebracht. Sie hatte von ihm frei sein wollen.

Jetzt, fünf Jahre später, gehörte die Frau, gegen die sie früher eine so tiefe Abneigung empfunden hatte, im Grunde zur Familie.

»Diese Frau hat deine schlimmsten Ängste ausgenutzt«, sagte Caroline. »Tut mir leid, ich habe zwangsläufig alles mit angehört.«

Kendra wusste, wie hellhörig die alte Remise war. Natürlich hatte Caroline alles mitbekommen.

»Vielleicht könnten Bobby und Mindy ihren Großeltern beim nächsten Besuch einige besonders ungesunde Leckereien mitbringen«, sagte Kendra. »Die beiden Alten können doch nicht ewig leben.«

So eine böse Bemerkung hätte sie sonst kaum jemandem gegenüber fallen lassen, aber Caroline hatte selbst miterlebt, wie schrecklich die Bells sich ihr gegenüber benahmen. Außerdem hatte sie sich mittlerweile an Kendras schwarzen Humor gewöhnt.

»Keine Sorge, Caroline. Es ist nur eine Fernsehsendung. Ich zieh mich nur noch schnell um, dann komme ich runter zum Essen.«

Oben, allein in ihrem Zimmer, schloss sie die Tür ab, ging ins angrenzende Badezimmer und ließ das Wasser laufen. Sie wollte nicht, dass irgendjemand mithörte, noch nicht einmal Caroline.

Sie rief auf ihrem Handy eine Nummer auf, die sie unter dem Namen »Mike« gespeichert hatte. Das war, soweit sie wusste, nicht sein richtiger Name. Und die Nummer, die er ihr gegeben hatte, war nur eine zeitweilige. Jedes Mal, wenn sie sich sahen, gab er ihr eine neue. Er wollte um jeden Preis verhindern, dass sein Handy zurückverfolgt werden konnte. Das zumindest wusste sie mittlerweile.

Sie hätte ihm vergangenen November erst gar nichts von der Fernsehsendung erzählen sollen. Aber sie fürchtete, er könnte von den Briefen Wind bekommen, die die Bells ans Studio geschrieben hatten, und er würde sie vielleicht bestrafen, wenn sie ihm nicht davon erzählte. Sie hatte ihm versprochen, die Produzentin abzuwimmeln, was ihr bis zum heutigen Tag auch gelungen war.

Nach dem zweiten Klingeln wurde der Anruf entgegengenommen, keine Begrüßung.

»Hallo?«, meldete sie sich nervös.

»Was gibt's?«, fragte er.

Sie erzählte ihm, dass die Produzentin unangekündigt vor der Tür gestanden und sie unter Druck gesetzt habe, eine Teilnahmeerklärung zu unterschreiben.

»Ruf sie morgen an und sag ihr, dass du deine Meinung geändert hast. Du kannst in der Sendung nicht auftreten.«

Sie sagte ihm, die Bells würden die Sache niemals auf sich beruhen lassen. Würde sie nicht an der Sendung teilnehmen, würden sie ihre Drohungen wahrmachen und sie vor Gericht zerren. »Und vor Gericht erfahren sie vielleicht von dir.«

»Droh mir nicht. Das geht nicht gut aus für dich.«

»So hab ich das nicht gemeint«, sagte sie. Niemand konnte ihr eine solche Angst einjagen wie er. Er war völlig unberechenbar, gleichzeitig schien er immer alles unter Kontrolle zu haben. »Ich will damit nur sagen, ich kann an der Sendung teilnehmen, ohne dich auch nur mit einem Wort zu erwähnen. Ich schwöre es bei meinem Leben.«

»Beim Leben *deiner Kinder?*«

Ein eisiger Dolch bohrte sich in ihren Nacken. »Es ist fünf Jahre her. Wenn ich nicht meinen Mund halten könnte, hätte ich doch schon längst alles ausgeplaudert, oder? Bitte, ich will keinem Probleme machen.«

»Gut. Nimm an der Sendung teil. Aber vergiss nicht, was auf dem Spiel steht. Es wäre eine Schande, wenn Bobby und Mindy was zustoßen würde. So, und jetzt erzähl mir alles, was du über diese Fernsehproduzentin weißt.«

Sie kam seiner Aufforderung nach. Als sie das Gespräch beendete, zitterte ihre Hand.

Martin war seit fünf Jahren tot.

Sie würde ihn nicht loswerden, nie. Seitdem ihr klar geworden war, dass Martin ihr Medikamente verabreicht hatte, war ihr diese Frage immer durch den Kopf gegangen. Gerade er hätte doch erkennen müssen, dass sie unter einer Wochenbettdepression litt. Aber davon erholte man sich nicht, wenn man sich mit Medikamenten zudröhnte. Oder wollten er und seine Eltern bloß, dass sie die Kinder bekam, und nachdem Bobby und Mindy auf der Welt waren, hatten sie sie nicht mehr gebraucht?

8

Laurie sah auf die Uhr, als das Taxi von Kendras Haus losfuhr, und vergewisserte sich, dass ihr noch etwas Zeit blieb.

Sie hatte beschlossen, zu diesem besonderen Anlass etwas zu tragen, was Alex noch nicht gesehen hatte: einen dunkelblauen Hosenanzug. Die Farbe stand ihr wunderbar, wie Alex immer sagte.

Laurie überprüfte ihr Make-up und frischte den Lippenstift auf. Kurzerhand löste sie ihren Pferdeschwanz und strich sich die Haare über die Schultern. Alex gefiel es so besser.

Sie trug die Perlenhalskette und die kleinen Diamant-Ohrringe ihrer Mutter. *Wie würde sie sich für mich freuen*, dachte Laurie, als das Taxi vor dem Gerichtsgebäude hielt. Wegen des Verkehrs blieben ihr nur noch zehn Minuten bis zum Beginn der Zeremonie. Timmy und ihr Vater würden sicherlich schon da sein.

Wie von Laurie erwartet, saßen sie auf einer Bank vor dem Gerichtssaal der Vorsitzenden Richterin Maureen Russell. Timmy sprang auf, als er sie entdeckte. »Grandpa hatte schon Angst, du würdest zu spät kommen.«

»Aber heute doch nicht«, sagte sie und lächelte ihren Vater an.

Leo befürchtete immer, dass man aus irgendwelchen Gründen zu spät kam. Etwas verlegen sah er sie an. »Ich hab mir nur Sorgen gemacht wegen des Verkehrs.«

»Ah ja«, antwortete Laurie. »Wo ist denn Alex?«

»Drinnen. Der Saal füllt sich schon. Ramon hat genug Hors-d'œuvres für die anschließende Party im Konferenzraum mit-gebracht, dass man damit die gesamte Schweizer Garde verkös-tigen könnte.«

Ramon war Alex' Assistent, Koch und Vertrauter, bestand aber darauf, als »Butler« bezeichnet zu werden. Ebenso war er ein begnadeter Partyplaner, der über Alex' Nominierung zum Bundesrichter vor Stolz schier platzte. Laurie hatte ihn am vergangenen Abend in der Küche wirbeln sehen und konnte sich bestens vorstellen, mit welch auserlesenen Köstlichkeiten er beim heutigen Empfang aufwarten würde.

»Gnade demjenigen, der sich zwischen Ramon und die perfekte Party stellt«, sagte Laurie.

»Ich hab einmal in einer Sache, die später ans Bundesgericht ging, vor der Vorsitzenden Richterin Russell aussagen müssen, und ich muss gestehen, sie ist eine sehr beeindruckende Frau«, sagte Leo. »Ich bin schon sehr gespannt, sie heute in Aktion zu erleben. Sie kommt später ebenfalls zum Empfang.«

Im Gerichtssaal waren bereits alle Plätze besetzt, als Richterin Russell erschien. Viele der Anwesenden, wusste Laurie, waren Kollegen von Alex. Den täglichen Austausch mit ihnen würde er sicher schmerzlich vermissen, ging ihr durch den Kopf.

Alex' jüngeren Bruder Andrew, der aus Washington angereist war, hatte man damit beauftragt, alle willkommen zu heißen. Laurie wusste, wie nah er und Alex sich standen. Ihre Eltern waren bei einem Autounfall ums Leben gekommen, als Andrew neunzehn und Alex einundzwanzig war. Alex war daraufhin Andrews Vormund geworden, eine Pflicht, die er äußerst ernst genommen hatte. Wie nicht anders zu erwarten, wurden alle von Andrew aufs Herzlichste begrüßt.

Als es dann so weit war, trat Laurie vor und hielt die Bibel, auf die Alex mit klarer und feierlicher Stimme den Eid ablegte und das Amt des Bundesrichters antrat. Danach gab er Laurie einen

Kuss, dankte der Vorsitzenden Richterin und sagte: »Ich bin äußerst dankbar für die Ehre, die mir heute zuteilwurde. Aber ich muss Ihnen auch sagen, keine Ehre wäre von irgendeiner Bedeutung für mich, wenn ich sie nicht mit meiner Verlobten und künftigen Ehefrau Laurie Moran teilen könnte.«

Fünf Minuten später verließen sie den Gerichtssaal, und die Familienangehörigen und die eingeladenen Gäste begaben sich zur Cocktailparty in den Konferenzraum.

Kurz darauf plauderte Laurie mit mehreren Anwälten aus Alex' Kanzlei, als einer unter ihnen, Grant Smith, ein heikles Thema zur Sprache brachte.

»Ehrlich gesagt war ich doch etwas entsetzt, dass ein Strafverteidiger einfach so durch die Anhörungen gewinkt wird. Wahrscheinlich hat keiner der Senatoren Geld im Newman-Skandal verloren.«

Alex hatte ursprünglich befürchtet, dass die öffentliche Empörung seine Bestätigung als Bundesrichter verzögern könnte. In diesem Zusammenhang hatte er es fast bedauert, für Carl Newman einen Freispruch erzielt zu haben – Newman war angeklagt gewesen, Investoren um mehrere Millionen Dollar gebracht zu haben. Allerdings waren der Polizei bei den Ermittlungen schwerwiegende Fehler unterlaufen. Er hatte nur seine Arbeit als Verteidiger gemacht, als er darauf hingewirkt hatte, dass zentrale und wesentliche Beweismittel für unzulässig erklärt wurden. Zu seiner eigenen Überraschung hatten die Geschworenen Newman daraufhin freigesprochen. Wie auch immer, sie hielt es für unnötig, dass Smith dieses Thema gerade jetzt aufbrachte.

Er ist neidisch auf Alex, dachte Laurie und nahm sich vor, sich später mit Alex darüber zu unterhalten.

9

Ungeachtet Maureen Russells strikter Anweisung an ihre Referendare, nach einer Stunde die Party zu verlassen, schien sich die Vorsitzende Richterin, als es auf halb acht zuging, bestens zu amüsieren. Sie hatte sich die meiste Zeit mit Leo unterhalten, der, wie Laurie feststellte, das Gespräch ebenso zu genießen schien. Und ihr fiel auf, dass sich Leo noch einmal zur Richterin umdrehte, als sich am Ende der Party alle verabschiedeten.

Sie ist wirklich sehr attraktiv, dachte Laurie. Die Richterin musste so um die sechzig sein. Und ihre sonst so strenge Miene wurde von ihren weißen Haaren und ihrem jugendlichen Gesicht Lügen gestraft, sobald sie lächelte.

»Eine neue Freundin?«, fragte Laurie, als sie im Gang vor dem Gerichtssaal auf Leo stieß. »Ein kleines Vögelchen hat mir gezwitschert, dass sie eine sehr beeindruckende Frau ist.«

»Hör doch auf damit!«

»Jetzt weißt du, wie ich mich das ganze letzte Jahr gefühlt habe.« Es schien kein Tag vergangen zu sein, an dem er sie nicht auf Alex angesprochen hatte.

»Aber ich hatte doch recht, oder?«

»Und wer sagt, dass ich nicht auch recht habe?«

»Hör auf«, wiederholte er, aber ihr entging nicht sein verhaltenes Lächeln.

Dann entdeckte sie Alex, der mit Timmy auf sie zukam.

»Wohin jetzt?«, fragte Alex. Er rieb sich die Hände und schien nach diesem Ereignis kaum zu wissen, wohin mit seiner Energie.

»Der hier hat noch Hausaufgaben zu machen.« Laurie legte ihrem Sohn die Hand auf die Schulter.

»Wenn Alex jetzt Richter ist, kann er meinen Lehrern doch einen Brief schreiben, dass sie bei mir mal ein Auge zudrücken sollen.«

»Heb dir das lieber für später auf, wenn du mal richtig in Schwierigkeiten steckst«, witzelte Leo.

Timmy nickte. »Gute Idee, Grandpa.«

Andrew konnte nicht mit zum Essen kommen, da er am nächsten Morgen sehr früh einen Gerichtstermin hatte. Leo bot sich an, Timmy zur Wohnung zurückzubringen, damit er seine Hausaufgaben machen und Laurie mit Alex zum Essen ausgehen konnte. Als Laurie sie ins Taxi steigen sah, wurde ihr klar, dass sie es kaum erwarten konnte, eine für die gesamte Familie geeignete Wohnung zu finden. Alex' Wohnung am Beekman Place war zwar groß genug, sodass auch sie und Timmy hätten einziehen können, aber Timmy bräuchte dann eine halbe Stunde zur Schule, und ihr Vater müsste ebenfalls umziehen, wenn er weiterhin in ihrer Nähe wohnen wollte. Außerdem gefiel ihr der Gedanke, ihr neues Leben an einem ganz neuen Ort zu beginnen.

Im Wagen fragte Alex, wohin sie wolle. Ramon, fügte er noch an, habe zu Hause aber auch noch eine ganze Menge zu essen. Doch Ramon wiegelte sofort ab: »Der Marshals Service ist mit der Installierung des Sicherheitssystems heute leider nicht fertig geworden. Es sieht noch ziemlich chaotisch aus mit den vielen Leitungen und Kameras.«

Als Bundesrichter kam Alex in den Genuss der höchsten Sicherheitsstufe und eines Sicherheitssystems, das direkt mit der Bundespolizei verbunden war. Er hatte vorgeschlagen, man könne sich das Geld doch sparen und warten, bis er seine neue Wohnung bezogen habe, aber darauf ließen sich die Behörden nicht ein.

»Wie wär's also mit dem Gotham?«, schlug er vor.

»Wie der Herr Richter wünschen«, antwortete Laurie, während Ramon den Motor anließ. »Du hast jetzt eine lebenslange Berufung auf deinen Traumjob. Fühlt es sich jetzt anders an, nachdem es offiziell ist?«

»Willst du es wirklich wissen?« Er griff nach ihrer Hand und berührte den Ring an ihrem Finger. »Ich hab schon eine lebenslange Berufung, die wirklich wichtig ist.«

10

Auf der gegenüberliegenden Straßenseite der Pearl Street saß ein Mann am Steuer eines weißen SUV und beobachtete das Gerichtsgebäude. Er war fünfundvierzig Jahre alt, hatte ein pausbäckiges Gesicht und schwere Augenlider. Sobald die Gruppe ins Freie trat, entdeckte er sie.

Alle fünf sahen aus, als würde es ihnen gut gehen, dachte er wütend. Der ältere Mann und der Junge winkten ein Taxi heran. Der kleinere Mann öffnete daraufhin der Frau die Fondtür des schwarzen Mercedes. Das war die Fernsehproduzentin. Ihr Name lautete Laurie Moran. Sie hatte ihren ersten Ehemann unter sehr tragischen Umständen verloren.

Aber jetzt sah sie glücklich aus, als der frischgebackene Bundesrichter ebenfalls hinten einstieg und neben ihr Platz nahm. Im Gegenlicht der Straßenlaterne konnte er sogar erkennen, dass sie gemeinsam den Verlobungsring an ihrem Finger betrachteten.

Sie ist wirklich eine nette Frau, dachte er und fädelte sich in den Verkehr ein, um ihnen zu folgen. Sie wird sicherlich vielen fehlen.

11

Laurie betrat die Lobby des Apartmentgebäudes in der 94th Street und winkte Ron, dem Nachtportier, kurz zu.

»Wie geht's, Primo?«, fragte sie und sprach ihn mit seinem Spitznamen an, den er sich selbst verpasst hatte. Er hatte ihr einmal erklärt, das Wort bedeutet im Spanischen eigentlich »Cousin«, aber damit bezeichnete man auch einen engen Freund.

»Primo geht es gut. Sie haben doch hoffentlich nicht bis jetzt gearbeitet. Das wäre sogar für Sie sehr spät.«

Laurie war kurz nach Gregs Ermordung in das Gebäude gezogen. Zum einen war es sinnvoll, in der Nähe ihres Vaters zu sein, der sich so oft um Timmy kümmerte. Zum anderen hatte sie aber auch Downtown verlassen wollen, wo sie viel zu oft an dem Park vorbeigekommen war, in dem ihr Mann ermordet worden war.

»Nein, heute Abend wird nicht gearbeitet«, antwortete Laurie fröhlich. »Ich war mit meinem Verlobten feiern. Er hatte allen Grund dazu.«

»*Verlobter*«, erwiderte Ron mit einem zufriedenen Lächeln. »Das klingt gut. Mir ist aufgefallen, dass Sie in letzter Zeit ein bisschen beschwingter gehen. Aber ich hoffe doch sehr, dass er Sie und Timmy uns nicht wegnimmt. Sie beide würden uns schon sehr fehlen.«

»Vorläufig wird sich nichts ändern«, versprach sie. Aber auch ihr war bewusst, wie sehr ihr all die Menschen fehlen würden, die ihr geholfen hatten, sich hier einzuleben, nachdem sie so unerwartet Witwe und alleinerziehende Mutter geworden war.

In der Wohnung streifte sie ihre hochhackigen Schuhe ab und schlüpfte aus ihrem Blazer, den sie an die Garderobe im Flur hängte. Der Stille nach zu schließen musste Timmy schon im Bett sein.

Sie fand ihren Vater auf seinem Lieblingsplatz, dem zurückgeklappten Lederfernsehsessel. Er hatte das *Time*-Magazin auf dem Schoß, ein Sportsender lief, aber der Ton war auf stumm gestellt. Timmy war nicht der Einzige, der bereits schlief.

Ihr Vater musste gespürt haben, dass sie da war, denn mit einem Ruck stellte er den Sessel auf. »Wie war das Essen?«, fragte er.

»Du nimmst es mir hoffentlich nicht übel, aber ich hab deine Lieblingsgerichte bestellt – Meeresfrüchtesalat und Steak.«

»Blutig?«

»Wie du es magst.«

Grinsend hob er den Daumen. »Du lässt es dir gut gehen, meine Liebe. Apropos, deine Maklerin ist vorbeigekommen und hat was abgegeben.« Er deutete auf einen fast drei Zentimeter dicken Ordner, der auf dem Beistelltisch lag. Vermutlich neue Immobilienangebote. »Sie meinte, sie sei ganz zufällig in der Gegend. Wahrscheinlich hat sie auch ganz zufällig für dich immer ein paar Angebote dabei.« Der Spott in seiner Stimme war nicht zu überhören.

Charlotte hatte Laurie an Rhoda Carmichael verwiesen. »Sie ist eine von den ganz Unermüdlichen«, hatte Charlotte gesagt. »Sie wird nicht eher Ruhe geben, bis sie die perfekte Wohnung für dich, Alex und Timmy gefunden hat.«

Was Charlotte ihr nicht gesagt hatte: Rhoda erwartete ein ebenso großes Maß an Engagement auch von ihren Kunden. In der Woche zuvor hatte sie Laurie um fünf Uhr morgens angerufen, um ihr von einer Wohnung zu erzählen, die offiziell noch gar nicht auf dem Markt war.

Laurie wollte erst morgen im Büro die Angebote durchgehen, auch wenn sie wusste, dass Rhoda gleich in aller Frühe anrufen würde. Laurie hatte sich in der Arbeit schon mit Brett Youngs unerfüllbaren Erwartungen herumzuschlagen, auf einen zweiten Boss in ihrem Privatleben konnte sie getrost verzichten.

Ihr Vater erhob sich, um sich auf den Weg zu seiner drei Straßen weiter gelegenen Wohnung zu machen.

»Hast du noch einen Moment Zeit?«, fragte sie.

»Natürlich.« Er ließ sich wieder auf dem Sessel nieder.

Sie erzählte ihm von Robert und Cynthia Bells Besuch im Büro und dem anschließenden Treffen mit Kendra in ihrem Stadthaus. »Ich habe fast den ganzen Tag damit verbracht, mich wieder in den Fall einzulesen. Die Presse hat sich damals auf Martins Frau eingeschossen. Ich fand keinen einzigen Artikel, der Mitgefühl für sie aufgebracht hätte. Aber die Polizei hat nie offiziell verlauten lassen, dass sie als Tatverdächtige eingestuft wurde.«

»Lass mich raten: Das NYPD hat aber auch nichts getan, um sie von jedem Verdacht freizustellen.«

Sie schüttelte den Kopf.

»Von mir hast du es nicht, aber lass dir sagen, was du zwischen den Zeilen lesen musst. Der Mord an Martin Bell gehört zu den Fällen, in denen schon die Zeitungen dafür sorgen, dass das öffentliche Interesse an den Ermittlungen angeheizt wird.«

»Es war also gar nicht nötig, dass die Polizei noch Pressekonferenzen und dergleichen abhielt«, führte Laurie seinen Gedanken fort.

»Ja, aber es geht nicht nur um den *Umfang* der Berichterstattung, sondern auch um den *Blickwinkel*. Als ich noch bei der Mordkommission war, hatte ich einmal einen ganz schlimmen Fall. Die Opfer waren Kinder.« Er runzelte die Stirn. Leo hatte seine Arbeit als Polizist immer gemocht, aber manche Verbrechen schlugen ihm, dem sonst so optimistischen Zeitgenossen, aufs Gemüt. »Einer der Journalisten hatte sich in den Kopf gesetzt, dass das Kindermädchen die Täterin sein musste. Angeblich war sie eifersüchtig gewesen, weil sie selbst keine Kinder bekommen konnte. Folgendes nun: Wir haben gewusst, dass sie ein wasserdichtes Alibi hatte, und wir haben mit eigenen Augen gesehen, wie nah ihr der Tod der Kinder ging. Also haben wir eine Erklärung veröffentlicht und deutlich gemacht, dass wir das Kindermädchen als sekundäres Opfer ansehen. Damit hatte es sich mit der negativen Berichterstattung.« Er schnippte mit den Fingern.

»Aber das hat das NYPD bei Kendra Bell nicht getan«, bemerkte Laurie.

»Genau.«

»Also gehört sie zum Verdächtigenkreis?«

Er zuckte mit den Schultern. »Mir ist damals einiges zu Ohren gekommen.«

»Zum Beispiel?«

»Du erinnerst dich, dass die Presse sie als Junkie und dergleichen bezeichnet hat?«

Sosehr die Öffentlichkeit davon überzeugt war, dass Kendra ihren Mann umgebracht hatte, so wenig schien die Sensationsberichterstattung auf Fakten eingegangen zu sein. Alle Artikel liefen im Grunde auf eine Beobachtung hinaus: Martin Bell, eine Art Superstar mit grandioser Karriere, war mit einer Frau verheiratet, die sich zu Hause verkroch und nicht die Erwartungen erfüllte, die er in sie gesetzt hatte. In den Monaten vor dem Mord war sie einige Male betrunken oder unter Drogen- oder Medikamenteneinfluss bei gesellschaftlichen Anlässen erschienen. Laut anonymen Quellen soll sie außerdem mehr Geld abgehoben haben, als eine Mutter und Hausfrau eigentlich bräuchte. In Lauries Augen aber waren das alles keine stichhaltigen Beweise.

»Junkie-Mom«, zitierte Laurie einige der Schlagzeilen. »Eine der Nachbarinnen sagte – natürlich anonym –, dass Kendra manchmal *weggetreten* wirkte. Bei anderen klang es eher so, als neigte sie dazu, gern einen über den Durst zu trinken. Wenn sie Alkoholikerin war, hatte sie vielleicht hin und wieder einen Kater.«

»Ich denke, es war mehr als das«, sagte Leo und sah zur Decke. »Es wurde nie an die Presse weitergegeben, aber in der Dienststelle erzählte man sich, dass sie sich am Abend des Mordes sehr seltsam verhalten haben soll. Sie schien völlig benommen zu sein. Die Polizisten vor Ort waren sich noch nicht einmal sicher, ob sie überhaupt erfasste, was vorgefallen war. Kurz gesagt, sie haben sie gefragt, ob sie ihr Blut abnehmen könnten, weil sie sichergehen wollten, dass sie nicht unter Drogen stand. Ihr Mann war gerade kaltblütig erschossen worden, aber sie bekam einen Wutanfall, weil man ihr ohne Durchsuchungsbeschluss Blut abnehmen wollte.«

»Nur weil man auf seine Rechte pocht, ist man noch lange keine Mörderin«, erinnerte Laurie ihn.

»Ja. Aber dann haben sich unsere Leute die Finanzen vorgeknöpft.«

»Die Barabhebungen«, sagte Laurie. Kendra hatte an Bankautomaten häufig Geld vom gemeinsamen Sparkonto abgehoben. »Hat das die Polizei an die Presse weitergegeben?«

»Es ging ja nicht nur um diese Abhebungen«, fuhr ihr Vater fort. »Nach dem Mord bekam die Polizei einen Tipp, dass Kendra Stammgast in einer Kellerbar im East Village gewesen war.«

»Was nicht ganz abwegig klingt, wenn sie tatsächlich getrunken hat. Aber sie erscheint mir eigentlich nicht als der Typ dafür ...«

»Genau. Es stellt sich also die Frage, warum sie dort war. Es kam nämlich heraus, dass sie sich in der Zeit unmittelbar vor Martins Ermordung drei- oder viermal mit einem hart aussehenden Typen getroffen hat. Noch verdächtiger war aber, dass sich nach dem Mord keiner der beiden mehr dort hat blicken lassen.«

»Und wer war dieser hart aussehende Typ?«

Er schüttelte den Kopf. »Die Polizei konnte ihn nicht identifizieren. Wie Kendra zahlte er immer bar. Und nach allem, was ich gehört habe, gab sich Kendra ziemlich zugeknöpft, als sie von der Polizei auf ihn angesprochen wurde.«

Laurie runzelte die Stirn. Kendra hatte zum Zeitpunkt des Mordes erwiesenermaßen im Bett gelegen, sie kam als Täterin also nicht infrage. Ihre Verleumder spekulierten, sie habe an Bankautomaten Geld abgehoben, weil sie einen Auftragskiller bezahlen musste. Wenn Laurie beweisen konnte, dass sich Kendra vor dem Mord mit einem Fremden getroffen hatte, hätte sie mehr als bloße Spekulationen für ihre Sendung. »Erinnerst du dich noch an den Namen dieser Bar?«

»Ich kann dir nicht mal sagen, ob ich ihn jemals gekannt habe. Aber ich kann ihn bestimmt herausfinden.«

»Klar kannst du das.«

Leo Farley war nach Gregs Ermordung in den Ruhestand getreten, damit er ihr mit Timmy zur Seite stehen konnte, aber auch noch Jahre später nahmen sogar frischgebackene Rekruten Haltung an, wenn er den Raum betrat. Im Vorjahr hatte er sich dazu breitschlagen lassen, auf Teilzeitbasis in der Anti-Terror-Abteilung der Dienststelle mitzuwirken. Solange Leo also noch offiziell bei der Polizei zu tun hatte, war sein Einfluss beträchtlich.

Sie begleitete ihren Vater zur Tür und umarmte ihn zum Abschied.

»Du hast verstanden, was ich mit dem Zwischen-den-Zeilen-lesen meinte?«, fragte er.

»Ja. Danke für die Unterweisung, Herr Professor. Und vielleicht findet die Frau Bundesrichterin des Southern District von New York ja, dass das ein ganz interessantes Gesprächsthema beim Essen abgibt.«

»Oh, da würde ich lieber nicht drauf bauen. Aber ich meine es ernst. Nur weil Kendra nie als Tatverdächtige eingestuft wurde, muss das NYPD sie nicht für unschuldig halten.« Plötzlich wurde sein Ton besorgter. »Ihr Mann wurde umgebracht, als ihre Kinder noch sehr klein waren. Es wäre nur allzu verständlich, wenn du dich auf die eine oder andere Weise mit ihr identifizieren würdest. Trotzdem, vielleicht ist sie doch eine Mörderin. Nimm dich also in acht, Laurie.«

12

Nachdem ihr Vater fort war, öffnete Laurie einen Spaltbreit die Tür zu Timmys Zimmer. Sie konnte ihn in dem dunklen Raum kaum erkennen. Ihr kleiner Junge war schon viel zu groß für ein Nachtlicht. Und ein kleiner Junge war er eigentlich auch nicht mehr, außer in ihren Augen.

Als sie schließlich in ihrem Bett lag, griff sie sich das Handy, das sie während des Abendessens ausgeschaltet hatte, und schickte Charlotte eine SMS. Mir tut immer noch alles weh vom Training heute Morgen. Warum hast du mich nicht gewarnt? Sie rief das Emoji-Menü auf und fügte ein Fahrrad und ein lächelndes Gesicht mit Teufelshörnern an.

Sofort antwortete Charlotte mit einem angespannten Bizeps, gefolgt vom Kuss-Zeichen und einem Zzzz.

Laurie schmunzelte noch über die Nachricht, als auf ihrem Bildschirm eine eingegangene Sprachnachricht angezeigt wurde. Die Telefonnummer kam ihr entfernt bekannt vor, sie konnte sie aber nicht einordnen. Sie tippte auf den Abspielknopf.

»Ms. Moran, hier ist Kendra Bell. Sie haben mich heute zu Hause ziemlich überrumpelt. Ich hatte noch nicht mal die Gelegenheit, meine Version der Geschichte zu erzählen. Können wir uns morgen Nachmittag treffen? Laut meinem Dienstplan in der Praxis könnte ich etwas früher los. Wie wäre es mit fünfzehn Uhr? Und bitte, halten Sie Ihr Versprechen und lassen Sie meine Kinder außen vor.« Ihre Stimme klang zittrig.

Laurie spielte die Nachricht ein weiteres Mal ab, um sich zu vergewissern, dass sie sich nicht verhört hatte.

Nein, sie war sich sicher. Sie hatte schon vorher Kendras Besorgnis wahrgenommen, aber jetzt klang die Frau anders. Sie war nicht mehr nur nervös oder unsicher, sondern ziemlich durcheinander. Zutiefst verängstigt. Und dennoch wollte sie an der Sendung teilnehmen.

Warum hast du so große Angst?, fragte sich Laurie. *Was, fürchtest du, könnte ich herausfinden?*

13

Grace hielt sich in Jerrys Büro auf, als Laurie am nächsten Morgen in der Arbeit eintraf. Beide waren über das Handy gebeugt, das Grace in der Hand hielt.

»Er hasst Hunde?«, sagte Jerry.

»Was ist das für ein Mensch, der Hunde hasst? Was stimmt mit dem nicht? Das ist doch einer, den man automatisch nach links wischt.« Laurie hörte das Piepen, als Grace mit ihrem perfekt manikürten Finger über das Display strich.

»Suchst du wieder nach Jungs?«, rief Laurie und unterbrach damit ihre Online-Dating-Sitzung. Online-Dating war ihr glücklicherweise erspart geblieben, aber natürlich wusste sie, dass »nach links wischen« gleichbedeutend war mit jemandem die Tür vor der Nase zuknallen. Außerdem wunderte sie sich über Graces sorglosen Umgang damit. Eigentlich war sie als Single rundum glücklich, offensichtlich genoss sie aber auch die Schmetterlinge im Bauch, wenn sie jemand Neues kennenlernte.

Ertappt stopfte sich Grace das Handy in die Tasche ihres eng anliegenden schwarzen Blazers. »Sorry. Wir waren beide schon früher da, aber vermutlich hat mittlerweile die Arbeitszeit angefangen.«

Laurie winkte nur ab. »Keine Sorge.« Sie hatte sich zwar angewöhnt, Jerry und Grace zu ihrer »Studiofamilie« zu zählen, letztlich aber sahen die beiden in ihr doch auch die Chefin.

»Es können nicht alle so viel Glück haben wie du mit Alex«, sagte Grace. »Du hast in der Arbeit den richtigen Typen gefunden.

Und ich muss eben einen Haufen Frösche aus dem Internet küssen.«

»Was ist mit Ryan?«, fragte Jerry. »Als er hier anfing, hast du ständig davon gesprochen, wie *toll* er sei.«

»Ja, und dann hab ich ihn näher kennengelernt«, sagte Grace und rollte mit den Augen. »Nein, danke. Aber wenn wir schon von unserem so sehr von sich überzeugten Mr. Nichols reden: Er ist vor ein paar Minuten vorbeigekommen und wollte wissen, wann Kendra Bell zu einem ersten Interview erscheint. Entschuldige, wenn ich das so offen sage, aber manchmal vergisst er, wer die Sendung hier leitet.«

»Um fair zu sein, ich habe ihn gestern gebeten, mich zu Kendra zu begleiten«, erklärte Laurie.

»Und wie ist es gelaufen?«, fragte Jerry.

»Gut«, antwortete sie und zog die von Kendra unterzeichnete Teilnahmeerklärung aus der Aktentasche. »Sie nimmt an der Sendung teil. Komisch ist nur: Sie hat mir letzten Abend noch auf die Mailbox gesprochen und dabei geklungen, als hätte sie eine Heidenangst.«

Jerry verschränkte die Arme und machte ein nachdenkliches Gesicht. »Na ja, du hast ihr aber auch die Daumenschrauben angelegt. Entweder nimmt sie an der Sendung teil, oder ihre Schwiegereltern erfahren, dass sie die Sendung verhindert hat.«

Laurie nickte. »So war es doch schon, als wir sie aufgesucht haben. Bei ihrem Anruf allerdings hat sie ganz anders geklungen – als wäre in der Zwischenzeit etwas passiert, was sie ziemlich erschüttert hat.«

»Vielleicht hat sie sich unsere Erfolgsbilanz angesehen«, sagte Grace. Bislang hatte *Unter Verdacht* jeden Fall aufgeklärt, der für die Produktion ausgewählt wurde.

»Vielleicht«, sagte Laurie und musste wieder an den Unbekannten denken, mit dem sich Kendra angeblich in einer Bar getroffen hatte. Falls Kendra einen Auftragskiller angeheuert hatte, um Martin umzubringen, hatte sie allen Grund, sich vor Lauries Recherchen zu fürchten. Der Täter würde sicherlich nicht wollen, dass sie mit einer Fernsehproduzentin sprach. Die Warnung ihres Vaters kam ihr in den Sinn, und kurz fragte sie sich, wohin dieser Fall sie führen mochte.

Laurie fand Ryan in seinem Büro, wo er auf einem grünen Astroturf-Streifen Puts übte. »Grace meint, du hättest mich gesucht«, sagte sie, als er gerade seinen Schlag ausführte.

Der Ball rollte nach rechts und landete auf dem Teppichboden.

»Sorry«, sagte sie.

»Gut, dass er nicht gezählt hat.« Er hielt ihr den Putter hin, damit sie es selbst versuchen konnte, aber sie lehnte ab.

»Glaub mir, ich schaffe es noch, den Ball durchs Fenster zu jagen.« Sie erzählte ihm von Kendra Bells seltsamem Anruf am Abend zuvor. »Sie kann heute in der Praxis früher Schluss machen, wir treffen uns daher um drei Uhr mit ihr. Ich gehe davon aus, dass sie uns wegen der Kinder nicht bei sich zu Hause haben möchte, mal sehen, ob sie bereit ist, zu uns zu kommen.«

»Um drei geht bei mir nicht. Um diese Zeit habe ich einen Termin mit meinem Trainer.«

»Dann erzähl ich dir später, wie es gelaufen ist. Ich bin gespannt, ob sie irgendwelche alternativen Theorien zum Mord anzubieten hat. Die öffentlichen Spekulationen haben sich bislang ja ausschließlich um sie gedreht.«

»Du willst keinen anderen Termin vorschlagen?«

»Nein. Sie arbeitet Vollzeit und hat zwei Kinder, da bleibt nicht viel Spielraum. Aber ich wünsche dir einen erfolgreichen Work-out.«

Laurie hatte sich gerade mal durch die Hälfte von Rhoda Carmichaels Immobilienangeboten geackert, als die Maklerin anrief. »Spannen Sie mich nicht weiter auf die Folter«, sagte Rhoda. »Geben Sie mir Ihre Liste der Angebote, die Sie interessieren, und ich vereinbare Besichtigungstermine.«

Laurie blätterte durch den Ordner und stellte fest, dass sie bislang nur zwei Seiten mit einem Eselsohr angemerkt hatte. Die Angebote waren durch die Bank exklusive Objekte, die sie sich allein niemals hätte leisten können. Aber sie waren alle so ... kalt. Fast *zu* makellos. Die Vorstellung, dass sie und Timmy darin wohnten, fiel ihr schwer.

»Die an der 86th und Lexington Avenue würde von der Lage ganz gut passen«, sagte sie etwas halbherzig und wunderte sich, warum nur zwei Fotos beigelegt waren. »Und die Wohnung an der 90th wäre gut geschnitten, sodass Ramon einen separaten Bereich für sich hätte, aber sie liegt ein wenig zu sehr im Osten.«

»Na, vergessen Sie nicht die neue U-Bahn an der 2nd Avenue«, zwitscherte Rhoda. »Was mal völlig ab vom Schuss lag, gilt mittlerweile als Topgegend.«

»Es geht eher um die Entfernung zu meinem Vater und zur Schule. Wir haben so unsere Gewohnheiten.«

»Laurie, ehrlich. Manchmal hab ich den Eindruck, Sie wollen gar nicht umziehen.«

Da könnte sie recht haben, dachte Laurie. *Ich möchte Alex heiraten, aber ich möchte nicht mein ganzes Leben umkrempeln.* »Vielleicht können wir unsere Nachbarn nebenan zum Auszug bewegen und die beiden Wohnungen zu einer einzigen zusammenlegen«, sagte sie aus einer Laune heraus.

»Dann viel Glück bei dem Versuch, die Zustimmung der anderen Wohnungseigentümer einzuholen. Und wo wollen Sie in dem Jahr, in dem umgebaut wird, wohnen?« Damit nahm sie Laurie sofort den Wind aus den Segeln. »Die an der 86th und

Lexington wird nicht lange auf dem Markt sein. Lassen Sie mich für heute einen Termin ausmachen. Wie wäre es um zwölf Uhr?«

Laurie seufzte. Sie hätte Zeit, was wohl auch auf Alex zutreffen würde. »Gut, machen Sie das.« Wenigstens hatte sie damit einen Vorwand, um sich mitten am Tag mit Alex zu treffen.

14

Der Duft von Rhoda Carmichaels Parfüm, einer Mischung aus Lilien und Babypuder, erfüllte den Aufzug. Rhoda hatte ihr allgegenwärtiges Handy in der rechten Hand und in der linken eine Handtasche von der Größe eines Kleinkindes.

Alex warf Laurie ein verhaltenes Lächeln zu, während die Stockwerksanzeige nach oben kletterte. Sie wusste, ihm ging der gleiche Gedanke durch den Kopf: *Rhoda wird darauf aus sein, dass wir noch hier, an Ort und Stelle, den Vertrag unterzeichnen.*

Rhoda hatte noch nicht den Schlüssel ins Schloss gesteckt, als bei Laurie und Alex die Alarmglocken schrillten. Sie sprach von einer »nur leicht eingeschränkten Aussicht«, Maklerjargon für einen schmalen Himmelsabschnitt, der über der gegenüberliegenden Ziegelwand gerade noch so zu erkennen war. »Altehrwürdiges Gebäude« hieß altmodisch, verdreckt oder beides. Und das ultimative Todesurteil lautete »mit potenziell viel Charme« – genauso gut hätte man von jemandem sagen können, er »bemühe sich redlich«.

Als Laurie mit Alex durch die Räume ging, versuchte sie sich ihr gemeinsames Leben hier vorzustellen. Da Timmy leidenschaftlich gern Trompete spielte, mussten die Wände massiv genug sein, damit sich die Nachbarn nicht gestört fühlten. Sowohl sie als auch Alex würden gelegentlich zu Hause arbeiten, also musste zumindest ein Büro verfügbar sein. Und natürlich brauchte Ramon einen Bereich für sich und eine Küche, die seinen Fertigkeiten gerecht wurde.

Es dauerte nicht lange, und sie sprachen darüber, welche Wände einzureißen und wohin die Badezimmer und die Küche zu verlegen seien. Allein der Gedanke daran erschöpfte sie. Die Wohnung war nicht geeignet.

»Steht die Situation Ihres Vaters einem Abschluss im Weg?«, wollte Rhoda wissen.

Laurie sah sie überrascht an, sie verstand die Frage nicht ganz.

»Die Lage«, erklärte Rhoda. »Sie sind diesbezüglich sehr wählerisch. Ich gehe mal von einem Radius von sechs Straßenzügen aus, die zwischen der Schule Ihres Sohns und der Wohnung Ihres Vaters liegen sollen. Wenn wir hier flexibler wären, könnte ich für Sie sicherlich was Perfektes finden.«

»Es gibt da etwas Spielraum, aber mein Sohn muss zur Schule. Und mein Dad hat sein Leben. Daran lässt sich nun mal nichts ändern«, sagte Laurie.

»Ich weiß. Aber ich habe mir so meine Gedanken gemacht. Sie haben Ramon, der, scheint es, so gut wie alles kann, also könnte er auch Ihren Sohn zur Schule fahren. Wenn also Ihr Vater in der Nähe wohnt – oder vielleicht sogar *bei* Ihnen –, können Sie so gut wie überall in Manhattan etwas erwerben, dann müsste nur noch Timmy zur Schule gebracht werden.«

Laurie sah ihren Sohn vor sich, der hinten im schwarzen Mercedes saß, statt, die Tasche auf dem Rücken, zusammen mit ihrem Vater zur Schule zu stapfen. So hatte sie sich seine Zukunft nicht vorgestellt.

»Ich kann meinen Vater nicht darum bitten umzuziehen«, sagte sie. »Außerdem würden sich dann er und Ramon darum streiten, wer zu Hause das Sagen hat. Zwei solche Sturköpfe verträgt kein Haushalt.«

Alex musste lachen.

Rhoda gab es auf. »Gut«, sagte sie achselzuckend. »Wir werden für Sie die perfekte Wohnung finden. Worauf Sie aber auch achten sollten, sind die Ansprüche der Eigentümergemein-schaften. Manche von denen könnten Vorbehalte gegen Sie haben.«

»Wir sind nicht unbedingt ein Schwerverbrecher-Pärchen.« Sie klang defensiv, wusste Laurie, aber wie sollte sie sonst darauf reagieren?

»Ich weiß, ich weiß«, kam es schnell von Rhoda. »Ich hätte es anders formulieren sollen. Aber es würde mich nicht wundern, wenn manche Ihrer Arbeit wegen nicht allzu glücklich wären, Laurie. Immerhin haben Sie sich dadurch bereits einige Male in Gefahr gebracht, rechnen Sie also damit, dass Sie darauf angesprochen werden.«

»Niemand muss sich deswegen Sorgen machen«, versicherte ihr Alex. »Wie gesagt, der Marshals Service wird in jeder Wohnung, die wir beziehen, ein topmodernes Sicherheitssystem einbauen.«

Rhoda gab ein theatralisches Seufzen von sich. »Nun, das wird für so manches Gebäude in anderer Hinsicht ein Problem werden. Manche werden wenig begeistert sein, wenn die übrigen Bewohner durch Einbaumaßnahmen Beeinträchtigungen hinnehmen müssen.«

»Entweder bin ich also eine wandelnde Gefahrenbringerin«, sagte Laurie, »oder Alex genießt ein zu hohes Maß an Sicherheit. Noch irgendwelche Gründe, warum man uns nicht haben möchte?«

Rhoda wand sich. Ihr lag offensichtlich noch mehr auf der Seele. »Es würde mich kaum überraschen, wenn manche Eigentümergemeinschaft Alex auf seine bisherige Arbeit als Strafverteidiger anspricht. Auf seine eher berüchtigten Mandanten.«

Nicht schon wieder, dachte Laurie. Alex hatte sich bereits selbst Sorgen gemacht, dass ihm einige alte Fälle in den Senatsanhörungen Probleme bereiten könnten. »Alex hat soeben eine rigorose Überprüfung durch das FBI über sich ergehen lassen und die Zustimmung beider Kammern im Senat erhalten. Man möchte doch meinen, dass das für jede Eigentümergemeinschaft genügen sollte.«

»Ich bin sicherlich übervorsichtig«, sagte Rhoda. »Ich möchte nur nicht überrascht werden. Keine Sorge. Wir werden die richtige Wohnung für Sie finden. Da bin ich mir ganz sicher.«

Sie dankten Rhoda, dass sie sich Zeit für sie genommen hatte, und stiegen in Alex' Wagen.

»Haben Sie die neue Wohnung gekauft?«, fragte Ramon hinter dem Steuer.

»Noch nicht«, antwortete Alex.

Laurie legte die Hand auf seine. »Entschuldige meine hohen Ansprüche. Dein Leben wäre ohne mich viel weniger kompliziert.«

Er legte ihr den Arm um die Schultern. »Soll das ein Witz sein? Ich bin doch derjenige mit den aufwendigen Sicherheitsmaßnahmen und den ›berüchtigten‹ Mandanten. Offensichtlich spielte Rhoda auf den Carl-Newman-Fall an. Und sie hat nicht ganz unrecht. Viele New Yorker haben seinetwegen Geld verloren.«

»Aber es ist ja nicht so, dass du ihm geholfen hast, die Geschäftsberichte zu frisieren.«

Alex zuckte mit den Schultern. Er wusste schon sehr lange, dass für manche Menschen Strafverteidiger ebenso schlimm waren wie ihre Mandanten. »Wahrscheinlich ist es am besten, wenn wir nicht gerade in die Nachbarschaft eines seiner Opfer ziehen«, sagte er.

Lauries Telefon in der Handtasche klingelte. Sie sah aufs Display. Es war Leo. »Hallo, Dad.«

»Ich habe schlechte Neuigkeiten für dich. Der Stern deines alten Vaters scheint im NYPD im Niedergang begriffen zu sein.«

»Ich glaube dir keine Sekunde.«

»Vielleicht auch nicht, aber ich hab versucht, die Ermittlungsunterlagen im Fall Bell für dich zugänglich zu machen. Der Leiter der Mordkommission sagte mir, der Fall sei noch nicht abgeschlossen. Ich hatte ja den Eindruck, dass da keiner mehr einen Finger rührt, aber sie wagen es nicht, ihn ad acta zu legen, weil die Familie Druck ausübt.«

Da Laurie Robert und Cynthia Bell kennengelernt hatte, konnte sie sich sehr gut vorstellen, wie das Paar seinen Einfluss geltend machte. »Hast du ihnen gesagt, dass die Familie an der Produktion beteiligt ist?«

»Ja. Ich hab sogar angeboten, dass die Eltern, wenn nötig, mit der Polizeiführung ganz oben telefonieren. Aber es ist nicht zu übersehen, dass sie keinesfalls etwas unternehmen möchten, was später Kritik auf sich ziehen könnte – wie zum Beispiel Informationen herausrücken, die noch nicht für die Öffentlichkeit bestimmt sind.«

»Du hast also keinerlei neuen Hinweise bekommen?«

»Kaum. Er hat lediglich die Gerüchte bestätigt, die ich gehört habe. Kendra war zur Tatzeit benebelt und völlig neben sich, hat sich dann aber fürchterlich aufgeregt, als man ihr Blut abnehmen wollte. Sie war entschieden dagegen, und da die Polizei keinen Durchsuchungsbeschluss hatte, konnte man sie nicht dazu zwingen. Mehr wollte er nicht erzählen, er hat aber schließlich bestätigt, dass Kendra mehrmals eine Kellerbar aufgesucht hat.«

»Und sich dort mit einem Mann getroffen hat? Oder?«

»Mit mehr wollte er nicht herausrücken. Wie gesagt, sie werden dir ihre Ermittlungsergebnisse nicht aushändigen. Aber einen Anhaltspunkt hat er mir noch gegeben. Als ich ihn auf den mysteriösen Unbekannten ansprach, sagte er: ›Ich will nicht behaupten, dass es ihn nicht gegeben hat, aber wenn – und falls wir ihn ausfindig gemacht hätten –, dann würde Kendra ihre Deckung verlassen müssen.‹«

»Ihre *Deckung?*«

»Ja. Seltsame Formulierung. Vielleicht wurden verdeckte Ermittlungen angedacht, um zu beweisen, dass sie einen Auftragskiller angeheuert hat. Wenn ich es mir recht überlege, würde ich auch so vorgehen.«

»Das reicht erst mal.« Und sehr viel fröhlicher fuhr sie fort: »He, Dad, Rhoda hat vorgeschlagen, dass du bei uns einziehst, wenn Alex und ich geheiratet haben.«

Alex neben ihr schmunzelte nur.

»Damit Ramon ständig überwacht, wie viel gesättigte Fettsäuren ich zu mir nehme? Und er mein Bier gegen Limo austauscht, wenn ich schlafe? Nein, ich bleibe bei mir zu Hause, bis sie mich mit den Füßen voran raustragen, vielen Dank auch.«

»Das hab ich mir schon gedacht. Ich liebe dich, Dad.«

»Ich dich auch. Und pass auf dich auf, solange du einen Mord aufzuklären versuchst, ja?«

»Mach ich.«

15

Laurie saß in ihrem Lieblings-Bürosessel und sah auf die City hinaus. Immer noch konnte sie es kaum fassen, dass sie ein so großes Büro mit deckenhohen Fenstern und Blick auf die Eisbahn des Rockefeller Center hatte. Es war Ende März, die Schlittschuhläufer hatten sich über die gesamte Eisfläche verteilt und nutzten die letzten beiden Wochen, bevor die Bahn abgebaut werden würde.

Laurie fühlte sich in ihrem Büro sehr zu Hause und hatte alles selbst ausgesucht, vom Sessel, in dem sie gerade saß, bis zu dem langen weißen Ledersofa, den Hängeleuchten und dem Beistelltisch mit Glasplatte. Auch wenn sie und Alex eine neue Wohnung bezogen, hatte sie immer noch ihr Büro – einen vertrauten Ort, der ihr gehörte.

Sie hatte eine Liste mit Stichpunkten aufgesetzt, die sie bei ihrem Treffen mit Kendra Bell durchgehen würde. Wie erwartet, wollte sich Kendra mit ihr nicht bei sich zu Hause treffen. Da sie aus Zeitgründen aber auch nicht den Weg nach Midtown zum Sender auf sich nehmen wollte, fragte sich Laurie, ob sie einen Vorwand suchte, um das Treffen platzen zu lassen.

Schließlich hatte Kendra das Otto vorgeschlagen, ein italienisches Restaurant im Greenwich Village, das Laurie ebenfalls kannte. Das machte es einfacher.

Die Zeile ganz unten auf ihrer Liste lautete: *Bar/East Village/»Deckung«?* Der Kontakt ihres Vaters beim NYPD hatte bestätigt, dass Kendra sich in einer Bar aufgehalten hatte, ohne allerdings einen Namen genannt zu haben.

Sie unterstrich das in diesem Zusammenhang geäußerte Wort »Deckung«. Leo hatte gemutmaßt, es könnte eventuell mit verdeckten Ermittlungen zu tun haben, sie wollte aber lieber glauben, dass es sich um einen Hinweis handelte, der zu dieser Bar führte.

Wenn sie wenigstens den Namen des Lokals kennen würde, könnte sie mit den Mitarbeitern reden und fragen, ob sie sich an Kendra und den mysteriösen Unbekannten erinnerten – selbst wenn das unwahrscheinlich war, schließlich lag der Mord fünf Jahre zurück. Aber vielleicht hatte sie ja Glück. Ohne den Namen des Lokals allerdings käme sie überhaupt nicht weiter.

Sie stand auf und trat an ihren Schreibtisch. Jahrelang hatte hier nur ein Bild von Greg, Timmy und ihr am Strand in East Hampton gestanden. Jetzt hatte sie daneben ein Foto von Alex, Timmy, Leo und sich selbst gestellt, das sie alle vor dem Lincoln Center nach einem Jazzabend zeigte. *Schauen wir doch mal*, dachte sie. Sie weckte ihren Computer auf und gab »New York City Bar Deckung« im Suchfenster des Browsers ein.

Zu den Ergebnissen gehörte unter anderem ein Artikel über verdeckte Ermittlungen in Lokalen, dazu eine Story über einen Überfall in einer Bar, in der die Gäste zu Tode geängstigt »in Deckung« gegangen waren.

Nichts, was ihr weitergeholfen hätte.

Sie wollte es mit anderen Suchbegriffen probieren, als ihr Telefon klingelte. Durch die offene Bürotür hörte sie, wie Grace drängling: »Ich glaube, sie hat einen Termin, einen Moment, ich sehe mal nach.« Zwei Sekunden später stand Grace in der Tür. »Es ist Dana.«

Dana Licameli war die Sekretärin von Lauries Boss Brett Young. Wie alle in den Fisher Blake Studios wussten, musste sie mit einer Engelsgeduld gesegnet sein. »Sie sagt, Brett ist im Moment nicht zu bremsen. Er möchte dich sofort sehen.«

Laurie sah auf ihre Uhr. In einer Dreiviertelstunde war sie mit Kendra verabredet. Allein für die Taxifahrt musste sie um diese Tageszeit eine halbe Stunde einrechnen.

»Ich bin um drei mit jemandem verabredet.«

»Du kennst mich. Ich hab jederzeit eine Ausrede parat, aber du weißt auch, dass ich Dana kenne. Und das hier klingt ganz danach, als hätte Brett mal wieder einen seiner üblichen Anfälle.«

Laurie sah zu ihrem Computer, wünschte sich, den Namen der Bar zu kennen, vertraute aber auch auf Graces Einschätzung.

Sie war schon an deren Schreibtisch vorbei, als sie ihre Assistentin wieder am Telefon hörte. »Laurie ist schon unterwegs, Dana. Vielleicht kannst du ihn ja davon abhalten, einen Herzanfall zu bekommen, bevor sie da ist.«

16

Laurie musste nur einen Blick auf Dana Licameli werfen und wusste, dass Grace recht gehabt hatte. Dana deutete immer an, in welcher Stimmung sich Brett gerade befand, bevor sie sein Büro betrat. Diesmal schüttelte Dana bloß den Kopf und winkte sie in Bretts innerstes Heiligtum.

Brett war nicht zum Leiter der Fisher Blake Studios aufgestiegen, weil er Kompromisse einging. Er war knallhart und streng und verschwendete keine Zeit mit Geplänkel. Sein Verstand lief immer auf Hochtouren, und er erwartete, dass die Welt sein Tempo mitging. Mehr als einmal hatte er Laurie angeschnauzt, weil sie nicht schnell genug redete, obwohl man ihr mehr als einmal gesagt hatte, dass ihr Maschinengewehrstakkato an alte Filmkomödien erinnerte. Aber Bretts Erfolge gaben ihm das Recht, das Studio so zu leiten, wie es ihm gefiel, außerdem nahm Laurie an, dass sein klassisches Fernsehgesicht – volles, stahlgraues Haar, markanter Kiefer – auch nicht schadete.

Mit einer Begrüßung hielt er sich auch heute nicht auf. »Kendra Bell«, schleuderte er ihr ohne jede weitere Erklärung entgegen.

Sie hätte wissen müssen, dass Ryan sofort zu Brett laufen würde, nachdem sie das Interview ohne ihn anberaumt hatte. Wie lange, überlegte sie, wollte sie es noch hinnehmen, dass er ihr beim Chef immer wieder in den Rücken fiel?

»Ich wollte mich gerade auf den Weg machen, um mich mit ihr zu treffen«, antwortete Laurie und warf demonstrativ einen

Blick auf die Uhr. »Ryan hat ein Problem mit seinem Zeitplan – ihm ist eine Sitzung mit seinem Personal Trainer dazwischengekommen –, aber es war der einzige Termin, der für Kendra passt.« Laurie war es leid, sich für jede kleine Entscheidung zu rechtfertigen, nur weil Ryan immer darauf aus war, seinen Einflussbereich zu vergrößern.

Brett hob genervt die Hände und brachte sie damit zum Schweigen.

»Warum triffst du dich mit ihr, wenn du den Martin-Bell-Fall abgelehnt hast?«

Jetzt erst begriff Laurie, dass sie mit ihren Vermutungen falsch gelegen hatte. Nicht Ryan steckte hinter Bretts Anfrage, sondern Robert und Cynthia Bell, Kendras Schwiegereltern.

Sie schüttelte den Kopf. »Ich habe ihn nie abgelehnt, Brett. Das ist eine lange Geschichte, die Kurzversion lautet: Kendra hat sich mittlerweile zur Teilnahme bereit erklärt. Ich treffe mich jetzt mit ihr, um mir ihre Version der Geschichte anzuhören und vergewissere mich, dass wir auch die anderen Beteiligten mit an Bord haben, bevor wir uns an die Arbeit machen.«

»Du hast die Ehefrau und die Eltern des Opfers, wen brauchst du noch? Der Typ war doch berühmt, schon bevor seine Ermordung auf den Titelseiten landete.« Wie immer machte Brett ihr sofort klar, dass Auflage und Einschaltquote die Währung ihrer Branche waren – nicht journalistische Qualität.

»Ich gehe davon aus, dass du mit Martin Bells Eltern gesprochen hast?«

Er verschränkte die Arme vor der Brust und lehnte sich in seinem Sessel zurück. Zumindest wirkte er jetzt nicht mehr so, als würde er jeden Moment auf sie losgehen. »Nicht direkt. Aber Robert Bells Steuerberater spielt mit jemandem Tennis, der an der Northwestern in derselben Studentenverbindung war wie ich.« Es konnte einem schwindlig werden, wie solche

Verbindungen manchmal liefen, aber Laurie verstand schon. »Ich habe zugesagt, mich darum zu kümmern.«

»Botschaft angekommen«, sagte sie und salutierte tatsächlich. »Ich hätte nur gehofft, du vertraust mir mittlerweile und weißt, dass ich einen Fall nie ohne einen guten Grund ablehnen würde.«

»Vertrauen ist gut, Kontrolle ist besser, wie man so sagt.« Als er ihren Blick bemerkte, fügte er noch an: »Aber ich hab's schon kapiert.«

Sie wollte schon gehen, als er noch etwas loswerden musste. »Versuch beim nächste Mal, Ryan im Voraus Bescheid zu geben, wenn du dich mit jemandem triffst. Der Junge hat einen Killerinstinkt.«

Brett konnte Laurie manchmal den letzten Nerv rauben, trotzdem wollte sie sich nicht die Laune von ihm verderben lassen.

Als sie an Grace vorbeikam, hatte sie eine Idee. »He, wie lautet noch mal der Name dieser Website, auf der du und Jerry letzte Woche nach einem neuen Lokal für die Happy Hour gesucht habt?«

Grace strahlte. »Tipsy-dot-com«, verkündete sie. »Wir haben einen tollen Laden für Mojitos gefunden. Steht denn ein Treffen an?«

»Nicht ganz«, entgegnete Laurie, »trotzdem danke.« Die Website hatte es Jerry und Grace ermöglicht, Bars und Lokale anhand von diversen Kriterien in der Nähe des Studios zu suchen.

An ihrem Schreibtisch rief sie die Site auf und suchte nach Lokalen, die in einem Umkreis von einem Kilometer zu Kendra Bells Wohnung lagen. Es gab seitenweise Einträge – Downtown war nach wie vor ein äußerst beliebtes Ausgehviertel.

Laurie klickte auf das Filtermenü und wählte »Bar« aus. Nur noch sechsunddreißig Einträge. Auf der zweiten Trefferseite wusste sie, dass sie es gefunden hatte. Jetzt wusste sie auch, was mit »Deckung« gemeint war.

Sobald sie im Taxi saß, rief sie ihren Vater an. »Dad, kannst du deinen Kontakt beim NYPD mal fragen, ob es sich bei Kendras Bar um das ›Cover‹ handelt? Eine Kellerbar zwölf Straßen von ihrer Wohnung entfernt?«

Wenige Minuten später rief Leo zurück. »Du erinnerst dich an das, was ich dir gestern Abend über das Verhalten der Ermittler erzählt habe?«

Natürlich erinnerte sie sich. »Die Polizei schweigt, solange keine Notwendigkeit besteht, etwas zu korrigieren?«

»Ich hab ihn gefragt, ob es sich um das Cover handelt. ›Kein Kommentar‹, war die einzige Antwort. Und dann hat er mir noch gesagt, dass die Tochter vielleicht ganz nach dem Vater schlägt. Gute Arbeit, Laurie.«

Sie nahm ihre Notizen für ihr Treffen mit Kendra zur Hand und änderte den letzten Stichpunkt: *Mysteriöser Unbekannter im Cover.*

17

Laurie trat durch die Drehtür des Otto und spürte sofort, wie sie Hunger bekam, als ihr der Duft von Tomatensauce und frischen Kräutern in die Nase stieg. Nach der Wohnungsbesichtigung in der Mittagspause war für ein Essen keine Zeit mehr geblieben.

Überrascht sah sie Kendra mit einem Mann in ihrem Alter an der Bar des Restaurants sitzen. Kendra hatte noch ihre Praxiskleidung an. Ihr Begleiter trug ein weißes Hemd, das ihm eine Nummer zu klein war, dazu eine gestreifte Krawatte und Khakis. Es war erst drei Uhr nachmittags, die einzigen anderen Gäste waren ein Pärchen am anderen Ende der Theke. Vielleicht hatten sich Kendras Gewohnheiten in den vergangenen fünf Jahren gar nicht so sehr geändert.

Kendra nahm Blickkontakt auf und schien sich auf dem Barhocker etwas aufrechter hinzusetzen, als Laurie auf sie zukam. Nachdem sich Laurie auf dem freien Hocker neben ihr niedergelassen hatte, beugte sich ihr Begleiter zu Laurie herüber und gab ihr kurz die Hand. Er hatte ein schmales, weiches Gesicht, haselnussbraune Augen, bereits schüttere braune Haare und eine große Brille mit einem breiten schwarzen Gestell. »Entschuldigen Sie, dass ich Ihre Verabredung störe, aber ich habe darauf bestanden, nachdem Kendra mir erzählt hat, wohin sie will. Ich bin Steven Carter. Ich arbeite mit Kendra.«

»Er meint damit, er ist mein Chef«, stellte Kendra klar. »Und ein sehr fürsorglicher noch dazu.«

Laurie erinnerte sich, dass der Name im letzten Gespräch

mit Kendra gefallen war. Bei Carter handelte es sich um den alten Studienfreund, der Kendra als Assistenzärztin eingestellt hatte. Allerdings fragte sich Laurie, warum Kendra ihm überhaupt von diesem Treffen erzählt hatte. Denn am Vorabend hatte sie noch darauf bestanden, dass ihr gegenwärtiger Arbeitgeber in der Sendung namentlich nicht genannt würde. Laurie stellte sich schließlich nur mit ihrem Namen vor, ohne die Sendung zu erwähnen.

Der Barkeeper – glatzköpfig, aber mit einem makellos getrimmten grau melierten Vollbart – unterbrach sie und fragte, ob sie einen Prosecco wolle.

»Haben Sie beide auch einen bestellt?«, fragte Laurie.

Kendra schüttelte den Kopf. »Ich trinke nicht viel, außerdem ist es dafür noch viel zu früh. Tut mir leid, das klingt so ablehnend. Wir haben nur Kaffee und Eis geordert. Beides ist hier unübertroffen. Aber Dennis bringt Ihnen gern alles, was Sie wollen.«

»Das will ich meinen«, kam es fröhlich vom Barkeeper, der offenbar Dennis hieß und der die Augen zusammenkniff, wenn er lächelte. »Und Kendra hat ganz recht, wenn sie Steven als fürsorglich bezeichnet. Ich habe den strikten Befehl, jeden rauszuwerfen, der sie zu belästigen versucht. Kendra ist ein guter Mensch. Wir mögen sie.«

Allmählich dämmerte Laurie, warum Kendra dieses Lokal gewählt und ihren Chef mitgebracht hatte. Sie wollte Laurie zu verstehen geben, dass es Menschen gab, die sie ganz anders wahrnahmen als ihre Schwiegereltern.

Laurie bestellte einen Cappuccino und dazu auf Stevens Drängen ein Glas mit Blutorangen- und Mokkaeis.

»Schon daran können Sie sehen, dass ich zu den Stammkunden gehöre«, sagte Steven.

»Dann besprechen wir also diese Angelegenheit, wenn wir mit dem Eis fertig sind?«, schlug Laurie an Kendra gewandt vor.

»Kendra hat mich bereits ins Bild gesetzt«, sagte Steven. »Wir stehen uns sehr nah. Wenn alles etwas anders gelaufen wäre, hätten wir vielleicht sogar geheiratet. Wenigstens bilde ich mir das gern ein.«

Kendra sah etwas verlegen zu Laurie. »Mit Steven und mir ist es während des Studiums ständig hin und her gegangen.« Das hatte sie am Vortag nicht erwähnt. »Und dann ist er mir als sehr guter Freund verbunden geblieben, nachdem das alles geschehen ist. Natürlich habe ich ihm erzählt, dass ich mich zur Teilnahme an Ihrer Sendung bereit erklärt habe.«

»Und mir ist es wichtig zu zeigen, dass Kendra nicht verrückt ist. Martin war derjenige, der sie so hatte darstellen wollen. Ich habe es selbst erlebt.«

»Sie kannten Martin gut?«, fragte Laurie.

Steven verzog höhnisch das Gesicht. »Als ob sich dieser arrogante, egomanische Schnösel jemals dazu herabgelassen hätte, sich mit einem armseligen Dermatologen abzugeben, der keinen erstklassigen Stammbaum vorzuweisen hat.«

»Martin war nicht immer ein freundlicher Mensch«, sagte Kendra. »Aber er hat mich geheiratet. Und ich habe auch nicht unbedingt blaues Blut in den Adern.«

»Nein, aber du bist Kendra, was in jeder Hinsicht besser ist.«

Nachdem das Eis serviert wurde – das so köstlich war wie versprochen –, bemerkte Laurie, dass Steven kaum seinen schwärmerischen Blick von Kendra nehmen konnte.

»Sie waren also nicht unbedingt ein Fan des ermordeten Wundertäters«, sagte Laurie.

»Wundertäter? Du meine Güte!«, kam es wütend von ihm. »Kendra, besonders Kendra will mir immer einreden, dass Martin Bell auch seine guten Seiten hatte, aber es treibt mich zur Weißglut, wenn ich sehe, wie er nach seinem Tod als Heiliger dargestellt wurde, während man Kendra durch den Schmutz gezogen hat. Ehrlich, wenn er noch am Leben wäre, hätte man ihn längst entlarvt.«

»Entlarvt?«

»Er war ein Betrüger. Ein Scharlatan. Eine Kanaille, durch und durch.«

Kendra seufzte. »Steven, ich möchte es nicht bereuen, dass ich dich mitgebracht habe.«

Auf den ersten Blick schien Kendra wirklich besorgt zu sein, aber Laurie wusste natürlich, dass Menschen in der Lage waren, alle möglichen Gefühle vorzutäuschen. Vielleicht war Stevens Auftritt von Anfang an von Kendra geplant worden. Steven sollte schlecht über den Toten reden, damit sie es nicht tun musste.

»Kendra hat mich regelmäßig angerufen und war jedes Mal fix und fertig. Die Leute meinen, sie hätte unter Drogen gestanden? Nein, sie war einfach nur deprimiert und gestresst von ihrer Ehe. Martin ist wie der Märchenprinz in ihrem Leben aufgetaucht, aber als er sie dann als seine Frau und Mutter seiner Kinder in sein Schloss gesperrt hatte, hat er sie nur abscheulich behandelt. Er hat sie betrogen. Er hat sie schlechtgemacht. Und er war noch nicht mal ein guter Arzt. Er hatte ständig Klagen am Hals.«

Kendra zuckte sichtlich zusammen. »Steven, woher weißt du das?«

»Du hast es mir doch selbst erzählt.«

»Ich kann mich nicht daran erinnern«, antwortete Kendra traurig.

»Weil du damals nicht du selbst warst. Wie auch immer«, sagte er und nahm den letzten Löffel von seinem Eis, »ich wollte Ihnen nur sagen, dass Kendra keinerlei Anschuldigungen gegen Martin erhebt. Darum geht es in dem Fall nicht. Was sie Ihnen also erzählen wird? Das hat sie mir schon alles erzählt, als es geschehen ist. Ich habe ihren Verfall im Lauf der

Ehe gesehen. Ich lasse euch beide jetzt allein. Ihr habt viel zu besprechen.«

Und auch jetzt bemerkte Laurie, dass Steven keine Eile hatte, Kendra wieder loszulassen, als er sie zum Abschied umarmte.

18

Kaum hatte Steven das Restaurant verlassen, begann Kendra sich für ihn zu entschuldigen. »Wie Sie sehen, ist er mein treuer Fürsprecher. Gott sei Dank gibt es ihn. Er war der einzige Freund, der mir nach Martins Tod geblieben ist.«

»Verzeihen Sie die Bemerkung, aber mir scheint, er möchte mehr als nur Ihr Freund und Fürsprecher sein.«

Kendra winkte ab. »Steven? Nein, nein, nichts dergleichen. Selbst während des Medizinstudiums, als zwischen uns immer mal wieder etwas lief, waren wir die meiste Zeit bloß Studienkollegen.«

»Aber er hat doch gesagt, wäre Martin nicht gewesen, hätten Sie ihn vielleicht geheiratet?«

»Das ist so seine Art, Humor zu zeigen. Glauben Sie mir, es ist rein platonisch. Ich bin seit fünf Jahren Witwe und sehe ihn fast jeden Tag. Wenn er wirklich ernste Absichten hegen würde, hätte er doch schon längst einen Versuch starten können.«

Laurie beschloss, das Thema fürs Erste auf sich beruhen zu lassen, nahm sich aber vor, mehr über Dr. Carter herauszufinden. »Jedenfalls hatte er eine Menge über Martin zu sagen. Fremdgehen? Klagen? Und Sie erinnern sich nicht, ihm davon erzählt zu haben?«

»Von der Affäre, ja. Darüber habe ich ihm alles erzählt. Niemand sonst hat mir geglaubt, weil Martin allen weisgemacht hat, was für ein liebevoller Ehemann er wäre und wie rührend er sich um seine arme unfähige Frau kümmerte.«

»Aber dass Sie Steven von den Klagen erzählt haben, daran können Sie sich nicht erinnern?«

Kendra zuckte mit den Schultern und antwortete nur, dass alles schon so lange her sei. Laurie glaubte aber zu bemerken, dass etwas an der Situation sie beunruhigte.

Es war an der Zeit, die wichtigste Frage überhaupt zu stellen. »Kendra, wenn Sie Martin nicht umgebracht haben, wer war es dann?« Bevor Kendra zu einer Antwort ansetzen konnte, kritzelte Laurie den Namen *Steven Carter* in ihr Notizbuch.

»Wenn ich raten müsste, würde ich sagen, die Affäre hat kurz nach Mindys Geburt begonnen. Er hatte immer viel zu tun – er hatte seine Praxis, daneben musste er seine sozialen Kontakte pflegen und dafür sorgen, dass der Name Bell in gewissen Gesellschaftskreisen kursierte. Aber während die meisten Männer versucht hätten, zu Hause bei ihren kleinen Kindern zu sein, hat sich Martin nur noch selten blicken lassen. Schlimmer noch, wenn ich ihn gefragt habe, wo er gewesen sei, ist er überhaupt nicht darauf eingegangen. Er hat sich noch nicht mal die Mühe gemacht, mir Lügen aufzutischen. Er hat mich nur verächtlich angestarrt und geschwiegen.«

Laurie konnte nicht beurteilen, ob das alles stimmte, außerdem schien sich Kendra nicht bewusst zu sein, dass diese negative Darstellung von Martin als Familienvater ein weiteres Motiv lieferte, ihn umzubringen. »Ich kann mir sehr gut vorstellen, wie wütend einen das machen kann«, sagte Laurie.

»Wenn ich ihn mit meinem Verdacht konfrontierte, hat er mich nur als verrückt bezeichnet. Und seinen und unseren Freunden hat er erzählt, ich sei eifersüchtig und paranoid. Als ich mich dann hilfesuchend an meine Freunde wandte, hatte er bereits alle gegen mich aufgestachelt. Haben Sie zufällig mal den Film *Gaslight – Das Haus der Lady Alquist* gesehen?«

»Klar, mit Ingrid Bergman und Charles Boyer«, sagte Laurie. Der Film aus den Vierzigern, der auf einem Theaterstück von

Patrick Hamilton beruhte, gehörte zu den Lieblingsfilmen ihrer Mutter, daher kannte Laurie ihn. Er handelte von einer Frau, die von ihrem Mann so sehr manipuliert wird, dass sie allmählich glaubt, sie würde verrückt werden – er versteckt Dinge, inszeniert hin und her gehende Schritte auf dem Dachboden und stellt zu Hause das Gaslicht so ein, dass es aus keinem ersichtlichen Grund ständig heller und dunkler wird. Wobei er ihr die ganze Zeit einredet, dass sie sich diese Dinge alle nur einbilde.

»Genau so war es, mit Martin Bell verheiratet zu sein. Er hat mich manipuliert und mich gegenüber allen Bekannten als eine Irre hingestellt. Ich erfinde nichts. Eine Frau weiß, wenn ihr Mann untreu ist. Die Wahrheit ist, Martin war jemand, der nicht allein sein konnte. Er hatte immer eine Beziehung – vor mir mit zwei sehr erfolgreichen Frauen. Im Nachhinein würde ich sagen, er hat mich geheiratet, weil meine Karriere es nie mit seiner hätte aufnehmen können.«

»Sie haben Medizin studiert. Sie wollten ebenfalls Ärztin werden.«

Traurigkeit überkam Kendra, als sie an eine Zukunft dachte, die niemals Wirklichkeit werden sollte. »Ich wollte immer nur eine gute Kinderärztin werden – kein Superstar. Worauf ich hinaus will: Martin hat eine Frau in seinem Leben gebraucht. Diese Person war ich, auch später noch, nachdem wir unsere Probleme hatten. Aber irgendwann ist bei mir der Groschen gefallen, und ich habe gewusst, dass seine Zuneigung einer anderen gehört. Dafür würde ich meine Hand ins Feuer legen. Martin konnte sehr charismatisch sein. Es hatte schon einen Grund, warum ich ihn so überstürzt geheiratet habe. Er hat mich im Sturm erobert.«

Laurie erinnerte sich an einige Fernsehauftritte von ihm und musste zugeben, dass er das gewisse Etwas gehabt hatte. Auf Alex traf das auch zu. *Und schau dir an, was mit uns beiden passiert ist*, dachte sie.

»Alle«, fuhr Kendra fort, »haben mich verdächtigt, weil keiner Martin Böses unterstellen wollte. Aber was, wenn er seinen Charme bei der Frau eines anderen hat spielen lassen? Er wäre nicht der erste Liebhaber, der von einem eifersüchtigen Ehemann getötet würde.«

»Haben Sie irgendwelche Anhaltspunkte, wer diese Frau gewesen sein könnte?«

»Anhaltspunkte?« Sie riss die Augen auf. »Ich bin mir absolut sicher, dass es Leigh Ann Longfellow war.«

Der Name traf Laurie völlig unvorbereitet. »Die Frau von Senator Longfellow?«

»Wie gesagt: Dafür würde ich meine Hand ins Feuer legen.«

19

Laurie lief es kalt über den Rücken. Sie wusste, dass sich die New Yorker Polizei in diesem Fall sehr zugeknöpft gab und Martins Eltern bereit waren, ihren Einfluss geltend zu machen, um die Ermittlungen in ihrem Sinne zu steuern. Aber jetzt beschuldigte Kendra Daniel Longfellow, den dienstjüngeren Senator des Bundesstaats New York, des Mordes. Brett Young und die Hausjustiziare des Senders würden nie zulassen, dass sie diesen Vorwurf in der Sendung auch nur flüsterte, solange nicht unumstößliche Beweise dafür vorlagen.

»Ich habe die vollständige Berichterstattung zu dem Fall gelesen, Kendra, und Senator Longfellow und seine Frau wurden kein einziges Mal erwähnt.«

»Natürlich haben Sie nichts darüber zu sehen bekommen!«, empörte sich Kendra. »Dafür haben die Longfellows schon gesorgt. Die beiden beherrschen es meisterhaft, das politische System und die Medien zu manipulieren.«

Laurie sah jetzt, wie mühelos Martin offenbar anderen hatte einreden können, dass Kendra nicht ganz richtig tickte.

»Sie glauben im Ernst, dass ein US-Senator mitten im Greenwich Village Ihren Mann erschossen hat? Der Täter ist auf Martin zugegangen, als er in die Einfahrt einbog. Jeder Nachbar hätte ihn ganz leicht erkennen können.« Laurie konnte sich dieses Szenarium beim besten Willen nicht vorstellen.

»Er war damals noch nicht Senator. Longfellow war noch Mitglied der State Assembly und hat darin noch nicht mal

unseren Distrikt vertreten. Würden Sie bei einer Gegenüber-
stellung den Abgeordneten zwei Distrikte weiter erkennen?«

Laurie überlegte. Wann war Longfellow in den US-Senat eingezogen? Fast zwei Jahrzehnte lang hatten zwei Senatoren den
Bundesstaat New York vertreten, bis einer davon ins Kabinett
des Präsidenten berufen wurde. Um die freigewordene Stelle zu
besetzen, war der Gouverneur von New York ermächtigt, einen
Ersatz zu ernennen. Er entschied sich für den aufstrebenden
Politiker aus der State Assembly, den gut aussehenden ehemaligen Staatsanwalt Daniel Longfellow. Drei Jahre zuvor war
Longfellow dann für die volle sechsjährige Amtszeit zum Senator gewählt worden, die ursprüngliche Ernennung hatte sich
aber ungefähr zum Zeitpunkt von Martin Bells Ermordung
ereignet.

»Woher kannte Ihr Mann überhaupt Mrs. Longfellow?«

»Beide haben die Hayden School besucht und waren später
im Vorstand der Ehemaligenvereinigung«, sagte Kendra. In
kaum einer Privatschule in New York City war das Konkurrenz-
denken so ausgeprägt wie in der Hayden School an der Upper
East Side. »Leigh Ann war genauso wie ich, bevor Martin und
ich uns kennengelernt haben: immer gestylt, anderen immer
einen Schritt voraus, diejenige, die jede Gruppe, der sie angehört, auch anführt. Und genau wie ich schien sie sich mit der
Rolle der glücklichen Ehefrau zufriedenzugeben, die hinter
ihrem prominenten Mann steht. Sie sehen doch, wie weit es
Daniel mit Leigh Ann an seiner Seite gebracht hat. Nach Mindys
Geburt hat sich Martin plötzlich freiwillig gemeldet, die jährli-
che Auktion zugunsten der Hayden School zu leiten. Und raten
Sie mal, wer ihm zur Seite gestanden hat? Natürlich Leigh Ann.
Dass sie mit meinem Mann so viel Zeit verbringen konnte, lag
zum Teil daran, dass ihr Mann der State Assembly in Albany
angehörte. Plötzlich verbrachte Martin mehr Zeit mit Leigh
Ann als mit mir und den Kindern.«

»Haben Sie der Polizei von Ihren Vermutungen erzählt?«

»Ja, von Anfang an. Ich habe meinen Verdacht geäußert, dass die beiden eine Affäre haben, Daniel Longfellow hat das wahrscheinlich ebenfalls getan. Damals wusste ich es noch nicht, aber es gab wohl schon Gerüchte, dass Longfellow den freigewordenen Sitz im Senat übernehmen soll, sobald die Ernennung des gegenwärtigen Senators ins Kabinett offiziell würde. Hätte er seine Frau an einen prominenten Arzt verloren, hätte das seine politische Karriere vermutlich in erheblichem Maße beeinträchtigt.«

Laurie hatte es im Fall von Alex selbst miterlebt. Auch er hatte sich Sorgen gemacht, dass ein einflussreicher Politiker oder sogar nur ein über Twitter verbreitetes Gerücht seine Ernennung zum Bundesrichter verhindern könnte. War es denkbar, dass jemand, der etwas anders gestrickt war – eine durch und durch niederträchtige Person etwa –, einen Mord in Betracht zog, um seine politische Laufbahn zu retten?

»Wissen Sie zufällig, ob die Polizei Ihren Verdachtsmomenten nachgegangen ist?«

Sie schüttelte den Kopf. »Man sollte meinen, dass ich als Witwe auf dem Laufenden gehalten werde, aber es wurde schnell klar, dass man mich eher als Verdächtige sah, nicht als Familienangehörige. Seinen Eltern dagegen wurde der rote Teppich ausgerollt.«

Laurie wollte gegenüber den Bells dieses Thema anschneiden, wenn sie sich das nächste Mal mit ihnen unterhielt. Sie machte sich eine entsprechende Notiz. »Inwiefern wurden Sie von der Polizei als Tatverdächtige behandelt? Sie wurden nicht verhaftet, Sie wurden auch nie öffentlich als Verdächtige genannt.«

»Das war auch gar nicht nötig. Ich hab doch die Blicke der Polizisten gesehen, die an dem Abend eingetroffen sind. Es war ihnen anzumerken, dass sie mich nicht mochten.«

»Nicht *mochten?* Ein Tatort ist keine Bühne für einen Persönlichkeitswettbewerb.«

»Genau. Aber sie haben mich sofort in eine Schublade gesteckt. Ich sollte sogar einen Drogentest machen. Ich habe mich entschieden dagegen verwehrt – nicht ohne Durchsuchungsbeschluss.«

»Verzeihen Sie, Kendra, aber Ihr Mann war kurz zuvor ermordet worden. Warum haben Sie mit der Polizei nicht so weit wie möglich kooperiert?«

Kendra sah sich im Lokal um und vergewisserte sich, dass ihnen keiner zuhörte. Drei neue Gäste waren gekommen, aber Kendra und Laurie waren immer noch für sich. Laurie hatte das Gefühl, dass sie dafür Dennis, dem Barkeeper, zu danken hatten. »Weil sie ihre Zeit verschwendeten, wenn sie gegen mich ermittelten, während sie doch eigentlich den Mörder meines Mannes suchen sollten«, kam es entrüstet von Kendra.

»Verzeihen Sie, wenn ich das so sage: Laut mehreren Berichten müssen Sie aber ziemlich aus der Rolle gefallen sein, angeblich waren Sie damals generell ›völlig neben sich‹, besonders aber auch, nachdem Sie von Martins Tod erfahren haben.«

»Mache ich auf Sie den Eindruck, als stünde ich unter Drogeneinfluss?«

»Jetzt? Natürlich nicht. Aber vor fünf Jahren habe ich Sie nicht gekannt.«

»Hören Sie, ich möchte darüber nicht im Fernsehen zur besten Sendezeit reden müssen, aber im Nachhinein kann ich sagen, dass ich an einer postpartalen Depression gelitten habe. Es hat wahrscheinlich mit Bobbys Geburt angefangen. Deswegen habe ich es nicht mehr geschafft, auf meine Assistenzstelle zurückzukehren. Und statt in Behandlung zu gehen, habe ich dann das zweite Kind gekriegt. Ich bin nicht stolz darauf, aber ich war damals keine gute Mutter. Ich bin kaum aus dem Bett gekommen. Martin – noch dazu als Arzt – hätte den Grund dafür erkennen und mir helfen müssen. Stattdessen hat er sich mit der perfekten Leigh Ann vergnügt, und um die Kinder mussten ich und die arme Caroline uns kümmern. Nach seinem Tod habe ich eine Therapie begonnen und endlich die Behandlung erhalten, die ich von Anfang an gebraucht hätte. Nur seine Eltern wollen nicht akzeptieren, dass ich mich geändert habe.«

Laurie ärgerte sich über sich selbst, dass sie nicht schon längst auf eine Wochenbettdepression als mögliche Erklärung gekommen war. Eine ihrer Freundinnen hatte nach der Geburt des ersten Kindes fast ein Jahr damit zu kämpfen gehabt.

»Sie meinen, Ihre Schwiegereltern wollen Ihnen immer noch die Kinder wegnehmen?«

»Natürlich. Sosehr ich auch hoffe, dass Sie den Fall aufklären – der wahre Grund für meine Teilnahme an der Sendung ist, dass ich sie beschwichtigen möchte. Sie sind der Grund, warum Martin so war, wie er war – charmant und talentiert, aber auch skrupellos und grausam. Ich will nicht, dass Bobby und Mindy so aufwachsen.«

Allmählich gewann Laurie ein sympathischeres Bild von Kendra. Dennoch wollte ihr nicht recht einleuchten, warum sie sich der Polizei gegenüber nicht etwas aufgeschlossener verhalten hatte. Sie ging zum nächsten Punkt auf ihrer Liste. »Angeblich sollen Sie nicht unbeträchtliche Summen von Ihrem gemeinsamen Konto abgehoben haben, der Polizei aber wollten Sie nicht erläutern, wofür Sie das Geld verwendet haben.«

»Es ging nicht darum, dass ich das nicht *gewollt* habe. Ich *konnte* es nicht. Ich war wegen meiner Depression ziemlich mitgenommen. Von Zeit zu Zeit musste ich aber aus dem Haus, und alles, was man in New York unternehmen kann, kostet Geld. Manchmal habe ich mich nur in ein Taxi gesetzt und mich nach Staten Island oder zum Jones Beach fahren lassen, wo ich allein sein konnte. Oder ich bin zum Shoppen gegangen und habe wie wild eingekauft. Einmal habe ich achthundert Dollar für hochhackige Louboutins mit Leopardenmuster ausgegeben, die ich bis heute kein einziges Mal getragen habe. Schuhgröße vierzig, falls es Sie interessiert.« Sie lächelte traurig. »Dass ich das Geld zum Fenster hinausgeworfen habe, war vielleicht meine Rache an Martin für seine Affäre.«

Eine Menge Geld auf den Kopf zu hauen ist weit davon entfernt, jemanden umzubringen, dachte Laurie.

»Ich verstehe, dass wir das alles wieder durchkauen müssen, aber, Laurie, bitte versprechen Sie mir, dass Sie dem nachgehen, was ich über Leigh Ann Longfellow gesagt habe. Ich fürchte nämlich, dass die Polizei mir kein Wort geglaubt hat.«

»Genau darum geht es uns doch bei unserer Sendung«, versicherte Laurie. »Wir beschäftigen uns mit allen Gesichtspunkten – deshalb möchte ich Sie auch auf die Klagen ansprechen, die Steven erwähnt hat. Jemand hat Martin verklagt?«

Kendra machte eine wegwerfende Geste. »So ist das eben, wenn man Arzt ist. So gern ich Kinderärztin werden wollte, zu den Nachteilen gehört auch das Risiko, dass man verklagt wird. Bei Martin war es noch schlimmer. Schließlich hat er Patienten mit chronischen Schmerzen behandelt. Das waren keine einfachen Fälle, glauben Sie mir.«

»Worum ging es bei diesen Klagen?«

»Die Einzelheiten kenne ich nicht. Martin hat sich zu diesem Zeitpunkt nicht mehr mit mir darüber unterhalten. Nach seinem Tod haben die Anwälte Vergleiche geschlossen, die aus dem vererbten Vermögen beglichen wurden.«

»Von wem wurde Martin im Fall von Behandlungsfehlern vertreten? Dann könnte ich dort mal nachfragen.«

»Das weiß ich nicht.«

Laurie machte sich eine weitere Notiz. Auch dieser Punkt musste weiterverfolgt werden. Nun stand nur noch ein Thema auf ihrer Liste, und das hatte es in sich. »Sie sagten, Sie mussten hin und wieder aus dem Haus, weil Sie für sich sein wollten. Gehörte dazu auch, dass Sie eine Bar aufsuchten?«

Kendra stöhnte auf. »Die Boulevardpresse hat es so hingestellt, als wäre ich vierundzwanzig Stunden am Tag in Wodka mariniert worden. Ich sagte Ihnen doch: Ich habe an einer postpartalen Depression gelitten. Schlagen Sie es nach. Dazu gehört, dass man sich in der einen Minute hundemüde fühlt, in der nächsten ist man dagegen ruhelos, panisch und unkonzentriert. Auf manche wirkt das dann vielleicht so, als wäre man betrunken.«

»Sind Sie ausgegangen, um Gesellschaft zu finden?«

»Nein. Um die Wahrheit zu sagen, an manchen Tagen habe ich es noch nicht mal unter die Dusche geschafft, so schlimm war es.«

Laurie musste vorsichtig vorgehen. Dass Kendra das Cover aufgesucht hatte, stand nicht in den Zeitungen. Unter keinen Umständen durfte Kendra Verdacht schöpfen, dass sie mehr wusste, als über die gängigen Medien zu erfahren war. Das wollte sie sich für das Kreuzverhör aufheben, wenn die Kameras liefen.

Sie probierte es ein letztes Mal. »Sie und Steven scheinen mit dem Barkeeper hier gut bekannt zu sein. Hatten Sie damals auch ein Lieblingslokal?«

»Ich sagte doch, nein!«, blaffte Kendra.

Laurie nickte und schob ihren Stift in die Spiralheftung des Notizbuchs. »Für heute habe ich keine weiteren Fragen. Nochmals vielen Dank, dass Sie sich mit mir getroffen haben«, sagte sie. »Wir melden uns wieder, wenn wir uns an die Ausarbeitung des Produktionsplans machen.«

Angesichts Kendras Verärgerung bemühte sie sich sehr um einen freundlichen Plauderton, während sie darauf warteten, dass Dennis die Rechnung brachte, die sie mit der Kreditkarte des Studios bezahlte.

Zwei Treffer, obwohl sie mit den Dreharbeiten noch gar nicht begonnen hatte. Zum einen hatte Kendra in der Frage, ob sie an einer Wiederaufnahme des Falls mitwirken wollte, ihre Schwiegereltern belogen. Und jetzt, davon war Laurie überzeugt, hatte sie erneut nicht die Wahrheit gesagt. Die Polizei musste sie mit der Tatsache konfrontiert haben, dass sie sich mit einem mysteriösen Unbekannten im Cover getroffen hatte. Eher unwahrscheinlich, dass Kendra sich nicht mehr daran erinnern konnte.

Die Chancen stehen gut, dass ich gerade mit einer Mörderin Kaffee getrunken und Eis gegessen habe, dachte sie. *Sie will nicht, dass ich vom Cover erfahre. Also werde ich der Bar als Nächstes einen Besuch abstatten.*

20

Es war kurz vor siebzehn Uhr, als Kendra und Laurie das Otto verließen. Die Frühlingssonne schien noch, was guttat nach der Dunkelheit im Restaurant. Kendra war erleichtert, als sich die Produzentin an der 5th Avenue verabschiedete. Laurie ging nach Süden in Richtung Washington Square Park davon. Kendra schlug den Weg nach Norden ein, nach Hause, genoss das warme Sonnenlicht auf dem Gesicht und versuchte sich zu beruhigen, obwohl ihre Gedanken wild durcheinanderwirbelten.

Zunächst war alles wie geplant verlaufen. Steven war mitgekommen, damit Laurie auf jeden Fall erfuhr, dass sie noch zu Martins Lebzeiten von seiner Affäre gewusst hatte. Außerdem hatte er sie in ein gutes Licht gerückt – was sonst kaum jemand tat. Sogar Dennis war ihr zur Seite gesprungen.

Als Laurie dann ihre Fragen stellte, hatte Kendra gedacht, sich ganz gut behauptet zu haben. Sie hatte sich darauf vorbereitet – es war klar, dass Fragen zu ihrer psychischen Verfassung und zu ihrer Ehe kommen würden, zu den Auseinandersetzungen mit der Polizei und den Geldabhebungen. Hätte das Gespräch hier geendet, wäre sie überzeugt gewesen, sich gut verkauft zu haben.

Aber dann hatte Laurie einen letzten Punkt angeschnitten. Vielleicht war die Frage, ob sie Bars aufsuchte, um Gesellschaft zu finden, einfach nur ein Schuss ins Blaue hinein – jedenfalls war es eine Frage, die von ihrer angeblichen Alkoholsucht herrührte. Aber Kendra hatte das schreckliche Gefühl, dass Laurie auf den Mann anspielte, den sie nur als »Mike« kannte.

Wenn sie nur an ihn dachte, wurde ihr übel.

Sie hatte bei ihrem Leben – dem Leben *ihrer Kinder* – geschworen, ihn in der Sendung mit keinem Wort zu erwähnen. *Was soll ich jetzt tun?*, dachte sie.

Sie zog ihr Handy heraus und rief »Mike« an. Er meldete sich gleich beim ersten Klingeln. »Ist das Treffen vorbei?«, fragte er.

Er telefonierte wahrscheinlich mit einer Freisprecheinrichtung, denn im Hintergrund waren Autos und Hupen zu hören. Er saß in einem Auto. Unwillkürlich sah sie die Straße auf und ab und suchte nach ihm.

»Wir haben uns gerade verabschiedet.«

»Und?«

Er bestand darauf, dass sie ihn über alle Einzelheiten der Produktion auf dem Laufenden hielt. Sie wagte es nicht, ihn zu verärgern. »Sie hat nur die alten Presseberichte aufgewärmt. Nichts, womit ich nicht umgehen könnte. Sie hat nicht nach dir gefragt.« Streng genommen stimmte das sogar.

»Wann triffst du sie das nächste Mal?«

»Das weiß ich nicht. Sie sagt, sie würde sich melden, sobald der Produktionsplan steht.«

»Vergiss nicht, wenn du von mir erzählst, erzähle ich ihnen von dir. Dann gehst du wegen Mordes ins Gefängnis. Deine Kinder kommen dann zu ihren Großeltern, wo ihnen jeden Tag eingebläut wird, dass du ihren Vater umgebracht hast. Aber nur, wenn sie dann, nach deiner Verurteilung, noch gesund und munter sind.«

Die Drohung, die er damit gegen Bobby und Mindy aussprach, war unmissverständlich. Sie begann zu zittern. »Bitte, tu ihnen nichts.«

»Zwing mich nicht dazu.«

Einmal, erinnerte sie sich, hatte sie Martin bei einem fürchterlichen Streit an den Kopf geworfen, dass er der grausamste Mensch sei, den sie kenne. Jetzt aber hatte sie es mit jemandem zu tun, der noch bösartiger war als Martin. Mit zitternder Stimme sagte sie: »Ich werde niemandem etwas verraten. Ich schwöre es.«

»Es ist an der Zeit, dass wir uns mal wieder treffen.«

Bei dem Gedanken gefror ihr das Blut in den Adern. Mittlerweile ging es ihr gar nicht mehr ums Geld. Sie hatte sich daran gewöhnt, dass er sie als seinen persönlichen Geldautomaten benutzte. Der Mann jagte ihr eine abgrundtiefe Angst ein. »Wann?« Sie hörte selbst das Zittern in ihrer Stimme.

»So funktioniert das nicht. Das weißt du. Ich ruf dich an, und du kommst. Bring den üblichen Betrag mit.«

Der übliche Betrag waren neuntausend in bar. Sie vermutete, er wollte nicht, dass sie zehntausend abhob, diesen Betrag nämlich müssten die Banken melden, was Ermittlungen nach sich ziehen würde. Sie hörte den Motor seines Wagens aufheulen, dann war die Leitung tot.

Sie schloss die Augen und atmete dreimal tief durch, während sie um Fassung rang.

Sie hatte, als sie Laurie von ihrer zerrütteten Ehe erzählt hatte, von *Gaslight* und von Manipulation gesprochen und damit beschrieben, wie Martin sie anderen gegenüber als verrückt dargestellt hatte. Im Film beginnt Ingrid Bergman selbst an ihrer geistigen Gesundheit zu zweifeln. *Martin hat mich in den Irrsinn getrieben*, dachte Kendra.

Hatte sie Steven wirklich von den Klagen wegen Behandlungsfehlern erzählt, die gegen Martin vorgebracht wurden? Sie konnte sich nicht daran erinnern. So wie sie sich auch nicht an die schrecklichen Dinge erinnern konnte, die ihr in einer Bar angeblich gegenüber einem Fremden herausgerutscht waren, der sich Mike nannte. *Was habe ich in diesen Black-out-Zuständen noch alles getrieben?*, fragte sie sich.

Obwohl sie sonst nicht religiös war, ging sie in die episkopalische Kirche in der 10th Street. Eben waren die Türen für den abendlichen Gottesdienst geöffnet worden, aber Kendra wollte nicht lange bleiben. Sie ging zur letzten Bankreihe, kniete sich zu einem stillen Gebet hin, wie sie es so oft zuvor getan hatte, und bat um Vergebung für etwas, von dem sie nicht glaubte, dass sie es getan hatte.

Werde ich jemals die Wahrheit erfahren? Werde ich jemals erfahren, wer meinen Mann umgebracht hat?

21

Nachdem sich Laurie von Kendra verabschiedet hatte, ging sie die 5th Avenue hinunter in Richtung Washington Square Park. Die Sonne schien, es war der erste warme Frühlingstag und eine Einladung für die New Yorker, den Park wie einen öffentlichen Strand zu nutzen. Junge Frauen, noch in ihrem Büro-Outfit, lagen im Gras, einige mutige Jungs hatten ihre Hemden ausgezogen und warfen sich ein Frisbee zu. Zuschauer versammelten sich hier und dort, etwa um den Klavierspieler, der unter dem Triumphbogen Chopin zum Besten gab, oder um die Breakdancer, die am Brunnen ihre akrobatischen Nummern vorführten und deren bassgewaltige Lautsprecher das Klavier übertönten. Frühling in der Stadt fühlte sich an wie ein Wiedererwachen, und jeder kam aus seinem dunklen Winterversteck, um die frische Luft zu atmen.

Auf dem Weg ins Herz des East Village bereitete sich Laurie schon mal auf die Kellerbar vor, das Cover, wo man unabhängig von der Jahreszeit wohl nie viel Sonne zu sehen bekam. Während der Studentenzeit hatte sie sich auch in solchen grabkammerähnlichen Bars mit klebrigem Fußboden und graffitibeschmierten Toiletten herumgetrieben, mittlerweile aber war es schon eine Weile her, dass sie einen Abend an einem solchen Ort verbracht hatte.

Sie schob die schwere Tür am unteren Ende einer steilen Treppe auf und trat ein. Der vertraute Geruch von verschüttetem Bier, den auch die Putzmittel nicht übertünchen konnten, schlug ihr entgegen. Die Happy Hour stand bald an, trotzdem war das Lokal leer. Ein LED-Schild mit dem Schriftzug »The Cover« flackerte über der Theke, Neonlichter verzierten die Wände und warfen bunte Schatten in den Raum. Die Vorstellung, dass Kendra sich hier ein paar Drinks genehmigt oder in der hinteren Ecke am Flipperautomaten angestellt hatte, fiel ihr schwer.

»Bin gleich da«, war eine träge Stimme von unter der Theke zu hören. Kurz darauf tauchte eine junge Frau mit teilweise rasiertem Kopf und gepiercten Augenbrauen und Lippen auf. Als sie Laurie erblickte, änderte sich ihr Gesichtsausdruck, aus Gleichgültigkeit wurde Überraschung. Schon klar, Laurie gehörte nicht zum üblichen Publikum des Ladens.

Laurie lächelte sie freundlich an. »Ich hoffe, ich rede mit jemandem, der auch schon vor fünf Jahren hier gearbeitet hat.«

Die Barkeeperin sah sie nur verständnislos an. »Fünf Jahre?« Ihr Ton gab zu verstehen, dass vor so langer Zeit nichts geschehen sein konnte, was irgendwie von Belang wäre. Wahrscheinlich war sie zu dieser Zeit noch auf der Highschool gewesen.

Sie öffnete eine Tür mit dem PERSONAL-Schild, rief etwas und drehte sich wieder zu Laurie um. »Deb ist schon seit … na ja, seit Ewigkeiten hier.«

Eine ältere Frau mit tiefen Falten und unordentlich hochgesteckten Haaren kam hinter der Tür hervor. Ihr hageres Gesicht wirkte, als würde sie wirklich »seit Ewigkeiten« in der Kellerbar arbeiten, es waren dann allerdings nur acht Jahre, wie sich herausstellte. Aber das reichte Laurie.

»Haben Sie mal eine gewisse Kendra Bell gekannt?«, fragte Laurie und kam gleich auf den Punkt, indem sie einen Fünfzig-Dollar-Schein auf die Theke legte.

Deb lächelte. Natürlich erinnerte sie sich. »Hab sie immer gemocht. Traurig, was dann passiert ist, was?«

»Sie haben also gewusst, wer sie war? Dass ihr Mann, Martin Bell, im Licht der Öffentlichkeit stand?«

»Nein, das nicht. Sie war einfach nur Stammgast. Wir haben gequatscht, aber ich hab noch nicht mal ihren Namen gekannt. Sie hat sich meistens ausgejammert – vor allem über ihren schrecklichen Macker. Angeblich ein grausamer Aufschneider, der sie betrogen hat.« Deb zeigte mit einem fragenden Blick zu den Schnapsflaschen, aber Laurie schüttelte den Kopf. »Ganz wie Sie wollen«, sagte sie, nahm eine Flasche Old-Crow-Whiskey und schenkte sich selbst ein Glas ein.

»Und Sie sind ganz sicher, dass es sich um Kendra Bell handelte?«, fragte Laurie.

»Absolut. Sie hat mir sogar mal von ihrem Medizinstudium erzählt, nur ist sie nie richtig Ärztin geworden. Damals hab ich ihr nicht geglaubt. Sie war für mich nicht so der Studentinnen-Typ, wissen Sie? Was die so von sich gegeben hat, war bloß betrunkenes Gerede.«

Laurie ließ erneut den Blick schweifen, betrachtete den groben Teppich, der an der Wand hinter dem Billardtisch hing. Die junge Barkeeperin hatte sich wieder unter der Theke zu schaffen gemacht. »War sie immer allein hier?«, fragte Laurie.

»Meistens schon.« Blinzelnd richtete Deb den Blick zur Decke und versuchte sich zu erinnern. »Aber ein paarmal hat sie sich mit einem Typen getroffen. So einen, der richtig tough ausgesehen hat. Kahl geschorener Schädel, fieser Blick. Mir ist es vorgekommen, als hätte er sie einfach reden lassen. Vielleicht hat er sie auch nur angeschnorrt, damit sie ihm die Zeche zahlt, dafür hat er sich das Gemotze über ihren Mann angehört.«

Laurie holte ihr Handy aus der Handtasche und rief ein Bild von Steven Carter auf, Kendras Studienkollegen und jetzigem Arbeitgeber. Kendra war seit mittlerweile fünf Jahren Witwe und nach wie vor lediglich Stevens Bekannte und Angestellte, nicht seine Freundin oder gar Ehefrau – was nicht unbedingt auf eine Liebesbeziehung schließen ließ. Aber Laurie wollte sicherstellen, dass ihr hier nichts entging.

Deb lachte auf, als sie das Foto sah. »Der war das sicher nicht. Verglichen mit dem Typen, von dem ich rede, ist das ein Fred Rogers.«

Laurie nickte. »Haben Sie ihn seit Martin Bells Ermordung noch mal hier gesehen?«

»Nein, weder dieser toughe Typ noch Kendra haben sich danach noch mal blicken lassen. Als ich kurz nach dem Mord das Hochzeitsfoto in der Zeitung gesehen habe, hätte ich sie beinahe nicht erkannt. Mit der Lady ist es ganz übel bergab gegangen. Ich wollte ihr beim nächsten Mal mein Beileid aussprechen, aber, wie gesagt, dazu ist es nicht mehr gekommen. Sie ist nicht wieder aufgetaucht. Und er auch nicht.« Sie nahm einen Schluck von ihrem Whiskey. »Kennen Sie sie, oder was?«

Laurie erklärte ihre Sendung und sprach von der Wiederaufnahme der Ermittlungen im Mordfall Martin Bell. »Ich sammle so viele Informationen über Kendra Bell wie möglich.«

»Da sind Sie nicht allein, wenn Sie meinen, dass da irgendwas seltsam ist mit der. Ich hab damals bei den Bullen angerufen und denen erzählt, dass sie sich ständig über ihre Ehe ausgelassen hat. Auch den Typen mit der Glatze hab ich erwähnt. Es gab doch eine Belohnung, und wenn man was abgreifen kann, lass ich mir das nicht durch die Lappen gehen. Klar, es geht auch um Gerechtigkeit. Ich hab sie gemocht und so, aber wenn sie es war, dann gehört sie hinter Gitter.«

»Wäre es vielleicht möglich, dass wir hier drinnen filmen können? Und Sie sich vielleicht mit unserem Moderator zusammensetzen und ihm alles erzählen, was Sie gerade mir erzählt haben?«

Auf ihrem Gesicht zeichnete sich ein breites Grinsen ab. »Das wäre ziemlich cool.«

Laurie dankte Deb und der jungen Barkeeperin und verließ das Lokal. Als sie die steilen Stufen ins Sonnenlicht hinaufstieg, hatte sie das unheimliche Gefühl, beobachtet zu werden.

*Vielleicht habe ich mir die Beschreibung des mysteriösen Unbe-
kannten mit dem fiesen Blick zu sehr zu Herzen genommen,*
dachte sie.

Aber auch in der Bowery, auf dem Weg zur U-Bahn-Station in
der Lafayette Street, wurde sie das Gefühl nicht los, dass ihr jemand folgte. Sie trat in einen Laden für Handtaschen und beobachtete den Passantenstrom, der draußen vorbeizog. Ihr
Herz machte einen Satz, als sie einen großen Mann mit kahl
rasiertem Schädel entdeckte, der am Fußgängerüberweg an
der 3rd Street wartete. Er trug eine Pilotensonnenbrille, daher
wusste sie nicht, ob sein Blick so »fies« war, wie Deb ihn beschrieben hatte.

Sie wandte sich vom Schaufenster ab und warf der Angestellten ein schnelles Lächeln zu. Dann holte sie ihr Handy heraus,
um, wenn nötig, sofort die Polizei rufen zu können, und verließ
den Laden.

Sie sah über die Schulter. Der große Typ war jetzt einen
halben Block hinter ihr. Ihre Blicke trafen sich, und er beschleunigte seine Schritte.

Laurie eilte in den nächsten Laden und wartete, ob er ihr
diesmal folgte. Aber er tat es nicht, sondern überquerte mit
energischen Schritten die Straße. Ihr Herz pochte. *Er hat mich
beschattet und mitbekommen, dass ich ihn entdeckt habe*, dachte
Laurie. *Wohin geht er jetzt?*

Sie spähte durchs Schaufenster und verlor ihn kurzzeitig aus
den Augen, da ein weißer SUV, der hinter einem großen Laster
geparkt hatte, auf die Bowery Street fuhr. Dann erhaschte sie
hinter dem Wagen den großen Mann, glaubte zu sehen, wie er
sich nach unten beugte und sich wieder aufrichtete, bevor sie
ihn erneut aus den Augen verlor. Sie spürte das Handy in ihrer
zitternden Hand und wollte schon den Notruf wählen. Ihr Daumen schwebte über der Schaltfläche. Sie überlegte, wie lange
die Polizei brauchen würde, bis sie reagierte.

Erst als die Ampel umschaltete und der SUV nach links in die 2nd Street einbog, erkannte sie den Grund für die zweckgerichteten Schritte des großen Manns. Auf der gegenüberliegenden Straßenseite hielt er nämlich mittlerweile Händchen mit einer jungen Frau, die sich ein glucksendes Kleinkind in einem Tragegestell vor den Bauch geschnallt hatte. Und jetzt sah sie auch, dass der große, furchterregende Mann, der ihr so einen Schrecken eingejagt hatte, ein Angry-Birds-T-Shirt trug ähnlich dem, aus dem Timmy schon zwei Jahre zuvor herausgewachsen war.

Laurie lachte über sich und ihre überbordende Fantasie. Sie kam sich albern vor, wartete trotzdem eine ganze Minute, bevor sie der Angestellten dankte und auf den Bürgersteig hinaustrat. Als sie ein freies Taxi auf sich zukommen sah, hob sie intuitiv die Hand. *Lieber auf Nummer sicher gehen*, dachte sie.

Dann saß sie auf der Rückbank und ließ sich durch den Kopf gehen, was sie an diesem Nachmittag erfahren hatte. Sie musste unbedingt mehr über Steven Carter und die Klagen gegen Martin Bell herausfinden, ihre Gedanken kehrten aber immer wieder zum Cover zurück. Nach den Gesprächen mit Deb und Kendra war sie absolut davon überzeugt, dass Kendra wirklich die Frau war, an die sich die Barkeeperin erinnerte. Vielleicht hatte Kendra immer wieder dem Haus und ihrer unglücklichen Ehe entfliehen müssen, aber warum log sie? Laurie war überzeugt, dass alles auf den mysteriösen Unbekannten hinauslief. Bei dem Gedanken wurde ihr mulmig zumute.

Sie war so in diese Gedanken versunken, dass sie den weißen SUV nicht bemerkte, der mittlerweile auf der Bowery umgedreht und sich in den Verkehr hinter ihr eingefädelt hatte.

22

Was für ein seltsames Paar, dachte sich der Mann, als er sich in seinem weißen SUV einer roten Ampel näherte. Das fragliche Paar hielt sich auf der östlichen Straßenseite zwischen der 2nd und 3rd Street auf. Der Mann war fast zwei Meter groß, hatte einen glatt rasierten Schädel und eine Sonnenbrille. Ein harter Typ, keine Frage. Aber er trug ein T-Shirt mit einer Comicfigur und hielt mit einer netten blonden Frau Händchen, die so ein Tragegestell mit einem Baby umgebunden hatte.

Sie sahen wie eine glückliche Familie aus, was er einfach bodenlos fand.

Aber er sah sie schon vor sich, wie sie in fünfzehn Jahren sein würden. Er würde ordentlich zulegen, sie würde zu viel trinken. Ihre einfältigen, übellaunigen Gören würden wissen, dass sich ihre Eltern hassten.

Was die Ehe betraf, hielt er sich für einen Realisten. Klar, einige Zeit ist alles eitel Sonnenschein, aber wie sieht es dann aus, wenn dich das Leben mal gewaltig aus der Bahn wirft? Wenn dann die hübsche Frau nicht mehr gar so hübsch aussieht oder nicht mehr aus dem Bett kommt, wie lange dauert es dann, bis sich der glückliche Gatte einen Ersatz sucht? Oder wenn Daddy sich unter die Arbeitslosen einreiht? Vergiss es. Es gibt kein »in guten wie in schlechten Tagen« – nur Egoismus, Untreue und Verrat.

Er ließ den Blick zum Beifahrerfenster wandern, um sein Zielobjekt wieder ins Visier zu nehmen. So sah er Laurie Moran: als Beute.

Ein paar Monate zuvor, als er mal wieder eine seiner Phasen gehabt hatte, war er viel zu häufig auf dem Sofa vor dem Fernseher versackt. Er hatte einen Tierfilm über Chamäleons gesehen. Fast hätte er schon den Sender gewechselt, als Aufnahmen dieser Echsen gezeigt wurden, wie sich ihre Haut von rot zu rosa und grün und gelb und blau verfärbte. Jeder Idiot wusste doch, dass diese hässlichen Viecher die Farbe wechseln konnten.

Aber dann kam der Kommentator auf ihre Augen zu sprechen. Es stellte sich heraus, dass die Augenlider eines Chamäleons verwachsen sind, nur unmittelbar vor der Linse ist eine kleine Öffnung frei. Dieses außergewöhnliche Merkmal verwandelt jedes Auge in eine Art Periskop, darüber hinaus sind beide Augen unabhängig voneinander beweglich. Ein Chamäleon kann daher den gesamten 360-Grad-Umkreis erfassen. Es kann nach Feinden Ausschau halten und gleichzeitig auf Beute lauern. Ein Chamäleon sieht alles gleichzeitig.

Stell dir vor, wie das wäre, dachte der Mann. *Den anderen immer einen Schritt voraus sein. Keiner könnte dich hinters Licht führen, keiner dich betrügen.*

Und so fühlte er sich jetzt auch hinter dem Steuer seines weißen SUV – übermächtig. In diesem Augenblick gab es von seiner Warte aus keine Feinde, nur Beute. *Sie sehen mich nicht*, dachte er. *Aber ich sehe alles.*

Außer, einen Moment! Wo war sie? Er war ihr nach der Kellerbar gefolgt. Sie war auf die Bowery eingebogen, er ebenfalls, aber jetzt war sie verschwunden. Sie konnte doch nicht so weit gelaufen sein. Sobald die Ampel umschaltete, fuhr er nach links in die 2nd Street, wollte um den Block fahren und sie hoffentlich wiederfinden.

An der Kreuzung Bowery und 3rd Street fuhr er vor einem Hydranten an den Randstein, rutschte auf dem Sitz nach unten und beobachtete die Straße. Er spürte, wie seine Macht schwand.

Am liebsten wäre er jetzt auf den Bürgersteig gefahren und hätte jeden niedergemäht, der zufällig da war.

Sein Fuß schwebte über dem Gaspedal, als sie plötzlich aus einem Laden auftauchte. Sie machte nur wenige Schritte, bevor sie ein Taxi heranwinkte. Er zählte bis drei, dann schob er sich hinter ihr in den Verkehr.

Wohin jetzt, Laurie Moran? Und wie lange soll ich noch warten, bis dich das Leben gewaltig aus der Bahn wirft?

23

Erst als Laurie die Lobby ihres Apartmentgebäudes betrat, fühlte sie sich wieder sicher. Sie wartete, bis Ron, der Portier, einer jungen Frau, die Laurie als eine Bewohnerin erkannte, einen hohen Paketstapel aushändigte.

»Soll ich Ihnen helfen?«, bot Laurie an.

»Schon okay«, antwortete die Frau. »Das ist die Strafe für meine Online-Shopping-Sucht.«

Beeindruckt blickte Laurie der Frau mit den aufgetürmten Paketen hinterher, die bei jedem Schritt gefährlich schwankten, als sie sich auf den Weg zu den Aufzügen machte.

Als sie allein waren, sah Ron Laurie mit einem wissenden Lächeln an. »Das mit der Sucht war ernst gemeint. Morgen wird sie alles wieder zurückschicken. Der Paketbote hat schon gedroht, unser Gebäude nicht mehr zu beliefern, wenn sie sich nicht endlich etwas zügelt.«

Erneut wurde Laurie bewusst, wie sehr ihr das alles hier fehlen würde, falls Alex und sie eine neue Wohnung fanden. »Ähm, Primo. Es klingt vielleicht komisch, aber war mal jemand hier, der sich nach mir erkundigt hat?«

Ein besorgter Ausdruck huschte über sein Gesicht. »Nicht dass ich wüsste. Erwarten Sie jemanden?«

Laurie schüttelte den Kopf. »Nein, ich wollte bloß sichergehen.«

»Wenn Sie was brauchen, wir sind immer für Sie da. Das wissen Sie, oder?«

»Ja, aber es besteht wirklich kein Grund, Alarm zu schlagen.«

Trotzdem, ich werde das Gefühl nicht los, dass mich jemand verfolgt, dachte Laurie. *Offensichtlich nicht von dem großen Typ, der sich mit der jungen Frau getroffen hatte. Aber etwas sagt mir, vorsichtig zu sein.*

»Primo, tun Sie mir einen Gefallen. Wenn Ihnen jemand auffällt, der das Gebäude zu beobachten scheint, dann geben Sie mir bitte Bescheid.«

»Wir passen immer auf Sie auf, Miss Laurie, und jetzt mehr als sonst.«

Als Laurie aus dem Aufzug trat, wurde sie von Knoblauch- und Rosmarinduft begrüßt. Sie wünschte sich schon, etwas aus dem italienischen Restaurant bestellt zu haben, in dem sie sich mit Kendra getroffen hatte. Zu ihrer Überraschung wurde der Duft aber noch stärker, als sie die Tür zu ihrer Wohnung öffnete. Im Stimmengewirr konnte sie leise die besänftigenden Klänge von Chet Bakers »Almost Blue« hören. *Was hab ich bloß für ein Glück,* dachte sie, *dass mein Zehnjähriger lieber Jazz hört als den Radau im Radio.*

Sie hängte ihre Schultertasche an die Garderobe und wurde von Timmys »Hi, Mom!« begrüßt. Sie fand ihn in der Küche, wo er unter Ramons wachsamem Blick mit einem Holzlöffel fachmännisch in ihrem größten Topf rührte. »Was machen Sie denn hier?«, fragte sie und drückte Ramon kurz die Schulter.

»War die Idee vom Boss«, sagte er lächelnd und deutete mit dem Daumen ins Wohnzimmer.

Alex hatte sich bereits erhoben und nahm sie in den Arm. Er war noch für die Arbeit gekleidet, hatte aber die Krawatte gelockert und das Jackett abgelegt.

»Na, was für eine schöne Überraschung«, sagte sie.

Leo saß in seinem Lieblingssessel. Im Fernsehen lief seine tägliche Sportsendung, und Laurie war froh, dass der Ton auf stumm gestellt war.

»Ich habe doch gemerkt, wie sehr dich die Wohnungsbesichtigung bedrückt hat«, sagte Alex und führte sie zum Sofa, wo sie neben ihm Platz nahm. »Ich dachte mir, ein Familienabend zu Hause würde uns allen guttun, auch wenn die unermüdliche Rhoda noch nicht die perfekte Wohnung für uns gefunden hat.«

Leo verzog das Gesicht, als der Name der Maklerin fiel. »Alex hat mir alles erzählt. Wie kann sie auch nur in Betracht ziehen, dass eine Eigentümergemeinschaft nicht hellauf begeistert wäre, wenn sie euch und meinen Enkelsohn als neue Nachbarn begrüßen dürfte? Sie sagt das nur, um euch nervös zu machen. Sie will, dass ihr eure Ansprüche runterschraubt und sie so schnell wie möglich einen Verkauf abschließen kann. Richtet ihr aus, jede Eigentümergemeinschaft, die sich auch nur nach Alex' alten Fällen erkundigt, kann euch mal den Buckel runterrutschen.«

Wenn Leo sich zu solchen Äußerungen hinreißen ließ, war er wirklich sauer. Sie war es gewohnt, dass er sich für sie einsetzte, aber so – da musste er schon einen triftigen Grund haben. Vermutlich wollte er nicht, dass sie und Timmy aus seiner Nachbarschaft wegzogen.

»Kein Grund zur Sorge, Dad. Wir haben deutlich zu verstehen gegeben, dass wir keine Nachbarn wollen, die Anstoß an unserem Beruf nehmen – oder ehemaligem Beruf, wie in Alex' Fall. Außerdem weiß sie, dass wir genügend Platz für ein Büro und für Ramon brauchen, und das alles in der Nähe zu Timmys Schule und deiner Wohnung.«

Leos Miene hellte sich auf. »Und einer Kindertagesstätte«, schlug er mit einem Schmunzeln vor.

»Schh«, winkte Laurie ab. »Wenn das Timmy hört, weiß es am nächsten Tag die ganze Schule.«

Leo lachte. »Ich höre jetzt kein Dementi.«

»Vielleicht sollten wir das Thema wechseln und über die Vorsitzende Richterin Maureen Russell reden.«

»Ach, die hab ich heute getroffen«, sagte Alex. »Leo, sie sagte mir, wie sehr sie eure Unterhaltung beim Empfang genossen habe.«

Laurie freute sich diebisch, ihren Vater erröten zu sehen. »Leo und Maureen, das klingt doch ganz nett, oder?«

Leo rollte mit den Augen, lächelte aber trotzdem. »Okay, ich gebe mich geschlagen. Nichts mehr von Kindertagesstätten und dergleichen. Besorgt euch so viele Zimmer, wie ihr wollt, ich stelle keine Fragen mehr.«

Laurie und Alex tauschten wissende Blicke aus. Tatsächlich hatten sie der Maklerin gesagt, dass sie Platz brauchten, falls die Familie größer würde – später, irgendwann.

24

Später an diesem Abend ging Laurie durch die Wohnung und machte alle Lichter aus, bevor sie sich schlafen legte.

Alex war früh am nächsten Morgen mit einem Richter, bei dem er nach dem Studium gearbeitet hatte, zum Frühstück verabredet. Sein juristischer Mentor wollte ihm unbedingt noch einige Ratschläge mit auf den weiteren Weg geben.

Bevor sie auch das Licht in der Küche ausschaltete, bestaunte sie die Sauberkeit, die hier herrschte. Die Granitarbeitsplatte glänzte, kein einziger Krümel lag auf dem Fliesenboden. So gern sie hier kochte, vor dem Aufräumen graute ihr immer. Sie würde es sehr genießen, mit Ramon unter einem Dach zu leben.

Sie hatte sich gerade ins Bett gelegt und freute sich auf den neuesten Karin-Slaughter-Krimi, als ihr Handy auf dem Nachttisch summte. Es war Ryan. Er rief sonst nie so spät an. Genau genommen rief er sie nie an.

»Hallo«, sagte sie. Ihr schwante Übles.

»Ich wusste nicht, ob du noch wach bist.«

»Ich hab mich gerade hingelegt. Was gibt es?«

»Entschuldige, aber ich muss dich das fragen. Kennst du meinen Onkel Jed?«

Laurie kannte Ryans Onkel nicht. Sie wusste nur, dass sich Onkel Jed mit Brett Young das Zimmer auf der Northwestern geteilt hatte, was höchstwahrscheinlich keine geringe Rolle gespielt hatte, als sein Neffe Ryan sofort einen gut dotierten Job bei den Fisher Blake Studios bekam. »Ich weiß, wer er ist, ja. Was ist mit ihm?«, fragte sie.

»Na ja, es hat sich herausgestellt, dass der Mann seiner Verlegerin mit dem Vater von Martin Bell dem Vorsitz einer Gesellschaft zur Leseförderung von Kindern angehört.«

»Aha«, antwortete sie und versuchte sich die vielen Beziehungen in Erinnerung zu rufen, die sowieso schon zwischen Martins Vater und ihrem Chef Brett Young bestanden. »Ich glaube, einer von Bretts Collegefreunden spielt mit Dr. Bells Steuerberater Tennis. Robert Bell ist anscheinend seinen Rolodex durchgegangen. Ich nehme an, er hat dich angerufen?« Sie machte sich schon darauf gefasst, dass Ryan einen neuen Versuch startete, ihr die Leitung der Sendung abspenstig zu machen.

»Ja – jetzt gerade, auf meinem Handy, trotz der späten Stunde. Um ehrlich zu sein, es gefällt mir gar nicht, dass so viel Druck ausgeübt wird. Robert Bell und seine Frau sind offensichtlich von Kendras Schuld überzeugt und wollen, dass wir sie vor der Kamera gehörig auseinandernehmen.«

»Ist das so?« Sie war überrascht von seiner kritischen Reaktion.

»Ich hab ihm in aller Höflichkeit zu verstehen gegeben, dass ich mich bei ihm melden werde. Hast du schon eine Entscheidung getroffen, ob wir den Fall weiter vorantreiben?«

Laurie hätte ihn am liebsten gebeten, seine Worte noch mal zu wiederholen. Sonst fragte er nur äußerst selten nach ihren Entscheidungen. »Meiner Meinung nach wäre es ein toller Fall für uns«, sagte sie, »aber wir müssen den Eltern unmissverständlich klarmachen, dass wir in aller Objektivität ermitteln. Wir sind nicht ihre Lakaien.«

»Ganz meine Meinung«, pflichtete er bei. »Was, wenn wir morgen mit ihnen persönlich reden? Dann können wir als geschlossenes Team auftreten, und sie wissen, dass sie niemanden von uns herumscheuchen können.«

»Das klingt ... perfekt.« Es war das erste Mal, dass sie das Gefühl hatte, Ryan stünde auf ihrer Seite.

Als sie auflegte, war sie rundherum zufrieden.

Natürlich hatte sie keine Ahnung, dass keine drei Kilometer entfernt jemand sie auf seinem Computer googelte, sich mit ihrem bisherigen Leben beschäftigte und überlegte, wie sein nächster Schritt aussehen sollte.

25

Am folgenden Morgen hatte Dr. Steven Carter einige Probleme, seine dermatologische Praxis in der 5th Avenue aufzusperren, da er neben dem Schlüsselbund auch noch seine Aktentasche, einen Kaffeebecher und einen Strauß Blumen in der Hand hielt, den er im Laden an der Ecke besorgt hatte. Wie so oft traf er als Erster in der Praxis ein. Er war schon immer ein Frühaufsteher gewesen.

Man sah es ihm zwar nicht an, aber er begann den Tag gern mit einem Besuch im Fitnessstudio, einige Monate zuvor hatte er sogar einen Personal Trainer engagiert. Laut diesem hatte er seitdem seine Muskelmasse um acht Prozent gesteigert, was aber keiner wahrzunehmen schien, schon gar nicht die Frau, deren Zuneigung er seit mehr als einem Jahrzehnt zu gewinnen versuchte.

Steven wusste, dass er nicht gerade ein Hingucker war. In dieser Beziehung war er Realist. Auf dem College war sein Schreibstil als »gestelzt« eingestuft worden. Sein Philosophieprofessor hatte ihn als »wenig einfallsreich« beschrieben. Nach zwei Jahren Spanischunterricht hatte er sich in einem mexikanischen Restaurant noch nicht mal ein Gericht bestellen können, ohne mitleidiges Gekicher des Personals auf sich zu ziehen. Nur in den Naturwissenschaften war er sich nie als Loser vorgekommen. Nach seinem ersten Studienjahr hatte er alle Vorbedingungen erfüllt, die für ein Medizinstudium nötig waren, also hatte er sich gesagt: *Warum nicht Arzt werden?*

Da er auch in dieser Hinsicht Realist war, wusste er, dass

seine Noten gerade mal ausreichten, um im Ausland Medizin studieren zu können. Fünf Jahre in der Karibik klangen gar nicht so übel, wenn man in Iowa aufgewachsen war. Zu seiner großen Überraschung aber war er von der SUNY Stony Brook University genommen worden. Die Uni lag zwar nicht in der Karibik, aber auf einer Insel – Long Island – und versprach weitaus bessere Jobmöglichkeiten, wenn er mit der Ausbildung fertig war.

Das Medizinstudium gestaltete sich dann aber sehr viel anspruchsvoller als die naturwissenschaftlichen Seminare im Grundstudium. Wäre Kendra nicht gewesen, hätte er vielleicht seinen Abschluss nicht geschafft. Bei ihr klang alles immer ganz leicht, außerdem konnte sie vieles sehr viel besser erklären als die Professoren. Und außerdem war sie eine so schöne Frau, besonders damals.

Er dachte an ihren ersten Kuss zurück. Es war der Abend vor dem Abschlussexamen in Neurowissenschaften gewesen. Er war mit den Nerven fix und fertig und überzeugt, dass er scheitern würde.

»Steven, warum bist du so?«, fragte sie.

»Wie bin ich denn?«

»Na ja, so wie ... eben wie du. Was hat man dir angetan, dass du dein Licht immer so unter den Scheffel stellst?« Und dann hatte sie ihn geküsst. Es war kein leidenschaftlicher Kuss, sondern ein zarter, ausdauernder. Steven war erstaunt, aber Kendra sah ihn nur lächelnd an. »Du verdienst es, mehr von der Welt zu erwarten«, sagte sie. Dann widmete sie sich wieder ihrem Lernstoff.

Am nächsten Morgen schaffte er eine Zwei beim Examen. Gelungen war ihm das nur, weil er an jenem Tag den Seminarraum in dem Bewusstsein betreten hatte, er wäre jemand, der es wert war, von Kendra geküsst zu werden.

Danach sah er sie als seine feste Freundin an, nur blieb

zwischen den Seminaren und dem Lernen kaum Zeit für eine Beziehung. Im Nachhinein schien ihm, als hätte sie ihm nur gelegentlich ihre Zuneigung geschenkt, um die übliche Monotonie aufzubrechen.

Dass sie keine Beziehung miteinander hatten, wurde dann sehr schnell klar, als sie im letzten Studienjahr Martin Bell kennenlernte. Martin war alles, was Steven nicht war. Er war ein brillanter Arzt aus einer angesehenen New Yorker Familie. Er war groß, schlank und attraktiv. Wie sich herausstellte, reichte das, damit Kendra nur noch Augen für ihn hatte.

Sie kam nicht mehr zu ihren abendlichen Lernsitzungen, weil sie sich jetzt in der City mit Martin traf. Am Ende des Jahres rief sie ihn nur noch an, wenn er ihr bei den Hochzeitsvorbereitungen helfen sollte.

Und natürlich hatte Steven alles erledigt. Er würde alles für sie tun.

Steven war vielleicht nicht groß und schlank, er war vielleicht auch kein brillanter Arzt. Tatsächlich hatte er es überhaupt nur knapp durch das Medizinstudium geschafft, und ebenso knapp seinen Abschluss. Trotzdem hatte alles wunderbar geklappt. Bereits zehn Jahre nach Studienende hatte er eine gut gehende Praxis. Er hatte sich auf Dermatologie spezialisiert. Seine Patienten, so sein Wunsch, sollten nicht nur besser aussehen, sondern sich in ihrer Haut auch wohler fühlen.

Er schaltete das Soundsystem an und ließ damit den Empfangsbereich und die Behandlungszimmer beschallen. Der Radiosender des von ihm genutzten Streaming-Service nannte sich »Lounge Chill«. Er füllte die Aromatherapie-Diffusoren mit Eukalyptusöl auf. Er war stolz auf die Zahl der Fünf-Sterne-Bewertungen im Internet für seine Bemühungen, die Praxis eher wie ein Luxus-Spa aussehen zu lassen.

Er legte die Aktentasche auf seinen Schreibtischsessel, stellte den Kaffee auf den Schreibtisch und brachte die Blumen zu dem kleinen Tisch vor seinem Büro – Kendras Computerarbeitsplatz. Er legte die Blumen neben die Tastatur und kritzelte eine Nachricht auf den Post-it-Stapel gleich daneben: *K. – ich hoffe, das Treffen letzten Abend ist erfolgreich verlaufen, und dir geht es gut – S.*

Steven war Realist. Kendra mochte Martin geheiratet haben, trotzdem hatte er nie aufgehört, sie zu lieben. Er wusste, wie dankbar Kendra ihm war. Er hatte ihr eine Stelle gegeben, als keiner mit ihr etwas zu tun haben wollte. Jetzt konnte er fünf Tage in der Woche mit ihr verbringen. Mittlerweile lud sie ihn zu Sportveranstaltungen und Schulaufführungen von Bobby und Mindy ein.

Ist ihr klar, dass ich alles für sie tun würde?, fragte er sich.

26

Während Dr. Steven Carter seine Praxis aufschloss, trafen Laurie und Ryan im Penthouse der Bells in der 5th Avenue ein, nicht weit vom Metropolitan Museum entfernt. Nachdem der Portier sie telefonisch angekündigt hatte, wurden sie an der Tür von der Haushälterin empfangen. Sie warteten anschließend im Wohnzimmer, wo Laurie den atemberaubenden Blick über das Museum zu den Bäumen der West-Side-Skyline bewunderte.

Dann erschienen die Bells und ließen sich auf der Couch nieder. Von dem wütenden Ehepaar, das zwei Tage zuvor in Lauries Büro gesessen hatte, war nichts mehr zu spüren. Sie waren höflich, sogar freundlich, was – wie Laurie zu wissen meinte – daran lag, dass sie Ryan auf ihrer Seite glaubten.

Dr. Bell bat sie, Platz zu nehmen. Ryan, der seine Hausaufgaben gemacht hatte, versuchte mit Small Talk das Eis zu brechen. Die Bells, hatte er erfahren, waren mit einem seiner Jura-Professoren befreundet. Und dessen Bruder hatte drei Jahre zuvor Dr. Bells Schwester operiert. Cynthia bot ihnen Kaffee an, was sie beide höflich ablehnten.

»Also, Laurie«, sagte Dr. Bell, »Ryan hat uns vergangenen Abend erzählt, Sie hätten Ihre Meinung zu Martins Fall geändert, wollten aber noch mit uns sprechen, bevor Sie weitermachen. Richtig?«

Laurie sah keinen Grund, darauf hinzuweisen, dass nicht sie, sondern Kendra ihre Meinung geändert hatte. »Ja, ich wollte sichergehen, dass wir uns alle einig sind, worum es in der

Sendung geht.« Sie fuhr mit den üblichen Erklärungen fort, die alle Familienmitglieder von ihr zu hören bekamen, die sich zur Teilnahme bereit erklärt hatten. Sie betonte, man sei bestrebt, neue oder bislang übersehene Indizien und Beweise zu finden, und versuche alles, damit die Angehörigen des Opfers endlich eine Art Schlussstrich ziehen konnten, sofern nicht sogar eine abschließende Aufklärung des Falls erzielt werden könne. »Gleichzeitig sind wir aber auch eine Dokumentarsendung und wenden die gleichen journalistischen Grundsätze an, die für jeden anderen Reporter auch gelten. Das heißt, wir sind uns Ihrer Gefühle als Martins Eltern bewusst und werden sie respektieren, letztlich sind wir aber zur Objektivität verpflichtet. Wir werden die ganze Geschichte aufdecken, gleichgültig, wohin uns das führen wird.«

»Natürlich«, stimmte Cynthia Bell schnell zu und nickte.

Dr. Bell schien weniger überzeugt. »Sie glauben nicht, dass Kendra die Täterin ist, oder?«

Laurie wählte ihre Worte mit Bedacht. »Solche Schlussfolgerungen formulieren wir erst, wenn uns Beweise vorliegen, die diese Behauptung stützen.«

»Dann finden Sie diese Beweise«, blaffte er.

Ryan beugte sich vor. »Vertrauen Sie mir, Dr. Bell. Ich habe Laurie in Aktion gesehen. Ihr kriminalistischer Spürsinn kann sich mit dem der besten FBI-Agenten messen, mit denen ich bei der Bundesstaatsanwaltschaft zu tun gehabt habe. Wenn es Beweise gibt, die man finden kann, dann wird sie sie finden.«

»Wir legen uns nicht von vornherein auf eine Schlussfolgerung fest«, erläuterte Laurie, »und stricken um diese herum dann unsere Ermittlungen, damit sie dem Ergebnis entsprechen. Wir gehen unvoreingenommen an den Fall heran, das heißt, wir beschäftigen uns mit allen potenziellen Theorien und mit allen Verdächtigen. Natürlich gehört zu ihnen auch Kendra. Aber zur Objektivität gehört auch, dass wir nicht den

Familienmitgliedern des Opfers – auch nicht dessen Eltern – die Leitung der Sendung überlassen.«

Dr. Bells Blick wanderte zwischen Ryan und Laurie hin und her.

Schließlich sagte er: »Das verstehen wir.«

Laurie war überrascht, als Ryan zwei bereits ausgefüllte Teilnahmeerklärungen aus der Tasche zog, auf denen nur noch die Unterschriften fehlten. Während Dr. Bell unterschrieb, unternahm er einen weiteren Versuch, Kendra als die Täterin hinzustellen. »Ich weiß, sie kann sehr charmant sein«, warnte er. »Wir waren ihr anfangs sehr zugetan. Aber da haben wir sie noch nicht durchschaut. Sie ist ganz offensichtlich eine bösartige Person. Sie hat sich unseren Sohn geangelt, und als sie sich seiner sicher war, hat sie ihn vollkommen umgekrempelt.«

»Haben Sie jemals die Möglichkeit in Betracht gezogen, dass sie unter einer postpartalen Depression litt?«, fragte Laurie.

»Pffft«, kam es von Cynthia, die sofort abwinkte. »Warum sollte jemand an einer Depression leiden, wenn er so wundervolle Kinder hat? Ich war nie glücklicher als damals, als Martin ein kleiner Junge war.«

»Aber Sie, Dr. Bell, wissen sicherlich, dass viele Frauen keineswegs diese Erfahrung machen«, blieb Laurie hartnäckig.

»Ich bitte Sie. Eine kleine Depression ist eine Sache. Aber Kendra war doch völlig von Sinnen. Der arme Martin wusste doch gar nicht, wie ihm geschah. Ihm war nur klar, dass er mit der Heirat einen fürchterlichen Fehler gemacht hat.«

»Warum sagen Sie, sie sei völlig von Sinnen gewesen?«, fragte Laurie. Sie musste an Kendra denken und ihre Behauptung, Martin habe sie manipuliert und anderen weisgemacht, dass sie verrückt sei.

Cynthia beeilte sich zu antworten. »Martin hat uns anvertraut, dass Kendra einen Nervenzusammenbruch hatte und immer paranoider wurde. Sie hat ihm sogar vorgeworfen, er würde sie mit einer anderen Frau betrügen und sie von ihren eigenen Kindern entfremden, weil er Caroline anstellte. Um Himmels willen, er hat die Kinderfrau doch nur deshalb engagiert, weil er ihr mit Bobby und Mindy nicht mehr trauen konnte. Er hatte Angst, dass sie noch das ganze Haus abfackelt – ob absichtlich oder unabsichtlich. Gott sei Dank haben wir vor der Hochzeit auf einen wasserdichten Ehevertrag bestanden.«

»Wenn der Ehevertrag so wasserdicht war, warum hat sich Martin dann nicht einfach scheiden lassen?«

»Ihm waren wegen der Kinder die Hände gebunden«, sagte Dr. Bell. »Seine Hauptsorge galt Bobby und Mindy. Ihretwegen ist er geblieben. Er hatte sich sogar von einem Scheidungsanwalt beraten lassen, um zu erfahren, wie hoch die Wahrscheinlichkeit wäre, dass ihm das volle Sorgerecht für die Kinder zugesprochen wird, falls er Kendra verlässt. Aber Sie wissen ja, wie es ist: Er ist der Mann, und sie ist die Mutter und Hausfrau. Es gab keine Garantie, also wollte er es nicht darauf ankommen lassen. Und wir auch nicht. Martin war unser einziges Kind, Bobby und Mindy sind die Letzten, die unseren Familiennamen tragen.«

»Sie meinen, Kendra wusste, dass sich Ihr Sohn mit einem Scheidungsanwalt besprochen hatte?«

»Sie muss sicherlich davon gewusst haben. Deshalb hat sie ihn auch umgebracht.«

»Und Sie halten sie nach wie vor für unfähig, Ihre Enkelkinder großzuziehen?«, fragte Laurie.

»Es geht doch gar nicht mehr darum, ob sie fähig ist«, kam es entschieden von Cynthia. »Zum einen ist sie ja kaum mit ihnen zusammen. Sie arbeitet wieder, obwohl sie aus dem testamentarisch eingerichteten Stiftungsvermögen mehr als genug erhält, um ein auskömmliches Leben führen zu können. Wir glauben, sie beschäftigt die Kinderfrau nur, damit die der Polizei nicht erzählt, was sie weiß. Aber viel wichtiger ist: Wie würden Sie sich denn fühlen, wenn Sie glauben, die Frau, die Ihren Sohn getötet hat, zieht nun Ihre Enkelkinder groß? Es geht um Gerechtigkeit.«

Die Bells schienen noch nicht mal in Betracht ziehen zu können, dass Kendra unschuldig war.

»Was meinen Sie damit, dass Caroline der Polizei etwas ausplaudern könnte?«, fragte Laurie. »Glauben Sie, sie weiß mehr, als sie zugibt?« Laut sämtlichen Berichten hatte Caroline sofort die Polizei verständigt, nachdem sie Martin gefunden hatte. Sie bezeugte nicht nur, dass sich Kendra zum Zeitpunkt des Mordes im Haus aufhielt, sondern erzählte der Polizei auch, dass sie mehrere Minuten brauchte, um Kendra überhaupt wach zu kriegen.

»Ich bin absolut davon überzeugt, dass Caroline Kendra deckt«, sagte Cynthia. »In unserer Gegenwart ist sie immer nervös und fahrig. Das schlechte Gewissen nagt an ihr, davon bin ich felsenfest überzeugt. Irgendetwas verheimlicht sie. Dabei kümmert sie sich ganz wunderbar um unsere Enkelkinder, wahrscheinlich hat sie Angst, dass wir sie entlassen, sobald wir das Sorgerecht haben. Wir haben ihr sogar versichert, dass wir sie weiterhin beschäftigen würden.«

»Wir werden uns noch ausführlicher über Caroline unterhalten, das verspreche ich Ihnen«, unterbrach Laurie. »Bevor wir uns verabschieden, muss ich leider noch auf zwei Punkte zu sprechen kommen, die Ihnen vielleicht etwas unangenehm sind. Ich will ganz offen sein.«

»Nur zu«, sagte Dr. Bell und rutschte hin und her. »Was wollen Sie wissen?«

Es waren heikle Themen für die Bells, weshalb Laurie beschloss, mit der ihrer Meinung nach weniger brisanten Frage zu beginnen. »Aus der Erbmasse Ihres Sohnes wurden einige Verfahren, die wegen Behandlungsfehlern gegen ihn anhängig waren, mit einem Vergleich eingestellt. Können Sie uns Näheres dazu sagen?«

»Auf keinen Fall«, erwiderte Dr. Bell. »Wir haben uns auf den Vergleich nur eingelassen, um Martins guten Namen zu schützen. Nach seinem Tod hatten die raffgierigen Anwälte der Gegenseite die Unverschämtheit, ihre finanziellen Forderungen sogar noch nach oben zu schrauben, weil er sich nicht mehr verteidigen konnte. Es war widerwärtig. Wir haben die von der Versicherung angebotene finanzielle Vereinbarung aus unserem persönlichen Vermögen noch aufgestockt, damit die Kläger eine Verschwiegenheitserklärung unterzeichneten. An diese Vereinbarung sind natürlich auch wir gebunden, daher kann ich Ihnen dazu leider nichts sagen, selbst wenn wir es wollten. Glauben Sie mir aber: Es gibt nicht den geringsten Grund zu der Annahme, dass diese Klagen für den Tod unseres Sohnes in irgendeiner Weise relevant wären.«

Laurie hätte es zwar gern anders gehabt, sah aber keine Möglichkeit, die Bells dazu zu überreden, gegen eine rechtlich bindende Vereinbarung zu verstoßen. Sie würde auf anderem Weg an die Einzelheiten dieser Klagen herankommen müssen und nahm sich vor, Alex bei Gelegenheit auf die Feinheiten einer Verschwiegenheitserklärung anzusprechen.

»Gut«, sagte sie und ließ den Punkt damit auf sich beruhen. »Auf das andere Thema haben Sie bereits angespielt. Laut Martin hat Kendra ihn der Untreue beschuldigt.«

Beide runzelten die Stirn. »Das war völlig an den Haaren herbeigezogen!«, empörte sich Cynthia. »Offen gesagt, Kendra kann sich glücklich schätzen, dass die Longfellows sie nicht wegen übler Nachrede angezeigt haben. Longfellow stand damals kurz vor der Nominierung für den frei gewordenen Senatssitz.«

»Sie wussten also, dass Kendra Ihrem Sohn eine Beziehung mit Leigh Ann Longfellow unterstellte?«, fragte Ryan.

»Natürlich«, antwortete Cynthia. »Sie müssen wissen: Wir kennen Leigh Ann, seitdem sie ein kleines Mädchen war. Ihre

Mutter Eleanor und ich sind nach wie vor befreundet und spielen gemeinsam Bridge, sofern es unsere Termine zulassen.«

»Ihr Vater«, mischte sich Dr. Bell ein, »Charles, gehörte zu den großen Brokern an der Wall Street, bevor er vor einigen Jahren starb. Eine in jeder Hinsicht ausgezeichnete Familie.«

»Jedenfalls«, fuhr Cynthia fort, »wenn wir uns trafen, passten die älteren Kinder auf die jüngeren auf. Für Martin war Leigh Ann also so etwas wie eine kleine Schwester. Dann arbeiteten sie im Vorsitz der Ehemaligenvereinigung zusammen. Sie liegen zwar mehrere Jahre auseinander, gingen aber auf dieselbe Privatschule. Als Kendra ihre lächerlichen Anschuldigungen vorbrachte, hat uns Martin alles sofort erzählt. Er fürchtete, ihre Unterstellungen könnten an die Öffentlichkeit dringen, und er wollte nicht, dass Leigh Ann oder ihren Eltern von anderen diese Gerüchte zugetragen wurden. Es war ihm zutiefst peinlich. Wir haben uns dann auf unsere Art darum gekümmert.«

»Indem Sie was taten?«, fragte Laurie.

»Ich habe Eleanor angerufen«, sagte Cynthia. »Ich habe ihr gesagt, dass Kendra eine schwierige Zeit durchmache. Dass sie ... krank sei. Was sich in einer seltsamen Besessenheit manifestiere, die sich auf Leigh Ann gerichtet habe, und wir alles tun würden, damit das Problem nicht weitere Kreise ziehe. Aber so sehr Martin auch versuchte, Kendra zu beruhigen, ihre Paranoia schien nur umso schlimmer zu werden. Einmal rief sie uns sogar an und flehte, wir möchten auf ihn einwirken, damit er die Affäre beende – die natürlich nur in ihrer Fantasie existierte.«

»Aber wie können Sie davon so überzeugt sein?«, fragte Ryan. »Entschuldigen Sie, wenn ich diese Möglichkeit in den Raum stelle, aber ich habe meinen Eltern auch nicht alles erzählt, was mir eventuell peinlich gewesen wäre.«

Laurie merkte, dass Ryan besser dafür geeignet war, diesen Punkt weiterzuverfolgen.

»Wir kennen unseren Sohn«, antwortete Cynthia entschieden. »Er war niemand, der fremdgeht. Und wir kennen Leigh Ann und ihren Mann, den Senator. Die beiden verbindet aufrichtige Liebe. Er ist ein äußerst fähiger Politiker, aber Leigh Ann ist die mit den Beziehungen. Sie hat ihn darin bestärkt, sich für die Wahl zur State Assembly aufstellen zu lassen, sie hat im Hintergrund seinen Wahlkampf geführt. Und sie ist blitzgescheit. Wenn Sie mich fragen, ist sie der eigentliche Kopf hinter der ganzen Sache. Aber die beiden vergöttern einander. Allein die Vorstellung, dass sie und Martin etwas miteinander hatten, ist vollkommen verrückt.«

»Und falls Sie uns nicht glauben wollen«, fügte Dr. Bell hinzu. »Zufällig wissen wir, dass die Polizei nach Martins Tod Kendras Vorwürfen nachgegangen ist. Man versicherte uns, dass sie völlig aus der Luft gegriffen waren. Es gab keine Affäre. Martin und Leigh Ann haben die gleiche Privatschule besucht und zusammen ein Auktionsdinner organisiert. Das war alles. Und Kendras Behauptung, dass Leigh Anns Mann – der jetzt unser Senator ist – hinter dem Mord steht, ergibt nun überhaupt keinen Sinn. Sowohl er als auch Leigh Ann haben sich zum Tatzeitpunkt in Washington, D.C., aufgehalten.«

»Es ist trotzdem beschämend, dass sie alle in diese Sache mit hineingezogen wurden«, sagte Cynthia kopfschüttelnd. »Bitte sorgen Sie dafür, dass Kendra diesen Unsinn nicht im Fernsehen verbreitet. Wir wollen nicht sehen, wie der Ruf unseres Sohnes in den Schmutz gezogen wird.«

Cynthia wischte sich eine Träne weg. Laurie rief sich ins Gedächtnis, dass die beiden aus Liebe zu ihrem Sohn, der ihnen geraubt worden war, ihren ganzen Einfluss geltend gemacht hatten. Und jetzt setzten sie ihr Vertrauen in sie, dass sie den Fall verantwortungsbewusst behandelte. »Ich danke Ihnen, dass Sie uns erlauben, den Fall Ihres Sohnes aufzugreifen. Ich verspreche Ihnen, wir werden unser Bestes tun.«

27

Gute Arbeit«, flüsterte Ryan, als sie zum Aufzug gingen. »Den beiden ist jetzt hoffentlich klar geworden, dass du dich nicht herumschubsen lässt.«

»Danke«, sagte sie. »Du warst eine große Hilfe. Wirklich. Aber siehst du eine Möglichkeit, um mehr über die Klagen gegen Martin herauszufinden? Ich möchte sie nicht einfach so von der Liste streichen, ohne nicht wenigstens einen Blick darauf geworfen zu haben.«

»Genau. Trotz der Verschwiegenheitserklärung sollte es möglich sein, dass ich die ursprünglichen Klageschriften einsehen kann. Wir kennen dann zwar die Anschuldigungen, wissen allerdings nicht, ob sie vor Gericht auch Bestand gehabt hätten.«

»Ich nehme alles, was du ausgraben kannst«, sagte sie. »Vielen Dank.«

»Leider weiß ich nicht, wie ich dir bei den Longfellows helfen könnte. Die Bells behaupten, die Polizei hätte die Vorwürfe als gegenstandslos abgetan, aber wie können wir das überprüfen? Ich könnte mich mal in meinem Golfclub umhören. Ich bin mir sicher, dass wir gemeinsame Bekannte haben.«

»Ich glaube sogar, dass ich jemanden kenne, der einen guten Draht zum Senator hat«, sagte Laurie und hoffte, dass sie damit auch richtig lag.

Im Büro war Jerry über Graces Schulter gebeugt und starrte mit ihr auf den Computerbildschirm. Beide schreckten hoch, als Laurie hereinkam.

»Könntet ihr beide endlich damit aufhören, so zu tun, als wäre ich eine Horrorchefin wie Brett Young? Warum jedes Mal diese schuldbewussten Blicke, wenn ich um die Ecke biege?«

Grace schloss hastig einige Fenster auf dem Monitor.

»Was treibt ihr beide eigentlich?«

»Nichts«, sagte Jerry ganz unschuldig, was sie noch argwöhnischer machte.

»Ach, wirklich«, entgegnete sie trocken.

Sobald sie an ihrem Schreibtisch saß, rief sie Alex an.

»Hallo«, meldete er sich, »ich wollte dir gerade eine SMS schicken. Hast du Rhodas Mail gesehen? Sie möchte mit uns was an der 88th Street, Ecke Lexington Avenue besichtigen. Nach der Arbeit. Hast du um sechs Zeit?«

»Natürlich. Zumindest liegt es in der richtigen Gegend. Davor möchte ich dich um einen großen Gefallen bitten. Kannst du für mich ein Treffen mit Senator Longfellow arrangieren? Ich muss mit ihm und seiner Frau über den Mordfall Bell reden.«

Alex hatte im Vorfeld seiner Berufung zum Bundesrichter eng mit den Senatoren aus New York zusammengearbeitet. Aber wegen Timmys Anwesenheit beim Abendessen am Vortag hatte sie Alex nicht auf Kendras Vermutungen bezüglich ihres Mannes und der Frau von Senator Longfellow ansprechen können.

»Oje.« Sie sah Alex' gequältes Gesicht am anderen Ende der Leitung regelrecht vor sich. »Der Anruf wird ihm nicht sonderlich gefallen.«

»Ich weiß. Die andere Option wäre natürlich, dass sein Name und der seiner Frau in einer Fernsehsendung genannt würden. Ich gehe davon aus, dass man ihm zumindest die Gelegenheit einräumen sollte, sich dazu zu äußern.«

»Diese Vorgehensweise kommt mir doch recht bekannt vor«, sagte er. Als Alex noch Moderator der Sendung war, hatten sie häufig Leute auf diese Weise zur Kooperation bewogen – indem sie ihnen ausmalten, was geschehen würde, sollten sie sich gegen eine Beteiligung sperren. »Wie in den guten alten Zeiten.«

»Nur besser. Ich hoffe nur, nicht alles, was ich mache, wird dir bekannt vorkommen.«

»Keine Sorge. Du wirst mich immer in Erstaunen versetzen. Lass mich erst mal in Longfellows Büro anrufen, dann sehen wir weiter.«

Lauries nächstes Telefonat galt Caroline Radcliffe. Es war kurz vor Mittag. Kendra war noch in der Praxis, die Kinder waren in der Schule. Laurie wollte mit ihr allein sprechen.

Nach dem zweiten Klingeln meldete sich die Kinderfrau. Ihr Widerwillen war ihr deutlich anzuhören, als Laurie erklärte, sie wolle mit ihr über den Abend von Martins Ermordung reden.

»Alles, was ich weiß, hat doch schon in den Zeitungen gestanden«, sagte sie.

»Kendra hat Ihnen bestimmt erzählt, worum es in unserer Sendung geht. Sie hat sich zur Teilnahme bereit erklärt. Das hat für Sie natürlich keine bindende Wirkung, aber natürlich weiß sie von unserer Erwartung, dass Sie ebenfalls mitmachen.«

Laurie ging davon aus, dass Caroline erst mit Kendra darüber sprechen wollte, aber stattdessen fragte sie Laurie, ob sie zu ihr ins Haus kommen könne. »Ich muss noch einkaufen und um drei die Kinder abholen.«

»Ich kann in einer halben Stunde bei Ihnen sein«, sagte Laurie.

28

Caroline Radcliffe kam in dunkler Jeans und einer weiten gelben Bluse an die Tür der Remise. Ihre graubraunen Haare waren immer noch zu altmodischen kleinen Locken eingedreht, insgesamt aber wirkte sie sehr viel moderner als in dem Hauskleid, das sie bei Lauries bisherigen Besuchen getragen hatte.

»Ich möchte ganz offen sein«, sagte sie zu Laurie, als sie mit einem Eistee am Küchentisch Platz genommen hatten. »Kendra erzählte mir schon, dass Sie wahrscheinlich mit mir reden wollen. Und ich soll vollkommen ehrlich zu Ihnen sein. Ich hatte das Gefühl, Sie und Martins Eltern haben sie zu der Sendung gedrängt, aber nachdem sie sich einverstanden gezeigt hat, hoffe ich mit ihr, dass wenigstens etwas Gutes dabei herauskommt. Ich kann mir nicht vorstellen, wie es ist, wenn man auf diese Weise den Vater seiner Kinder verliert und nicht weiß, wer der Täter war.«

Ich kann es mir vorstellen, dachte Laurie.

Sie hörte aufmerksam zu, als Caroline von den Ereignissen an jenem Abend berichtete, an dem Martin Bell getötet wurde. Sie hatte gehört, wie das Garagentor aufging, daraufhin waren drei Schüsse gefallen. Als sie nach draußen rannte, war Martin tödlich verletzt über das Lenkrad seines Wagens gesackt. Sie rief die Polizei und hatte dann zu tun, Kendra aus ihrem »Schläfchen« zu wecken, wie sie es höflich formulierte.

»Wo waren währenddessen die Kinder?«

»Ich hab ihnen gesagt, dass das Feuerwerksknaller waren, und hab sie auf ihr Zimmer geschickt. Sobald Kendra wach war und erfasste, was los war, brachte ich die Kinder zu einer spontanen Pyjamaparty bei einer Nachbarin. Sie waren ganz aus dem Häuschen. Ich dachte mir, sie haben sich noch eine normale Nacht verdient, bevor ihr ganzes Leben auf den Kopf gestellt wird.«

»Diese Entscheidung haben Sie getroffen? Nicht die Mutter?«

Caroline senkte den Blick. »Wie ich der Polizei schon sagte, sie war damals nicht ganz bei sich.«

»War sie oft in diesem Zustand?«

»Sie hat damals eine sehr schwere Zeit durchgemacht. Ich denke, sie hat Ihnen von ihrer Wochenbettdepression erzählt.«

»Ich weiß, was Kendra mir erzählt hat. Ich möchte aber von Ihnen hören, was Sie mit eigenen Augen gesehen haben.«

Caroline zuckte mit den Schultern. »Als Dr. Bell mich angestellt hat, sagte er mir, seiner Frau ›geht es nicht gut‹ seit der Geburt der Kinder, vor allem seitdem Mindy auf der Welt war. Ich hab mir gleich gedacht, dass sie unter einer Depression leidet. Ich habe so was ja schon vorher bei einigen jungen Müttern erlebt.«

Caroline wirkte, als wollte sie noch mehr sagen, hielt sich jedoch zurück. »Aber bei Kendra war es anders?«, fragte Laurie.

Caroline nickte. »Sie ist mir fast ... wie ein Zombie vorgekommen. Oft war es so, als wäre sie gar nicht bei sich. Schon möglich, dass es sich um einen sehr schweren Fall von Depression gehandelt hat, aber ...«

Sie musste den Satz gar nicht vollenden. Es war klar, dass sie ihre Zweifel daran hatte.

»Martins Eltern glauben, Sie halten Informationen zurück – Informationen, die ihnen helfen könnten, das Sorgerecht für die Kinder zu bekommen. Sie räumen zwar ein, dass Sie sich ganz wunderbar um Bobby und Mindy kümmern ...«

»Selbstverständlich. Fast, als wären sie meine eigenen.«

Laurie sah die Verzweiflung in Carolines Blick und wusste,

dass die Bells mit ihrem Verdacht richtiglagen. Sie hielt irgendetwas zurück. »Ich frage Sie ganz im Vertrauen, Caroline: Sind Sie sich wirklich zu hundert Prozent sicher, dass Kendra unschuldig ist?«

Ihr wich die Farbe aus dem Gesicht, dann schüttelte sie den Kopf, während ihr Tränen in die Augen traten.

»Sie haben Ihre Zweifel«, sprach Laurie laut aus, was Caroline verschwieg.

Die Kinderfrau zögerte, nickte dann und wischte sich mit dem Ärmel ihrer Bluse die Tränen weg.

Laurie fasste zu Carolines freier Hand. »Wenn Sie Zweifel haben, werden auch die Kinder irgendwann Zweifel haben«, sagte sie und sah Caroline fest in die Augen. »Noch sind sie klein, noch versuchen Sie, ihnen die Normalität in ihrem Leben zu bewahren. Aber sobald sie älter sind, werden sie die gleichen Fragen stellen, die auch die Öffentlichkeit seit fünf Jahren stellt. Sie werden ihre Mutter ansehen und sich fragen, ob die Frau, die sie großgezogen hat, den Vater, an den sie sich kaum noch erinnern, umgebracht hat. So kann man nicht leben, Caroline. Früher oder später kommen die meisten Geheimnisse ans Licht. Es ist immer besser, wenn die Wahrheit sofort aufgedeckt wird.«

Schniefend zog Caroline die Hand zurück. »Ich habe das Geld gesehen«, sagte sie leise. »Die Abhebungen, nach denen die Polizei gefragt hat. Ich habe ganze Geldbündel gefunden – Fünfziger, Hunderter, insgesamt vielleicht einige tausend Dollar –, zusammengeknüllt in der Sockenschublade und hinter den Schuhen im Schrank. Und dann, eines Tages, war alles weg.«

Die Information war bemerkenswert, aber Kendra hatte bereits zugegeben, dass sie exzessive Einkaufsbummel unternommen hatte. *Dass ich das Geld zum Fenster hinausgeworfen habe, war vielleicht meine Rache an Martin für seine Affäre*, so hatte sie es ausgedrückt.

Carolines Miene verhärtete sich. »Kendra hat genug gelitten!«, sagte sie entschieden. »Endlich führt sie wieder so was wie ein normales Leben. Sie hat eine Arbeit, die ihr Spaß macht. Der Arzt, für den sie arbeitet, ist ganz verrückt nach ihr – man sieht es ihm an.«

»Caroline«, fiel Laurie ihr ins Wort, »ich weiß, es gibt noch etwas, was Sie mir nicht erzählt haben. Und wenn es erst während der Dreharbeiten herauskommt, ist das sehr viel schlimmer, als wenn wir es jetzt erfahren.«

Caroline verschränkte die Arme, ihr Blick ging ins Leere, als würde sie Laurie gar nicht mehr wahrnehmen. »An dem Abend«, sagte sie, »habe ich Kendra so fest gerüttelt, dass ich schon befürchtet habe, ich würde ihr wehtun. Ich habe sie angeschrien, dass Martin erschossen wurde, immer wieder. Und irgendwann schien sie mich gehört zu haben. Sie stand auf – ich werde es nicht vergessen – und sagte: ›Bin ich endlich frei?‹ Dabei klang sie geschockt und – ich wage es kaum zu sagen – glücklich. Endlich war sie frei.«

Laurie zuckte innerlich zusammen. Egal, wie schrecklich die Ehe gewesen sein mochte, sie konnte sich nicht vorstellen, dass eine Frau sich freute, wenn der Vater ihrer Kinder ermordet wurde.

Caroline wollte sofort zurückrudern. »Ich glaube nicht, dass sie es war. Ich glaube, es war nur ihre spontane Reaktion auf die Nachricht. Es zeigt nur, wie schlecht es ihr ging. Und auf keinen Fall war es ein Geständnis oder etwas in der Art.«

»Sicher«, sagte Laurie. »Aber es ist wichtig, dass wir es wissen. Gibt es noch etwas?«

Die Frage hing unbeantwortet im Raum. Die Kinderfrau hatte immer noch nicht alles erzählt, davon war sie überzeugt.

Dann sagte Caroline: »Eine Sache gibt es noch. Das gehortete Geld, von dem ich gesprochen habe. Sie versteckt es immer noch. Aber die Summen sind größer geworden.«

29

Der Oberkellner im Daniel führte sie zu einem Tisch im hinteren Bereich des Restaurants. Alex bestellte Martini für sie beide.

Laurie lächelte. »Hätte ich gewusst, dass ich für die Besichtigung einer weiteren schrecklichen Wohnung zur Belohnung ein spontanes Essen mit dir im Daniel bekomme, hätte ich Rhoda schon vor Wochen gebeten, uns einen Termin nach dem anderen anzubieten.«

Es war Freitagabend, und Timmy übernachtete bei einem Schulfreund. Die Wohnung, die sie sich angesehen hatten, verfügte über vier Schlafzimmer und hatte einiges für sich – der Grundriss, der Schnitt der einzelnen Zimmer stimmte, die Gegend passte. Zum Glück hatten sie sie nach der Arbeit besichtigt, denn in der Zwischenzeit war das Pärchen im Stockwerk darüber nach Hause gekommen. Und durch die Lüftungsschächte hörten Laurie, Alex und Rhoda, wie eine gewisse Trina einen gewissen Mark beschuldigte, dass er sie angelogen habe und nicht auf einer Konferenz in Denver, sondern mit seiner Sekretärin in Atlantic City gewesen sei. Sie kamen in den Genuss von Marks ausgiebigen Protesten und Trinas Erwiderung: »Mein Pech, dass ich dich geheiratet habe.«

»Sie können sich vorstellen, was passiert, wenn Timmy Trompete übt?«, hatte Laurie zu Rhoda gesagt.

Sie strich Alex eine Locke zurück, die ihm in die Stirn gefallen war. »Bitte sag mir, dass wir nie so werden wie dieser Mark und diese Trina«, sagte Laurie.

»Keine Sorge. Ich kann Atlantic City sowieso nicht leiden«, antwortete Alex mit einem Lachen.

Laurie tat so, als wollte sie ihre Serviette zerknüllen und sie ihm an den Kopf werfen.

Der Kellner kam mit den Martinis und den Speisekarten. Als sie wieder allein waren, stießen sie an. »Darauf, niemals so zu sein wie sie«, sagte Laurie entschlossen und nahm einen Schluck von ihrem Cocktail. »Und jetzt vergessen wir sie wieder.«

»Amen«, stimmte Alex zu. »Was außerdem sehr viel wichtiger ist, Senator Longfellows Assistent hat sich gemeldet. Nachdem ich klargemacht habe, dass die Sendung auf jeden Fall ausgestrahlt wird, ob mit dem Senator oder ohne ihn, hat er dir eine halbe Stunde zugestanden – nächsten Dienstagnachmittag, zusammen mit Leigh Ann. Er bestand darauf, dass du sie beide zusammen interviewst, bis ich darauf hinwies, dass jeder Journalist Informationen, die unter solchen Umständen erworben werden, mit großer Skepsis betrachtet. Er hat sich ewig gesträubt, bis er schließlich doch zusagte, dass du die beiden jeweils alleine sprechen kannst.«

»Gute Arbeit, Euer Ehren.«

»Aber keine Kamera, und er will, dass du in ihre Wohnung kommst, damit dich keiner in seinem Büro sieht und irgendwelche Fragen stellt. Und er besteht darauf, dass du höchstens noch einen Mitarbeiter mitbringst, damit es keinen großen Rummel gibt.«

»Damit kann ich leben.«

»Trotzdem sollte ihm jemand sagen, dass eine Laurie Moran dich bis auf den letzten Tropfen ausquetscht, wenn du ihr eine halbe Stunde zugestehst.«

»Das werden wir ja sehen.« Sie senkte die Stimme, damit niemand von den anderen Gästen hören konnte, was sie sagte. »Selbst wenn Martin Bell und Leigh Ann Longfellow wirklich eine Affäre hatten, kann ich mir den Senator beim besten

Willen nicht als Mörder vorstellen. Wäre die Affäre aufgeflogen, wäre er doch als der Betrogene dagestanden. Die Wähler hätten ihm bestimmt Mitgefühl entgegengebracht. Außerdem hätte es wieder einen attraktiven Junggesellen mehr in Washington gegeben.«

»Ganz zu schweigen davon, dass sie keine Kinder hatten«, bemerkte Alex. »Er hätte sich einfach scheiden lassen und weiterziehen können.«

Laurie schüttelte den Kopf. »Kein Motiv, in der Vergangenheit nicht die geringsten Anzeichen von Gewalttätigkeit. Ich sehe es einfach nicht. Was ich aber sehe, ist eine eifersüchtige und gekränkte Kendra Bell, die bei einem Drink in einer Kellerbar im East Village einen Auftragskiller anheuert und ihm Fünfziger und Hunderter zusteckt, die sie in ihrer Sockenschublade hortet. Ich kann mir vorstellen, dass sie ihn bezahlt – auch jetzt noch –, damit er den Mund hält, weil sie weiß, dass ihre Schwiegereltern sie am liebsten hinter Gittern sehen und ihr die Kinder wegnehmen wollen.«

Sie versuchte das Bild zu verscheuchen. Sie fühlte sich, als hätte sie die ganze Woche durchgearbeitet, sie wollte an diesem Abend nicht mehr an Martin und Kendra Bell denken. Sie nahm zweimal einen schnellen Schluck und ging die Speisekarte durch. Und ohne lange darüber nachzudenken, sprach sie auch schon aus, was ihr durch den Kopf ging. »Vielleicht sollten Timmy und ich einfach bei dir einziehen. Du hast doch genügend Platz.«

Alex ließ überrascht die Speisekarte sinken. »Außer dass die Wohnung zu weit von deinem Vater und von Timmys Schule entfernt ist. Und dazu ist es meine Wohnung, sie würde sich nicht wie unsere anfühlen. Du hast dazu doch eine sehr klare Meinung.«

»Ich habe auch eine sehr klare Meinung zur Wohnungssuche – ich bin diese ganzen Besichtigungen jetzt schon leid.

Keine dieser Wohnung würde sich jemals wie ein Zuhause anfühlen.«

»Wir wissen, dass wir die richtige Wohnung gefunden haben, wenn wir sie sehen.«

»Und wir müssen nach wie vor ein Datum festlegen und einen Ort für die Feier buchen und die nötigen Vorbereitungen für die Hochzeit treffen. Alex, ich mach mir Sorgen, dass ich etwas egoistisch war, als ich sagte, ich hätte gern eine kleine Hochzeit. Habe ich dich eigentlich jemals gefragt, was du willst? Hättest du gern eine große Hochzeit?«

»Um Himmels willen, nein.«

»Was willst du wirklich?«

»Ich will die kürzeste Entfernung zwischen zwei Punkten.«

»Was soll das denn heißen?«

»Ich will, dass wir so schnell wie möglich heiraten und unter einem Dach wohnen – egal, wie wir das bewerkstelligen. Das würde mich glücklich machen.« Er hielt kurz inne, bevor er fortfuhr. »Laurie, ich habe viel darüber nachgedacht und weiß, was ich will. Eine stille Zeremonie in der Kirche mit unseren Familien und engen Freunden, danach ein festliches Dinner. Fassen wir dazu Ende August ins Auge. Dann sind Gerichtsferien. Und du hast Zeit, deine Arbeit darauf abzustimmen. Wenn es klappt, geht es anschließend in die Flitterwochen.«

Laurie lächelte. »Wow! Du hast dir ja wirklich viele Gedanken gemacht!«

Alex erwiderte ihr Lächeln. »Ich hab dir gesagt, was ich will. Wie klingt das für dich?«

»Absolut perfekt.« Das wäre es wirklich. Davon war sie überzeugt. So lange hatte sie geglaubt, dass es nach Greg keinen Mann mehr in ihrem Leben geben könnte. Bis sie vor fast zwei Jahren Alex kennengelernt hatte. Und jetzt würde sie in kaum mehr als fünf Monaten ihre zweite und letzte große Liebe heiraten.

30

Laurie kam sich ziemlich underdressed vor, als sie nur in Jeans und einem NYPD-T-Shirt aus dem Aufzug der Fisher Blake Studios trat. Aber es war Sonntagnachmittag, Leo war mit Timmy zu Alex gefahren, um sich dort das Spiel der Yankees gegen die Red Sox anzusehen. Sie lächelte bei dem Gedanken, dass die drei wichtigsten Männer in ihrem Leben auf Familie machten und ihr damit die Zeit gaben, eine zusätzliche Arbeitssitzung einzulegen.

Ryan wartete schon mit einem großen Umschlag an der Tür zu ihrem Büro. »Ich ruiniere dir hoffentlich nicht den Tag«, sagte er. »Im Grunde hätte es auch bis morgen warten können.«

Ryan hatte eine halbe Stunde zuvor ganz aufgeregt angerufen. Er hatte bei den gegen Martin Bell erhobenen Klagen etwas entdeckt. Oft war Laurie verärgert, weil Ryan gern darauf bestand, dass sie alles sofort stehen und liegen ließ, um sich anzuhören, was ihm gerade durch den Kopf ging. Diesmal aber war es anders. Sie hatte ihn ausdrücklich darum gebeten, etwas über die Klagen wegen der Behandlungsfehler herauszufinden, die zum Zeitpunkt von Martin Bells Tod gegen ihn anhängig waren. Bislang hatte sie allerdings nicht gewusst, dass Ryan auch am Wochenende arbeitete.

Sie bedeutete ihm, sich zu setzen. Ryan interpretierte die Geste als Einladung, es sich in ihrem Lieblingssessel bequem zu machen.

»Es gab drei Klagen«, begann er. »In allen wird Martin Bell vorgeworfen, Schmerzmittel in so hohen Dosen verschrieben zu haben, dass die Patienten daraufhin gestorben sind. Kommt weniger gut, wenn man im Ruf steht, ein wahrer Wundertäter zu sein. Aber ich habe ja schon immer geargwöhnt, dass das alles zu schön war, um wahr zu sein.«

Laurie erinnerte sich an die Schlagzeile der *New York Times* am Morgen nach Martin Bells Tod: DER ARZT, DER DIE SCHMERZEN HEILTE: ERSCHOSSEN. Im Artikel wurde er einmal mehr als Arzt beschrieben, der die Schmerztherapie revolutioniert und statt der Verabreichung von Medikamenten und chirurgischen Eingriffen einen eher ganzheitlichen Ansatz wie Meditation und Stressvermeidung verfolgt hatte.

Mit der Veröffentlichung seines Bestsellers *Die neue Schmerzlehre* erfuhr Martin Bells Karriere einen enormen Aufschwung. Er verließ die neurologische Abteilung der New York University, eröffnete eine eigene Praxis und widmete sich bei der Schmerzlinderung homöopathischen und psychologischen Ansätzen und der physikalischen Therapie. Er war häufig in Talkshows zu Gast und ging hart mit Chirurgen ins Gericht, die sofort mit dem Skalpell bei der Hand waren, oder mit Ärzten, die lediglich Medikamente verschrieben. Wären diese Klagen ruchbar geworden, hätte die Öffentlichkeit den Star-Guru ganz schnell als Quacksalber angesehen.

Natürlich überlegte Laurie, ob es einen Zusammenhang zwischen den Klagen und dem Mord an ihm geben könnte.

»Ich habe einen meiner alten Kumpel gebeten, für mich nachzusehen, ob einer der Kläger schon mal mit dem Gesetz in Konflikt geraten ist.« Ryan blätterte durch den Ordner, zog mehrere zusammengeheftete Seiten heraus und legte sie Laurie vor, die aus dem Staunen über seine Strebsamkeit gar nicht mehr herauskam. »Eine Frau, Allison Taylor, behauptet, Oxycodon-abhängig geworden zu sein, nachdem sie Dr. Bell wegen ihrer durch Knochenkrebs verursachten Schmerzen aufgesucht hat. Sie hatte, wie sich herausstellte, eine lange Liste von Verkehrsvergehen.«

»Na ja, zwischen Verkehrsdelikten und Mord besteht nicht unbedingt ein direkter Zusammenhang«, erwiderte Laurie, lehnte sich zurück und verschränkte die Arme.

»Wohl wahr, deshalb bin ich auch eher an diesem Typen interessiert, George Naughten. Seine siebenundsechzigjährige Mutter litt nach einem leichten Unfall auf dem Long Island Expressway an chronischen Schmerzen. Eine Teenagerin, die auf ihr Handy gestarrt hat, war auf ihren Wagen aufgefahren. Im ersten Moment dachte ich schon, es wäre diese Allison Taylor gewesen.« Ryan gluckste vor sich hin.

Laurie nickte und hoffte, dass er endlich zur Sache kam.

Aber Ryan war jetzt in Erzähllaune: »Mom läuft also von Doktor zu Doktor, aber keiner hilft ihr. Nach zwei Jahren hört sie in *Good Morning America* von Dr. Bell und beschließt, dass sie zu ihm muss. Da er nur Privatpatienten behandelt, muss sie die Therapie aus eigener Tasche bezahlen. Sie nimmt sogar einen Kredit auf ihr Haus auf. Nichts schlägt zunächst an, aber irgendwann kommt Dr. Bell mit einem Medikamentencocktail, der ihr hilft. Laut der Anklageschrift haben die Medikamente einen Zombie aus ihr gemacht – aber zumindest war sie schmerzfrei. Dann, eines Tages, findet George sie leblos in ihrer Wohnung. Laut Rechtsmedizin war eine Überdosis die Todesursache. George hat Stein und Bein geschworen, dass Bell nicht nur Medikamente verschrieb, die sie sich in der Apotheke besorgen musste, sondern ihr in der Praxis auch direkt Tabletten gab.«

Laurie streckte sich in ihrem Sessel und dachte nach. »Und du sagst, George ist vorbestraft?«

»Warte«, erwiderte Ryan und hob die Hand. Er genoss seinen Auftritt in vollen Zügen. »Denn jetzt wird es richtig interessant. Ein Jahr vor Dr. Bells Ermordung wird gegen George ein Kontaktverbot gegen einen Zwanzigjährigen namens Connor Bigsby verhängt – gegen das er verstoßen hat.« Er deutete auf den vor ihr liegenden Polizeibericht.

Laurie rechnete kurz nach. »Nach dem Alter seiner Mutter habe ich mir George älter vorgestellt.«

»Damals fünfunddreißig, jetzt einundvierzig. Also, ja, ich war neugierig, was zu seinem Kontakt mit einem Zwanzigjährigen geführt hat. Ich habe die Aufzeichnungen zu seinem Prozess wegen der Verletzung des Kontaktverbots angefordert.« Ryan schob ihr einen neuen Blätterstapel hin. »Willst du raten, wie das zustande kam?«

Laurie lächelte sichtlich beeindruckt. Sie kam nur selten in den Genuss seiner Stärken, jetzt aber war nicht zu übersehen, dass er in einem Gerichtssaal eine hervorragende Figur abgeben würde. »War Connor Bigsby der Fahrer des Wagens, der am Unfall mit Georges Mutter beteiligt gewesen war?«

Ryan hob anerkennend die Augenbrauen. »Ah, keine schlechte Theorie. Aber es ist noch verzwickter. Am Steuer saß eine junge Frau, die kurz nach dem Unfall zum Studieren nach Texas zog. Connor Bigsby allerdings war ihr Freund, der ihr eine SMS schrieb, während sie fuhr.«

»Wie verrückt«, sagte Laurie und betrachtete die Mitschriften von Georges Prozess. »Das hat George schon gereicht, um Connor die Schuld am Unfall seiner Mutter zu geben? Da hat er aber einen Schritt in der logischen Abfolge ausgelassen, was?«

Ryan deutete auf einen markierten Textabschnitt. »Schau dir das an. Das Kontaktverbot wurde erlassen, nachdem George wiederholt an Connors Arbeitsplatz, einem Sportartikelgeschäft, aufgetaucht ist. Er hat ihn beschimpft, hat ihn für den Unfall verantwortlich gemacht und gesagt, dass er wegen Körperverletzung ins Gefängnis gehöre – das alles erfüllt den Straftatbestand der Nachstellung. Und dann, eines Tages, hat George in seinem Wagen vor dem Geschäft gewartet und ist mit hoher Geschwindigkeit an Connor vorbeigerast – anscheinend hat er ihn nur knapp verfehlt. Connor sagte später, George hätte ihn über den Haufen gefahren, wenn er nicht zur Seite gesprungen wäre. Daher das Kontaktverbot.«

»Warum wurde er nicht wegen versuchten Mordes angeklagt?«

»Die Staatsanwaltschaft glaubte wahrscheinlich, nicht beweisen zu können, dass er den Jungen verletzen oder gar umbringen wollte. Aber zusammen mit den anderen Belästigungen erwirkte sie eine gerichtliche Verfügung, nach der er sich dem Jungen nicht weniger als dreißig Meter nähern durfte. Aber daran hielt er sich nicht. Connors Mutter entdeckte ihn, wie er gegenüber ihrem Haus geparkt und sie anscheinend beobachtet hat. Sie rief die Polizei, und er wurde wegen Verstoßes gegen eine gerichtliche Verfügung festgenommen. Aber schau dir das an.« Ryan blätterte zu einer weiteren Seite, die mit einem gelben Haftzettel markiert war. »George hat zu seiner Verteidigung einen Psychiater aufgerufen. Der gab zu Protokoll, dass der Angeklagte obsessive Phasen durchmache. Anscheinend ist es üblich, dass Stalker ihre Obsessionen auf andere übertragen. Der Richter verurteilte ihn zu einer langen Bewährungsstrafe und warnte ihn, beim nächsten Verstoß würde er ins Gefängnis wandern.«

»Nicht zu fassen. Er schrieb die Verletzung seiner Mutter einem Jungen zu, der zu Hause sitzt und seiner Freundin eine SMS schreibt«, sagte Laurie. »Wenn er zu so einem Gedankensprung fähig war, dann kann ich mir nur zu gut vorstellen, was er erst mit dem Arzt macht, der seiner Mutter Tabletten verschreibt, an denen sie stirbt.«

»Wir sollten mit ihm reden, oder?«

Meistens gefiel es Laurie nicht besonders, wenn Ryan vorschlug, dass »wir« etwas tun sollten. In diesem Fall aber hatte er alles Recht dazu, an den Nachforschungen beteiligt zu sein. »Willst du dich darum kümmern?«, fragte sie.

»Schon dabei«, erwiderte Ryan begeistert. »Aber ich hab dir

noch was zu erzählen. Bereits vier Jahre vor Martin Bells Ermordung war George Naughten registrierter Besitzer einer Neun-Millimeter Smith and Wesson, genau so einer Pistole, mit der Dr. Bell ermordet wurde.«

»Wow. Vielleicht könnten wir ihn bitten, uns die Pistole auszuhändigen. Damit wir sie zur ballistischen Überprüfung der Polizei übergeben.«

Ryan erhob sich aus dem Sessel. »Eher unwahrscheinlich. Bei seiner Verurteilung wurde ihm ebenfalls auferlegt, die Pistole abzuliefern, sein Anwalt behauptete aber, sie sei zwei Monate vorher bei einem Einbruch gestohlen worden. Statt die Waffe abzugeben, präsentierte er bloß den Polizeibericht, demzufolge sie zusammen mit einigem Schmuck der Mutter gestohlen wurde. Ob dem wirklich so war, lässt sich natürlich kaum feststellen. Es könnte also sein, dass George diesen Einbruch nur vorgetäuscht hatte, um die Waffe später noch zu benutzen.«

Laurie dankte Ryan für seine Arbeit. Nachdem sie allein in ihrem Büro war, las sie die Polizeiberichte und die Mitschriften des Prozesses und achtete besonders auf die von Ryan markierten Passagen.

Hatte sich die Polizei so sehr auf Kendra Bell versteift, dass sie George Naughten völlig übersehen hatte?

Ihre Gedanken kehrten zu dem mysteriösen Unbekannten zurück, mit dem sich Kendra Bell vor dem Mord an ihrem Mann in einer Bar getroffen hatte. Sie blätterte durch die Dokumente, die Ryan ihr gegeben hatte, und suchte nach Fotos, fand aber keine. War es möglich, dass sie sich mit einem Typen zusammengetan hatte, der selbst mit ihrem Mann noch eine Rechnung offen hatte?

Sie wusste nicht, ob George Naughten ein Mörder, ob er der Unbekannte aus der Bar war oder nur ein unangenehmer Zeitgenosse mit psychischen Problemen. Sie wusste nur, dass sie einen neuen Namen zu ihrer Liste potenzieller Verdächtiger hinzufügen konnte.

Sie ging zum Whiteboard an der gegenüberliegenden Wand und nahm einen roten Stift zur Hand. Kurz darauf war die gesamte Tafel mit Namen und Linien überzogen, die die möglichen Verbindungen zwischen allen Beteiligten darstellten. Kendra. Der unbekannte Fremde, mit dem sie sich in der Kellerbar getroffen hatte. Der Dermatologe, der ihr Chef war und immer noch sehr viel für sie übrig hatte. Der aufgebrachte Sohn einer verstorbenen Patientin. Sogar der New Yorker Senator, den sie am darauffolgenden Nachmittag interviewen sollte.

Ihr Handy gab einen Ton von sich. Eine SMS von Ryan. **George wird sich mit uns treffen. Ich telefoniere gerade mit ihm. Morgen um zehn, passt das für dich?**

Der Tag würde sehr voll werden, aber das schaffte sie. Sie bestätigte die Anfrage und trug den Termin in ihrem Kalender ein.

Es steht noch eine Menge Arbeit an, dachte sie und wandte sich wieder dem Whiteboard zu. *Aber der Mörder ist hier aufgeführt, hier auf dieser Tafel. Ich kann es spüren. Und egal, wer du bist, ich werde dich finden.*

31

Am folgenden Morgen parkten Laurie und Ryan in der Nähe von George Naughtens olivgrünem Reihenhäuschen in Rosedale, Queens. Als sie die Straße überquerten, dröhnte eine Maschine auf ihrem Landeanflug zum nahen JFK-Flughafen über sie hinweg. Ryan hielt Laurie das verrostete schmiedeeiserne Tor auf. Gleich darauf standen sie beide unter einem ausgebleichten grauen Vordach und klopften an die Holztür, die einen frischen Anstich nötig gehabt hätte.

Naughten sperrte zwei Schlösser auf und entfernte die Kette, bevor er die Tür gerade so weit öffnete, dass er seine Besucher in Augenschein nehmen konnte. »Sie sind die Fernsehdetektive?«, fragte er blinzelnd. Seine Stimme war eine ganze Oktave höher, als Laurie erwartet hatte.

»Laurie Moran«, stellte sie sich vor. »Danke, dass Sie sich zu einem Treffen bereit erklärt haben.«

Naughten machte die Tür ganz auf. »Kommen Sie rein, kommen Sie rein.« Er winkte sie in ein düsteres Wohnzimmer. Die Decke war niedrig, schwere Plüschvorhänge waren vor die Fenster gezogen. Im roten Schein der Wärmelampe eines Reptilienterrariums mutete das Zimmer wie ein Bordell an. Im Terrarium, wie Laurie bemerkte, spielte eine Bartagame mit einer Grille, die wahrscheinlich nicht mehr lange zu leben hatte. Über dem Terrarium hingen gerahmte Fotos an der Wand. Jedes Bild zeigte George in einem anderen Lebensjahr mit seiner Mutter.

»Bitte, machen Sie es sich bequem«, sagte er, während er sich auf einem abgewetzten Stoffsessel in der Mitte des Zimmers

niederließ, sich vom Röhrenfernseher auf dem Boden weg-
drehte und den beiden Korbschaukelstühlen in der Ecke zu-
wandte. Das Geld aus der Klage gegen Martin Bell – wie viel es
auch immer gewesen sein mochte – war wahrscheinlich für
den Lebensunterhalt draufgegangen, nicht aber für die Reno-
vierung und Einrichtung des Hauses.

Sie nahmen Platz, und Laurie fasste George Naughten näher
ins Auge. Er trug eine dunkelrote Jogginghose, die ihm einige
Nummern zu klein war, dazu ein schlabbriges braunes T-Shirt,
das einige Nummern zu groß war. Er wirkte älter als einundvierzig. Die Haare wurden über der von tiefen Falten durch-
zogenen Stirn bereits schütter.

Sie rief sich die Beschreibung der Barkeeperin von Kendras
mysteriösem Begleiter im Cover ins Gedächtnis. Harte Gesichtszüge, kahl geschorener Schädel, fieser Blick. Bei dem traurig
aussehenden Mann ihnen gegenüber handelte es sich definitiv
nicht um ihn.

»Wir wissen es sehr zu schätzen, dass Sie uns eingeladen
haben, Mr. Naughten«, sagte Ryan.

»Nennen Sie mich doch bitte George. Meine Mama hat mich
immer Georgie-Boy genannt. Mein Vater hat uns verlassen, als
ich noch ganz klein war. Wir beide gegen den Rest der Welt, das
hat sie immer gesagt. Ich weiß, das alles hier ist nicht viel, aber
mehr brauch ich nicht. Gleich da drüben gibt's ein großes Ein-
kaufszentrum und einen Supermarkt, und es ist schön, wenn
man morgens aufwacht und weiß, dass Mom hier glücklich gewesen ist.«

Soweit Laurie aus ihren Recherchen wusste, hatte George
vom Tag seiner Geburt bis zu ihrem Tod mit seiner Mutter zusammengelebt. Laurie spürte, wie sich Mitgefühl in ihr regte,
aber das durfte sie nicht in ihrer Arbeit beeinflussen. »George,
wir würden gern mehr über Ihre Beziehung zu Connor Bigsby
erfahren.«

»Ach, das Ganze war ein einziges Missverständnis«, sagte er kopfschüttelnd. »Ich hätte dem Jungen nie was getan. Ich wollte ihm nur klarmachen, wie gefährlich das Simsen ist.«

»Aber er hat doch gar nicht am Steuer des Autos gesessen, das auf das Ihrer Mutter aufgefahren ist«, sagte Ryan.

»Aber er hat es gewusst. Die Polizei hat die Nachrichten gelesen. Das Mädchen am Steuer hat ihm geschrieben, dass sie im Stau steht. Er hat es gewusst und sie trotzdem abgelenkt.«

Ryan runzelte die Stirn, hakte aber nicht nach. Sie waren nicht hier, um sich mit dem Widersinn von George Naughtens vergangenen Straftaten zu beschäftigen. »Reden wir über Dr. Martin Bell. Wie sah Ihr Kontakt zu dem verstorbenen Arzt aus? Wir wissen, dass Sie ihn vor seiner Ermordung verklagt haben.«

»Darüber kann ich nicht reden. Tut mir leid, ich habe eine Verschwiegenheitserklärung unterzeichnet.«

Ryan beugte sich auf seinem Schaukelstuhl vor. »Diese Verschwiegenheitserklärung bezieht sich auf die von Ihnen eingereichte Klage wegen Behandlungsfehlern. Aber nicht auf Ihre persönliche Beziehung zu Dr. Bell.«

George krallte die Zehen in den ausgetretenen Teppichboden, und Laurie glaubte ein ängstlichen Flackern in seinen tief liegenden braunen Augen zu erkennen.

»Wir kennen die Aussagen Ihres Psychiaters über Ihre Obsessionen«, sagte Ryan. »Wenn Sie bereits einem Jugendlichen nachstellen, der am Unfall Ihrer Mutter kaum beteiligt war, dann werden Sie doch sicherlich nicht zögern, das Gleiche bei einem Arzt zu tun, den Sie für den Tod Ihrer Mutter verantwortlich machen.«

»Ich schwöre, ich habe Dr. Bell nur dieses eine Mal persönlich getroffen. Er hat noch nicht mal Anzeige erstattet. Die Polizei hat mir gesagt, ich soll auf Abstand bleiben, und nach den Problemen mit dem Jugendlichen hab ich mich daran gehalten. Ich bin nie mehr zu ihm in die Praxis.«

Laurie und Ryan tauschten einen schnellen Blick aus. Anscheinend war es in Dr. Bells Praxis zu einer Auseinandersetzung gekommen, die das Eintreffen der Polizei nötig gemacht hatte, und George nahm an, sie würden davon wissen.

Sie griffen die Informationen sofort auf. »Warum sollte er Ihrer Meinung nach die Polizei rufen, George, es sei denn, er hatte Angst vor Ihnen?«, fragte Ryan.

»Ich wollte ihm keine Angst einjagen, ich schwöre es. Ich wollte auch dem Jugendlichen keine Angst einjagen. So einer bin ich doch nicht«, sagte er und sah an sich hinab. »Ich wollte ihm nur klarmachen, welchen Schaden er anrichtet, so wie ich Connor Bigsby klarmachen wollte, dass er seiner Freundin, wenn sie hinterm Steuer sitzt, keine SMS schreiben soll. Martin Bell sollte wissen, dass er die Menschen nicht rettet. Er war kein Wundertäter. Seine Medikamente haben Mama umgebracht. Ich habe bei ihm angerufen, immer wieder, aber er ist nie drangegangen und hat mich nie zurückgerufen. Also bin ich persönlich zu ihm. Ich hatte doch keine andere Wahl.«

George starrte auf die Echse, während er weitersprach. »Ich hab der Sprechstundenhilfe gesagt, dass ich erst wieder gehe, wenn er mit mir redet, von Mann zu Mann. Ich hätte ihm nie was getan, das hab ich auch der Polizei erzählt, als sie gekommen ist. Man hat mir dann gesagt, Dr. Bell würde mich wegen Hausfriedensbruch anzeigen, wenn ich noch mal auftauche, also hab ich es nicht mehr getan.«

Ryan versuchte es anders. »Was war mit dieser Pistole, George? Eine Smith and Wesson neun Millimeter war auf Ihren Namen registriert. Mit einem solchen Modell wurde Dr. Bell erschossen.«

»Ich hab das Ding vor einigen Jahren zu Mamas Sicherheit gekauft. Es hat hier in der Gegend einige Einbrüche gegeben, ich wollte vorbereitet sein. Erst hat es Spaß gemacht, ich bin sogar zum Üben auf einen Schießstand. Aber nach Mamas

Unfall hab ich das alles irgendwie vergessen. Ich hatte keine Zeit mehr, ich musste mich doch so viel um sie kümmern, da hat die Pistole bloß noch im Schrank gelegen. War dann irgendwie komisch, dass sie gestohlen wurde. Geschieht mir recht, hab ich mir gedacht, weil ich so ein tougher Typ sein wollte. Aber das liegt mir nicht.«

»Haben Sie sich eine neue gekauft?«, fragte Laurie. »Sind denn durch den Einbruch Ihre Ängste nicht bestätigt worden?«

»Nein. Ich hab das Ding doch bloß gehabt, um Mama zu beschützen. Jetzt gibt es hier nichts mehr, was irgendwie von Wert wäre.«

Laurie fragte ihn nach dem Schießstand, den er aufgesucht hatte, und notierte sich den Namen. »Wurden Sie nach Dr. Bells Ermordung von der Polizei befragt?«

George schüttelte den Kopf. »Ich hab das eigentlich erwartet, aber das Missverständnis in seiner Praxis war über einen Monat vor dem Mord passiert, außerdem hat es keine Anzeige gegeben. Also ...«

Er beendete den Gedanken nicht. Also war er durchs Raster gerutscht. Der Polizist, der den Anruf zu einem Mann entgegengenommen hatte, der eine Arztpraxis nicht verlassen wollte, stellte über einen Monat später keinen Zusammenhang zu Dr. Bells Ermordung mehr her. Und Laurie war überzeugt, dass die Polizei sich nicht mit Georges früheren Gesetzesverstößen beschäftigt hatte, ganz zu schweigen mit seiner angeblich gestohlenen Waffe. Schließlich war sie vollauf damit beschäftigt, gegen Kendra zu ermitteln.

»Und am Abend von Dr. Bells Tod«, sagte Ryan, »wo haben Sie sich da aufgehalten?«

»Ich war hier«, sagte George und zeigte auf seine Wohnung. »Allein.«

Eine Weile schwiegen sie alle drei. Die Fenster klapperten, als ein weiteres Flugzeug über das Haus flog. »Werden Sie vor die

Kamera treten, um sich von allen Verdächtigungen reinzu-
waschen?«

George schreckte auf. »Ich würde gern vorher mit meinem
Psychiater sprechen.«

»Gut, dann sagen Sie ihm aber, dass diese erneuten Ermittlungen sich nicht einfach in Luft auflösen werden«, sagte Ryan.
Er sah zu Laurie. Aber sie hatte keine weiteren Fragen mehr,
dankte George und wandte sich zur Tür.

Als sie im hellen Sonnenlicht zu ihrem Wagen zurückgingen,
fragte Laurie: »Und, was hast du für ein Gefühl?«

»Ich würde ihn nicht unbedingt mit meiner Schwester
verkuppeln wollen, aber bislang sieht er mir nicht wie ein Mörder aus.«

Sie nickte und wünschte sich, ihr Gefühl allein würde ausreichen, um den Namen eines Verdächtigen von ihrem Whiteboard zu streichen. Sie selbst war sich weniger sicher. Klar war
jedenfalls eines: George Naughten war ganz besessen von der
Vorstellung, dass Dr. Martin Bell seine Mutter auf dem Gewissen hatte.

»Danke für die gute Arbeit«, sagte sie. »Du warst richtig toll
da drin.«

»Danke, Laurie. Das bedeutet mir eine Menge. Ich weiß, ich
war bislang nicht unbedingt der beste Teamspieler.«

»Nimm es mir nicht übel, aber darf ich fragen, was sich geändert hat?«

Ryan zögerte, dann runzelte er die Stirn. »Eine Frau, mit der
ich was hatte, hat mir den Laufpass gegeben.«

»Oh. Das tut mir leid ...«

Er schüttelte den Kopf. »Es war keine ernste Sache. Aber,
Mann, sie hat mir, als sie die Beziehung beendet hat, eine ganze
Menge an den Kopf geworfen. Sie meint, ich sei egoistisch – und
würde glauben, immer auf alles ein Anrecht zu haben. Ich sei
schon mit dem silbernen Löffel im Mund auf die Welt gekommen

und denke jetzt, alle müssten nach meiner Pfeife tanzen.« Traurig zuckte er mit den Schultern, kam dem Chauffeur zuvor und öffnete Laurie die Fondtür.

Nachdem er neben ihr Platz genommen hatte, sagte er: »Wie auch immer, mir ist jedenfalls klar geworden, dass sie vielleicht gar nicht so unrecht hat. Man hat mich also ziemlich zurecht-gestutzt.«

So einen Augenblick der eingestandenen Schwäche hatte Laurie bei Ryan noch nie erlebt. Da sie nicht wusste, wie sie darauf reagieren sollte, entschied sie sich kurzerhand für Humor: »Was aber nicht unbedingt heißt, dass du jetzt bescheidener wirst.«

»Niemals«, sagte er und grinste breit. »Mit Bescheidenheit hat es Ryan Nichols eher nicht so.«

32

Laurie und ihr Produktionsassistent Jerry trafen auf die Minute genau um 15.30 Uhr in der Wohnung der Longfellows in der West End Avenue an der Upper West Side ein.

»Was für Decken«, staunte Jerry, als die Aufzugstüren im achtzehnten Stock aufgingen. »Die sind hier ja an die vier Meter hoch. Und der Stuck! Klassisches Art déco.«

»Vielleicht solltest du mir eine Wohnung suchen«, scherzte Laurie. Sie hatte beschlossen, jemanden mitzubringen, für den Fall, dass sie von den Longfellows wichtige Aussagen erhielt und einen Zeugen brauchte. So wunderbar sie in letzter Zeit auch mit Ryan auskam, es hätte doch vielleicht für Missstimmung gesorgt, wenn sie gleich mit dem Moderator der Sendung und früheren Staatsanwalt angerückt wäre. Immerhin hatte Alex den Senator um einen Gefallen gebeten. Und im Gegensatz zu Ryan war Jerry jemand, den man unmöglich nicht mögen konnte.

Auf ihr Klingeln folgte sofort wildes Hundegekläff. »Ike! Lincoln!« Hinter der Tür versuchte eine Frau die Hunde zum Verstummen zu bringen. Das Bellen wurde leiser und schließlich zu einem Winseln, das Laurie als den Versuch interpretierte, sich eine Leckerei zu erschmeicheln. »Wie oft muss ich es euch noch sagen? Ihr sollt nett sein, wenn Besuch kommt.«

Als die Tür aufging, wurden sie von zwei kleinen Hunden begrüßt, die sie unermüdlich umkreisten und an ihren Schuhen schnüffelten. Die Frau dahinter streckte ihnen die Hand entgegen. »Hallo, ich bin Leigh Ann Longfellow.« Sie trug ein klassisches marineblaues Etuikleid und dazu nudefarbene Pumps, die dunkelbraunen Haare waren, ähnlich wie bei Laurie, zu einem schulterlangen Bob geschnitten. Ihre Alabasterhaut war makellos. »Entschuldigen Sie die beiden Rabauken. Auch wenn man es ihnen nicht ansieht, sind sie eigentlich gut erzogen. Leider entscheiden ausschließlich sie, wann sie das auch zeigen wollen. Im Moment, glaube ich, sind sie ganz aufgeregt, dass Mommy und Daddy schon so früh zu Hause sind.«

»Kein Problem«, sagte Laurie. »Ich liebe Hunde. Das sind ... Zwergspitze?«

»Fast. Papillons. Sie sind schon acht, führen sich aber immer noch wie Welpen auf, wenn sie jemanden Neues zu Gesicht bekommen.«

Jerry war bereits in die Hocke gegangen, ließ die Hunde an sich hochspringen und sich von ihnen das Gesicht ablecken. Er grinste zu den beiden Frauen hoch. »Hi, ich bin Jerry«, sagte er und winkte kurz. »Lauries Produktionsassistent.«

Leigh Ann führte sie in ein geräumiges Wohnzimmer mit geschmackvoller moderner Einrichtung in neutralen Farbtönen. Die einzige Andeutung von Unordnung bestand in einem großen Hundekorb neben dem offenen Kamin, um den eine Sammlung von Stofftieren lag. Dem Anblick eines kopflosen Fleecelamms nach zu schließen, aus dem die weiße Baumwollfüllung quoll, hatten Ike und Lincoln erst vor kurzer Zeit ein heftiges Tauziehen veranstaltet.

Laurie und Jerry wollten gerade Platz nehmen, als Senator Longfellow den Raum betrat. Er war genauso eindrucksvoll wie auf den Wahlkampfplakaten und Pressekonferenzen.

Laurie hatte sich eingehend mit Daniel Longfellows Vergangenheit vertraut gemacht. Als einziger Sohn eines Portiers und einer Hausfrau hatte er West Point besucht, während seiner Dienstzeit in Afghanistan nach den Anschlägen auf das World Trade Center war ihm eine Tapferkeitsmedaille verliehen worden. Laurie erinnerte sich noch an sein Wahlkampfvideo, das seine Biografie groß herausgestellt hatte. Er sei vom Militär nach New York zurückgekehrt, sagte er, weil er entschlossen sei, die von ihm so geliebte Stadt zu einem sicheren und florierenden Ort für alle zu machen.

Er war groß, wahrscheinlich um die ein Meter neunzig, hatte dunkelblonde Haare und leuchtend blaue Augen. Und wenn er neben Leigh Ann stand und den Arm um sie legte, wirkte das völlig natürlich.

»Ich sehe, unsere Kleinen haben Sie schon kennengelernt«, sagte er zu Laurie und Jerry und deutete auf die zu seinen Füßen hechelnden Hunde.

»Da haben sie schon für gesorgt, Herr Senator«, antwortete Laurie und stellte sich vor.

»Ike und Lincoln. Ich nenne sie immer die Papillon-Präsidenten. Und bitte nennen Sie mich Dan. Der Mehrheitsführer hält gerade eine Konferenzschaltung ab. Verraten Sie es niemandem, aber ich habe einfach auf stumm gestellt, damit ich rauskommen und Sie begrüßen kann. Unterhalten Sie sich doch schon mal mit Leigh Ann, und ich stoße dann gleich dazu.«

»Klingt gut«, stimmte Laurie zu.

Er gab seiner Frau einen schnellen Kuss auf den Mund und verließ den Raum. Laurie bemühte sich, die beiden nicht anzustarren, aber sie spürte förmlich die Energie, die zwischen Dan und Leigh Ann herrschte. Unweigerlich musste sie daran denken, was Cynthia Bell über sie gesagt hatte: Die beiden vergötterten einander.

Laurie hatte noch keine einzige Frage gestellt, einer Sache aber war sie sich schon sicher: Dieses Paar liebte sich heiß und innig.

33

Leigh Ann bat Laurie und Jerry Platz zu nehmen und setzte sich ihnen gegenüber auf ein hellgraues Sofa. Die beiden Papillons sprangen zu ihr hoch und ließen sich links und rechts von ihr nieder.

»Als Erstes sollte ich Ihnen gratulieren, Laurie. Dan hat mir erzählt, dass Sie nicht nur sehr erfolgreich Ihre eigene Karriere verfolgen, sondern mit unserem jüngsten Bundesrichter verlobt sind. Wie aufregend. Sie geben ein Paar mit enormer Power ab.«

Laurie wusste nicht recht, was sie darauf erwidern sollte. Es war lange her, dass sie sich als Teil eines Paars gesehen hatte, ganz zu schweigen eines Paars »mit enormer Power«. »Danke«, sagte sie schließlich. »Aber es steht doch noch viel an.«

»Nun, auch wenn Sie nicht danach gefragt haben, aber ich rate Ihnen, alles einfach zu genießen. Im Mittelpunkt stehen nur Sie beide, nicht irgendwelche Hochzeitsvorbereitungen und was sonst noch alles dazugehört. Meine Eltern haben Dan zu dem ganzen Spektakel im Central Park Boathouse überredet. Meine Cousine musste Dan den ganzen Abend auf Schritt und Tritt folgen und ihm ständig erklären, wer jeder war.«

Laurie lächelte. Sie und Alex hatten noch niemandem erzählt, dass sie die Hochzeit im Spätsommer planten, weil sie noch etwas Zeit für sich haben wollten, bevor Einzelheiten bekannt gegeben wurden.

»Wie auch immer«, fuhr Leigh Ann fort, »Sie sind nicht hier, um sich Ratschläge für Ihre Hochzeit anzuhören. Dan hat mir erzählt, Sie nehmen sich wieder Martins Fall an.« Sie klang jetzt ernster. »Ich bin immer noch fassungslos, dass ihm jemand so etwas antun konnte.«

»Wie haben Sie damals von seinem Tod erfahren?«, fragte Laurie.

»Meine Mutter hat mich angerufen. Die Polizei war bei den Bells und hat ihnen die Nachricht persönlich mitgeteilt. Zufällig waren meine Eltern auf einen Cocktail dort, bevor sie gemeinsam zum Essen ausgehen wollten. Sie können sich vorstellen, wie die Reaktionen ausfielen, als man ihnen von der Tragödie berichtete.«

»Cynthia Bell sagte, Sie kannten Martin schon lange.«

Sie nickte. »Seit meiner Kindheit. Er war sechs Jahre älter, wir waren also nicht unbedingt befreundet. Aber unsere Eltern standen sich nah, wir saßen gemeinsam am Kindertisch, oder die Älteren spielten mit den Jüngeren Verstecken. Solche Sachen. Und als ich dann dem Vorsitz der Ehemaligenvereinigung beitrat, stellte ich fest, dass er ebenfalls mit dabei war.«

»Kannten Sie Kendra?«

»Überhaupt nicht. Dan und ich waren zur Hochzeit eingeladen, aber sie überschnitt sich mit einer Wahlkampfveranstaltung, die Dan nicht mehr absagen konnte.«

»Er gehörte damals schon der State Assembly an?«, fragte Laurie.

Leigh Ann überlegte kurz. »Es war der Wahlkampf für die zweite Amtszeit, es muss also ... etwas mehr als zehn Jahre her sein. Mom und Dad waren auf der Hochzeit, sie meinten, Kendra sei wohl ganz nett, aber es hatte sich nicht ergeben, dass sie sich mit ihr länger unterhalten hätten. Im Lauf der nächsten Jahre erwähnte Mom einige Male, dass Cynthia der Meinung sei, Martin habe einen fürchterlichen Fehler begangen, aber, wie gesagt, ich kannte Kendra nicht und traf Martin nur bei den Sitzungen für die Ehemaligenvereinigung.«

»Entschuldigen Sie, wenn ich so mit der Tür ins Haus falle, aber ich denke, Sie wissen, warum wir mit Ihnen reden wollen. Kendra war überzeugt, dass sich Ihre Beziehung nicht nur auf die Sitzungen für die Ehemaligenvereinigung beschränkte.«

Leigh Ann schüttelte lachend den Kopf. »Entschuldigen Sie, wenn ich hier lachen muss. Sie tut mir wirklich leid, aber das ist einfach nur absurd. Wir haben uns, wenn es hochkam, einmal im Monat gesehen, in einem Konferenzraum zusammen mit zweiundzwanzig Ehemaligen. Dann fanden wir uns als stellvertretende Vorsitzende im Auktionskomitee wieder, was mit einer Menge Arbeit verbunden ist – man ist mit den Planungen beschäftigt, rührt die Werbetrommel und verwaltet die Spenden. Heute hätte ich gar nicht mehr die Zeit für das alles, damals aber war Dan häufiger in Albany als hier« – ihre Miene gab klar zu verstehen, dass sie kein großer Fan der Bundeshauptstadt war – »und ich wollte mich hier irgendwie nützlich machen. Als der alte Vorsitzende für die Auktion verkündete, dass er nicht mehr zur Verfügung stehe, dachte ich mir, *was soll's, ich mach es, solange mir jemand zur Hand geht.* Martin war damals ja fast so was wie eine Berühmtheit, wir kannten uns seit unserer Kindheit, also bearbeitete ich ihn so lange, bis er einwilligte. Das Einzige, was mir einfällt, waren die vielen Telefonate zwischen uns beiden, vielleicht hat Kendra daraus ihre Schlussfolgerungen gezogen. Aber ich kann Ihnen versprechen: Das sinnlichste Thema, über das Martin Bell und ich uns unterhalten haben, war, wo wir die Eisskulptur aufstellen sollen.«

»Aber die Polizei hat Sie nach Martins Tod befragt?«

»Ja. Ich war völlig baff. Später hat mir meine Mutter erzählt, Martins Eltern hätten sie vorgewarnt, dass Kendra sich das einbildet, mir gegenüber aber hat keiner auch nur ein Wort erwähnt, solange Martin noch am Leben war. Als die Polizei mich kontaktierte, sagte man mir, dass meine Nummer häufig in Martins Anrufverzeichnis auftauchte. Natürlich sprach ich von unserer Arbeit für die Auktion. Aber dann bekam ich zu hören, dass ich eine Affäre mit Martin haben sollte, und sie wollten wissen, wo sich Danny am Abend des Mordes aufgehalten hatte – für den Fall, dass er die gleichen Mutmaßungen hegte wie Kendra.«

»Und?«, fragte Laurie.

»Er war in Washington, D.C. Mit mir. Der Sitz im Senat war soeben frei geworden, und wir wussten, dass der Gouverneur sich mit dem Gedanken trug, Danny dafür zu nominieren. Zur Vorbereitung fuhr Danny nach Washington, um sich mit mehreren Parteiführern zu treffen. Natürlich konnte ich ihm während dieser Treffen nicht die Hand halten, aber ich beschloss, ihn zur moralischen Unterstützung zu begleiten. Und um ehrlich zu sein, ich fuhr mit ihm lieber nach Washington als nach Albany. Wir blieben über Nacht, damit er am nächsten Morgen noch mit dem Mehrheitsführer im Senat frühstücken konnte. Wir waren dann gerade wieder zurück, als meine Mutter mich anrief, um mir die schreckliche Nachricht von Martins Tod mitzuteilen.«

Für die Polizei hätte es ein Leichtes sein müssen, Dans Alibi für den Mordzeitpunkt zu bestätigen, wenn Leigh Ann die Wahrheit sagte. Erneut wünschte sich Laurie, die Polizei wäre etwas freigiebiger mit ihren Erkenntnissen in diesem Fall.

»Ich habe mit Kendra gesprochen«, sagte Laurie, »und habe den Eindruck, sie unterstellte Martin unter anderem eine Affäre, weil ihre Ehe alles andere als problemlos war. Sie haben noch zusammengelebt, aber es klingt fast so, als hätten sie sich voneinander entfremdet. Ich werde nur ungern persönlich, aber wie war es zu dieser Zeit um Ihre Ehe bestellt?«

Leigh Ann lächelte, aber ihre Geduld wurde sichtlich auf die Probe gestellt. »Sie haben recht, das ist eine sehr persönliche Frage. Was soll ich sagen? Danny und ich gehören zu den glücklichen Paaren, die sich sehr früh gefunden und beschlossen haben, ein gemeinsames Leben aufzubauen. Ich habe an der Columbia mein Jurastudium beendet, und er hat seinen Master in Internationaler Politik gemacht, nachdem er als Offizier aus dem Militär ausgeschieden ist. Mir ist bei Starbucks mein Lehrbuch für internationales Recht zu Boden gefallen, als ich die Brieftasche aus dem Rucksack zog. Er hat es aufgehoben, und wir haben uns über Außenpolitik und alles Mögliche unterhalten. Es hat sofort zwischen uns beiden gefunkt. Wir mussten an die drei Stunden im Coffeeshop gesessen haben. Und als ich an dem Abend nach Hause kam, erzählte ich meiner Zimmergenossin, dass ich den Mann kennengelernt hätte, den ich heiraten würde. Als er um meine Hand anhielt, überreichte er mir den Verlobungsring in dem Pappbecher, den er damals nach unserem ersten Treffen aufgehoben hatte. Er sagte, er habe ebenfalls sofort gewusst, dass wir zusammenbleiben würden.«

Ganz mühelos, dachte Laurie – so wie es sein sollte.

»Da die Ernennung Ihres Mannes zum Senator kurz bevorstand, müssen Sie sehr besorgt gewesen sein, dass Ihre Namen in der Berichterstattung zum Mordfall auftauchen. Dr. Bells Ermordung hat ja für einige Wochen die lokale Berichterstattung bestimmt.«

»Ich muss ehrlich sagen, der Gedanke ist uns nie gekommen. Ich war nur völlig fassungslos, dass jemand, den wir kannten, ermordet wurde. Und ich habe es bedauert, dass Kendra nicht nur ihren Mann verloren hat und jetzt mit zwei kleinen Kindern allein zurechtkommen musste, sondern auch Zweifel an meiner Beziehung zu Martin hegte. Aber es war ja ganz offensichtlich, dass sie sich alles nur eingebildet hat. Außerdem hatte der Gouverneur zu dem Zeitpunkt Dan bereits ins Vertrauen gezogen und mitgeteilt, dass ihm der Sitz im Senat sicher sei. Die Reise nach Washington hatte nur pro forma stattgefunden – um allen seine Aufwartung zu machen. Wenn ich mich richtig erinnere, hatte der Gouverneur die Entscheidung bereits verkündet, als die Polizei uns zu der Sache befragte.«

Laurie hatte sich zur Vorbereitung auf das Interview im Internet über die Longfellows informiert. Der vorhergehende Senator hatte zehn Tage vor Martin Bells Ermordung einen Kabinettsposten übernommen, und der Gouverneur hatte Longfellow – vierzig Jahre alt, Mitglied der State Assembly und Kriegsheld – den freigewordenen Sitz exakt zwei Wochen, nachdem der frühere Senator seine Entscheidung publik gemacht hatte, angeboten. Wenn Leigh Anns Erinnerung stimmte, hatte sich die Polizei mindestens fünf Tage Zeit gelassen, bis sie die Longfellows befragt hatte. Laurie war die Tochter eines Polizisten. Sie wusste genau, wie diese Verzögerung zu deuten war: Die Ermittlungsbeamten hatten die Longfellows nicht als dringend tatverdächtig eingestuft. Ein weiteres Anzeichen, dass die Polizei Kendras Anschuldigungen wenig glaubwürdig fand.

»Hat Martin Bell Ihnen jemals von Kendra oder vom Zustand seiner Ehe erzählt?«

»Eigentlich nicht.«

Laurie lächelte. »*Eigentlich nicht* ist nicht dasselbe wie *nein*.«

»Hören Sie, ich will ehrlich sein – ich bin voreingenommen. Meine Mutter hat mir erzählt, dass Cynthia und Robert der festen Meinung seien, Kendra wäre verantwortlich für Martins Tod. Aber das alles weiß ich nicht aus erster Hand.«

»Martin hat Ihnen aber von Kendra erzählt?«

Sie nickte. »Nicht unbedingt in einem vertraulichen Gespräch. So nahe standen wir uns nicht. Aber als wir mögliche Veranstaltungsorte für die Auktion besichtigen wollten, konnte er nicht an dem von mir vorgeschlagenen Datum, weil er einen Termin bei einem Anwalt hatte. Ich dachte mir nichts dabei und schlug andere Termine vor, aber er ging darauf nicht ein, sondern stieß nur ein sarkastisches Lachen aus« – sie ahmte den Laut nach –

»und sagte, ›hey, du und Dan, kennt ihr vielleicht einen guten Scheidungsanwalt. Ich werde einen ziemlich guten brauchen, wenn ich meine Kinder behalten möchte.‹ Ehrlich gesagt, mir war das ziemlich peinlich. Ich sagte ihm, es tue mir leid, das zu hören, und brachte das Gespräch wieder auf den Besichtigungstermin.«

Ein weiterer Hinweis, dass Martin entschlossen war, sich von Kendra scheiden zu lassen, sofern er das Sorgerecht für Bobby und Mindy behalten konnte.

Laurie hatte an Leigh Ann keine weiteren Fragen mehr. Da der Senator immer noch nicht erschienen war, verlegte sie sich auf Small Talk. »Die Auktion hat dann ohne Martin Bell stattgefunden?«

Leigh Ann lächelte. »Wir haben die Einladungen zu seinen Ehren verschickt. Seine Abschlussklasse hatte zum ersten Mal eine Spendenquote von einhundert Prozent. Robert und Cynthia waren anwesend und brachten sogar Bobby und Mindy mit. Ich fürchtete schon, wir würden alle in Tränen ausbrechen, die armen Kinder. Besteht denn noch irgendeine Hoffnung, dass sie eine normale Kindheit erleben, wenn sie ihren Vater durch eine so grässliche Tat verlieren?«

Jede Menge Hoffnung, hätte Laurie am liebsten gesagt. *Vielleicht sind sie stark und belastbar und voller Liebe und Freude wie mein wunderbarer Timmy.*

Leigh Ann blickte auf. Ihr Mann trat ins Zimmer. Ike und Lincoln sprangen sofort vom Sofa und begrüßten den Neuankömmling.

»Wow«, sagte Jerry. »Sie mögen ja vielleicht die Papillon-Präsidenten sein, aber sie können es kaum erwarten, den Senator von New York zu begrüßen.«

»Sie lieben ihren Daddy, was?« Leigh Ann gab ein paar gurrende Geräusche von sich, während Dan die Hunde hinter den Ohren kraulte.

»Sie müssen uns entschuldigen«, sagte der Senator. »Es ist Ihnen wahrscheinlich aufgefallen, dass wir die Kleinen verhätscheln. Wäre es in den letzten Tagen nicht endlich wärmer geworden, hätten Sie das Vergnügen gehabt, sie in ihren Rollkragenpullovern zu bewundern. Wird nicht mehr lange dauern, dann laufen sie in Gucci-Schühchen und mit Designer-Sonnenbrillen rum.«

»Hör auf damit«, erwiderte Leigh Ann mit einem Lachen. »Sie mögen ihre Outfits, nicht wahr, ihr Lieben? Ihr wisst doch, wie glücklich ihr eure Mommy damit macht.«

Daniel und Leigh Ann hatten sich einer äußerst positiven Medienberichterstattung erfreut, nachdem er für den freigewordenen Sitz im Senat nominiert worden war. Er mochte zuvor der Liebling in der New Yorker State Assembly gewesen sein, plötzlich aber, nach seinem Aufstieg in den US-Senat, war er ein Politiker von nationalem Rang. Den Journalisten gefiel das Gesamtpaket aus seiner Vergangenheit, seinen politischen Ansichten und seiner Bilderbuchehe mit einer dynamischen und intelligenten Wirtschaftsanwältin. Wenn es bei seiner Vorstellung auf nationaler Ebene zu einem Misston gekommen war, dann durch Leigh Ann.

Eine der Co-Moderatorinnen einer nachmittäglichen Talkshow, Dawn Harper, hatte Leigh Ann gefragt, ob das Paar Kinder einplane. Eine zweite Moderatorin wies Dawn für die taktlose Frage zurecht, worauf Dawn erwiderte: »Was denn? Ich frage doch nur. Dan ist vierzig. Sie sechsunddreißig. Wie steht es, Leigh Ann? Die biologische Uhr tickt doch.«

Aus dem Live-Publikum kam ein Raunen, Leigh Anns Antwort aber sorgte erst richtig für Kontroversen. »Bei allem Respekt, ich habe als Beste meines Jahrgangs an der Columbia University meinen Abschluss in Jura gemacht und stehe kurz davor, in eine der größten Anwaltskanzleien des Landes als Partnerin einzusteigen, ich bin meinem Mann in jeder Hinsicht ebenbürtig. Das Letzte, was ich brauche, um mich ganz als Frau fühlen zu können, ist ein Kind.«

Manche verteidigten Leigh Anns Kommentar als Widerlegung von Dawns unausgesprochener Annahme, dass sich alle Frauen Mitte dreißig nach Kindern sehnten, viele interpretierten ihn aber auch als Angriff auf alle Mütter und Hausfrauen. Nach vierundzwanzig Stunden, in denen in den Medien der Teufel los war, stellten Dan und Leigh Ann durch ein gemeinsames Interview klar, dass sie alle Eltern – Mütter wie Väter, egal, ob Hausfrau oder Hausmann oder berufstätig – aufrichtig bewunderten, dass sie für sich aber die Entscheidung getroffen hatten, keine Kinder zu haben. Laurie war zu jener Zeit beeindruckt gewesen von ihrer Offenheit bei diesem doch sehr intimen Thema. Und die Fotos, die sie von ihren zwei »verwöhnten Babys«, Ike und Lincoln, mitgebracht hatten, erfüllten ihren Zweck, Leigh Ann in ein besseres Licht zu stellen.

Jetzt konnte Laurie erleben, dass ihre Aussage, sie würden ihre Haustiere wie Kinder behandeln, nicht übertrieben war.

»Ich nehme an, Sie sind für mich bereit?«, fragte Senator Longfellow und rieb sich die Hände.

Leigh Ann erhob sich vom Sofa und gab ihm einen Kuss, bevor er Platz nahm. »Achte darauf, dass sie dich über deine Rechte aufklären«, rief sie ihm auf dem Weg nach draußen noch zu. »Und vergessen Sie nicht, Herr Senator: Du hast gleich nebenan eine Anwältin sitzen, falls du meinst, du müsstest irgendetwas gestehen.«

34

Laurie dankte dem Senator erneut, dass er sich Zeit nahm, mit ihnen zu reden.

»Es ist mir eine Freude. Ihr Verlobter hat mir beim Anhörungsverfahren großen Respekt abgenötigt. Er hat sich durch nichts aus der Ruhe bringen lassen, auch wenn manche meiner Senatskollegen mit Widerstand gedroht haben, weil er einen gewissen Finanzbetrüger verteidigt hat.«

Sollte die unverhohlene Anspielung auf den Carl-Newman-Fall sie daran erinnern, dass Longfellow bei Alex' Ernennung zum Bundesrichter eine entscheidende Rolle gespielt hatte? Laurie war entschlossen, sich davon in ihrem Urteil nicht beeinflussen zu lassen.

»Meines Wissens wurden Sie im Zuge der damaligen Ermittlungen von der Polizei befragt«, begann sie.

Der lockere Ton, in dem er eben noch mit seiner Frau gescherzt hatte, war schlagartig verflogen. »Es war irgendwie surreal«, sagte er sehr ernst. »Ich habe Martin ja nie kennengelernt, aber gegenüber Leigh Ann meinte ich oft im Spaß, er würde bald meinen Platz als Ehemann einnehmen, während ich mich in Albany aufhielt. Und dann sind wir aus Washington zurückgekommen, nachdem ich urplötzlich in den Senat berufen werden sollte, und sie erhält einen Anruf und erfährt, dass er ermordet wurde. Am nächsten Tag konnte man alles in den Zeitungen lesen. Sehen Sie sich die Lokalblätter von dieser Woche an, Sie werden feststellen, dass die zwei größten Storys die von seiner Ermordung und die von meiner Berufung in den Senat waren. Die Telefone in meinem neuen Büro waren kaum angeschlossen, als ich die Nachricht erhielt, dass die New Yorker Polizei mit Leigh Ann und mir sprechen möchte. Im ersten Moment dachte ich, es gehe um irgendwelche Finanzierungsfragen oder um eine offizielle Sache, aber dann sagte man mir, man wolle über Martin Bells Ermordung reden.«

»Was glauben Sie, war damals der Grund, warum Sie in die Ermittlungen miteinbezogen wurden?«

»Wir haben angenommen, es gehe um die gemeinsame Arbeit mit Leigh Ann für die Hayden School. Eine Routineüberprüfung von allen Personen, die in seinem Telefonverzeichnis auftauchten. Die Polizei ist zu uns gekommen und wollte mit Leigh Ann allein sprechen, was mir nicht ungewöhnlich erschien. Ihr Verlobter hat jetzt ja ebenfalls darauf bestanden«, sagte er mit einem unverbindlichen Lächeln.

Laurie nickte und bedeutete ihm fortzufahren.

»Sie haben dann auch mit mir gesprochen und wollten wissen, wo ich mich zum Tatzeitpunkt aufgehalten hätte. Ich musste fast lachen und dachte schon, sie wollen bloß den neuen Senator schikanieren. Aber es war ihnen ernst. Nun, ich habe sie darauf hingewiesen, dass Fotos von mir in der *New York Times* und in der *Washington Post* zu finden seien, die mich an jenem Tag in Washington, D.C., zeigen. Ich habe ihnen den Namen des Hotels genannt, wo wir übernachteten, und sogar angeboten, den Kontakt zum Mehrheitsführer im Senat herzustellen, falls sie sich bestätigen lassen wollten, dass ich wirklich noch zum Frühstück mit ihm geblieben bin. Um ehrlich zu sein, die Polizisten machten einen ziemlich betretenen Eindruck. Bei allem Respekt für die New Yorker Polizei, aber sie hätten doch selbst drauf kommen können, dass wir an dem Tag gar nicht in der Stadt waren. Nachdem das also geklärt war, habe ich gefragt, warum um alles in der Welt sie uns überhaupt in die Ermittlungen einbezogen haben. Da erfuhr ich, dass nach

Kendras Mutmaßung Martin und Leigh Ann ... Nun, ich will es noch nicht mal aussprechen, Sie kennen die Anschuldigung sicherlich.«

»Und wie haben Sie darauf reagiert, Senator?«

»Ich war wie vom Donner gerührt! Es war ... blanker Unsinn. Außerdem hatte man in den Nachrichten bereits erfahren, wer als Haupttatverdächtige galt. Es gilt die Unschuldsvermutung, keine Frage, aber das stärkste Indiz für Kendras Schuld war für mich immer ihr völlig haltloser Versuch, mir die Tat in die Schuhe zu schieben.« Kurz blitzte so etwas wie Wut in seiner Stimme auf, aber er hatte sich schnell wieder im Griff. »Ich wollte zu hundert Prozent sicherstellen, dass die Polizei hinsichtlich meiner vermeintlichen Beteiligung absolut keinen Zweifel hegte. Daher ließ ich ihr die Hotelquittung, sogar den Zettel für die Parkgarage, meine Mautaufzeichnungen sowie die Artikel über meinen Besuch in Washington, D.C. zukommen. Und in der Presse musste ich lesen, dass Kendra große Summen Bargeld abgehoben hatte, um möglicherweise einen Auftragsmörder zu bezahlen. Damit das keiner über mich behaupten konnte, gestattete ich der Polizei sogar Einblick in meine Kontoauszüge.«

»Sie scheinen wirklich alles offengelegt zu haben.«

»Ich habe nichts zu verbergen, damals nicht und jetzt auch nicht«, antwortete er entschieden. »Wir haben diese wunderschöne Wohnung dank meiner tatkräftigen Frau, aber ich bestehe darauf, die Hälfte davon von meinem Politikergehalt zu bezahlen. Glauben Sie mir, es bleibt nichts übrig, um Geld für einen Auftragskiller zur Seite zu legen. Ich dachte mir damals, je schneller sie mich von ihrer Liste streichen, desto mehr Zeit haben sie, den wirklichen Mörder zu finden.«

»Ich stelle mir vor, es gab auch noch andere Überlegungen als Ihren Wunsch, der Polizei zu helfen. Trotz des massiven Medieninteresses an dem Fall scheint kein einziges Blatt je darüber berichtet zu haben, dass Sie oder Ihre Frau von der Polizei befragt wurden.«

»Können Sie sich vorstellen, welchen Wirbel das gemacht hätte? Der jüngste US-Senator – in einen Mordfall verwickelt?«

»Es gibt einen Grund, warum Sie sich nicht mit uns in meinem Studio oder in Ihrem Büro treffen wollten.«

Er nickte. »Natürlich. Ich gestehe freimütig, dass ich damals sogar im Büro des Polizeichefs angerufen habe. Ich wollte, dass die Polizei auf höchster Ebene weiß, dass ich in jeder erdenklichen Weise kooperiere, aber ich wollte unter keinen Umständen einen Medienrummel heraufbeschwören. Er versicherte mir, dass ich mehr als genügend Beweise für meine Unschuld geliefert hätte. Ich hatte den Eindruck, dass die Polizei sogar mit anderen Ehemaligen der Hayden School gesprochen hatte, die wohl bestätigten, dass eine Liaison zwischen Martin und Leigh Ann schlicht unvorstellbar war. Und jetzt beginnt das alles wieder von vorn«, sagte er und lächelte, sah Laurie dabei aber ernst in die Augen.

Sie ahnte seine unausgesprochene Frage, weshalb sie ihm das sagte, was einer Antwort am nächsten kam: »Wir verbreiten keine Theorien über mögliche Verdächtige, solange uns nicht verlässliche Fakten vorliegen.«

»Das beruhigt mich zu hören, Laurie. Ich habe übrigens jede Folge Ihrer Sendung gesehen, und ich bewundere Ihre Arbeit. Aber nur unter uns – ich denke, diesmal steht nur eine einzige Person unter Verdacht, nämlich Kendra Bell. Und ich hoffe, Sie können es ein für alle Mal beweisen.«

35

Sobald Laurie und Jerry auf der Rückbank des schwarzen SUV saßen, der vor Senator Longfellows Wohnung gewartet hatte, klatschte Jerry applaudierend in die Hände. »Das war das erste Mal, dass ich einen Senator und seine Frau kennengelernt habe. Und sie sind wirklich so charmant, wie alle sagen. Einfach umwerfend und so ... real. Jetzt verstehe ich den Hype. Wir haben möglicherweise geraden den zukünftigen Präsidenten und seine First Lady getroffen, Laurie!«

»Bevor du sie ins Weiße Haus verpflanzt, sollten wir uns vorher über ihre Beziehung zu Martin Bell unterhalten.«

»Sorry.« Jerry nickte. »Du weißt doch, wenn ich Stars zu Gesicht bekomme, krieg ich mich gar nicht mehr ein. Und sie waren genau wie Filmstars – nur mit mehr Köpfchen. Aber ja, du hast recht. Kein Herumscharwenzeln mehr. Also, wir wissen beide, wir haben die Longfellows nur interviewt, weil Kendra behauptet, ihr Mann habe eine Affäre mit Leigh Ann gehabt, richtig?«

»Korrekt.«

»Und das ist alles bloß eine Vermutung, ja? Keine Hotelquittungen, keine Augenzeugen, die gesehen hätten, wie sie außerhalb der Ehemaligentreffen der Hayden School Händchen gehalten oder sich heimlich geküsst haben.«

»Nichts. Wir wissen nur, sie haben relativ viel Zeit miteinander verbracht, sie haben telefoniert, dazu das intuitive Gespür der Ehefrau, dass er sich mit einer anderen getroffen hat.«

Jerry zuckte mit den Schultern. »Gut, wir haben also eine sehr plausible Erklärung für ihre Treffen, aber absolut nichts, was Kendras Mutmaßungen stützt.«

Laurie führte den Gedanken fort. »Und Kendra gilt nicht unbedingt als besonders glaubwürdig. Sie behauptet, Martin habe sie – ich zitiere – ›manipuliert‹, allerdings war sie damals nach eigener Aussage nicht in bester Verfassung.«

»Außerdem: Glaubst du wirklich, Leigh Ann würde ihren Mann mit Martin Bell betrügen?« So, wie er Martins Namen aussprach, war klar, dass Leigh Ann seiner Ansicht nach viel zu gut war für den ermordeten Arzt.

»Sieht so aus, als hätten die beiden nicht viel gemeinsam gehabt«, sagte Laurie. »Martin wollte vielleicht aus seiner Ehe raus, wollte aber auch das Sorgerecht für die Kinder behalten. Das hatte für ihn oberste Priorität. Während Leigh Ann ...«

»Los, sag es schon«, stichelte Jerry. »Die Frau mag ganz offensichtlich keine Kinder.«

Laurie lächelte. »Na, sagen wir einfach, sie zieht die Gesellschaft von Haustieren vor. Jedenfalls sehe ich sie nicht als Stiefmutter für den kleinen Bobby und die kleine Mindy.«

»Es geht nicht nur um die Kinder. Vergiss nicht, Martin und seine Eltern haben Kendra dazu gedrängt, nach der Geburt der Kinder zu Hause zu bleiben. Martin wollte eine Mutter und Hausfrau, keine toughe Partnerin in einer Anwaltskanzlei. Du hast die beiden zusammen erlebt: Leigh Ann ist allemal die rechte Hand des Senators. Glaubst du, Martin Bell hätte so was gewollt?«

»Die beiden waren wie Feuer und Wasser«, sagte Laurie.

»Genau. Daniel Longfellow hätte nur dann ein Motiv für den Mord an Martin Bell, wenn seine Frau mit ihm wirklich eine Affäre hatte. Das aber kann ich mir nicht vorstellen. Ganz davon abgesehen, dass er ein wasserdichtes Alibi hat. Nicht nur Leigh

Ann kann bezeugen, wo er sich am Abend des Mordes aufhielt. Er kann es mit Quittungen, Fotos, Zeugen belegen.«

Jerry hatte recht. Laurie fühlte sich Kendra gegenüber verpflichtet, jeder potenziellen Spur nachzugehen, und im Fall der Longfellows hatte sie das nun getan. Sie war bereit, den Senator von ihrer Liste mit Verdächtigen zu streichen.

Jerry reckte den Zeigefinger, als wäre ihm plötzlich noch eine Idee gekommen. »Chauffeur, sorry, Planänderung«, platzte er heraus. »Laurie, ich dachte mir, wir könnten als Hintergrundszenerie ein paar Aufnahmen von der Kirche einbauen, in der Martin und Kendra geheiratet haben. Sie liegt mehr oder weniger auf dem Weg zum Studio. Was dagegen, wenn wir kurz vorbeifahren, damit ich mir ein Bild machen kann?«

Sie sah auf die Uhr. Kurz vor fünf. Charlotte hatte sie auf einen Drink nach der Arbeit eingeladen, da Alex wegen einer Konferenz nicht in der Stadt war – aber sie wollten ja nur kurz anhalten. »Klingt gut.«

Jerry nannte dem Chauffeur die Adresse im Theater District. Laurie versuchte sich die ihr bekannten Kirchen in der Gegend ins Gedächtnis zu rufen, die den Ansprüchen der Bells genügen würden, aber es wollte ihr keine einfallen.

»Bald werden wir für solche Fahrten keinen Chauffeurdienst mehr in Anspruch nehmen müssen«, sagte Jerry. »Der Händler meint, er würde noch in dieser Woche meinen Wagen reinbekommen.«

Seit Wochen sprach Jerry von einem BMW Plug-in-Hybrid, den er sich tatsächlich kaufen wollte. Laurie hielt es für völlig verrückt, in der Stadt einen Wagen zu besitzen, aber sie wusste auch, dass Jerry sehr gern an den Wochenenden im Sommer nach Fire Island fuhr. Statt sich wie eine Sardine in den überfüllten Zug zu quetschen, würde sein erwiesenermaßen »sauberer« Wagen ihm einen Platz auf der Überholspur sichern. Laurie sah ihn schon jetzt vor sich, wie er unter den Klängen einer sorgfältig zusammengestellten Playlist über den Long Island Expressway brauste.

Als sie in der West 46th Street anhielten und ausstiegen, beschied Jerry dem Chauffeur, dass er nicht auf sie warten müsse. »Jerry«, fiel ihm Laurie ins Wort, »ich dachte, wir bleiben nur ein paar Minuten. Ich muss doch um sechs im Rockefeller Center sein.« Dort, in der Nähe des Studios, wollte sie sich mit Charlotte in der Brasserie Ruhlmann treffen.

»Wir nehmen einfach ein Taxi«, sagte Jerry. Laurie wollte den Chauffeur noch zurückrufen, aber er fuhr bereits los.

»Ich weiß nicht, warum du das machst ...«

Jerry legte ihr sacht die Hand auf den Rücken und schob sie vorwärts. Sie konnte weit und breit keine Kirche entdecken.

Nach wenigen Schritten blieb er plötzlich stehen. Er sah sie an, grinste und deutete auf das Schild über dem Lokal vor ihnen.

»Fancy's«, stand dort in knallig pinkfarbenen Buchstaben. Broadways heißester Männerstrip.

Nein, dachte sie, *das ist nicht wahr.*

Die getönte Tür ging auf, und Charlotte und Grace kamen herausgestürmt. Sie hatten sich pinkfarbene Federboas über die Schultern gestreift. Beide stießen ein kreischendes »Wooooow!« aus und klangen wie Junggesellinnen, die sich um den einzigen Mann in einer der erfolgreichsten Reality-Shows balgten, die die Fisher Blake Studios jemals produziert hatten.

»Das kann nicht euer Ernst sein«, sagte Laurie.

»Los, komm schon«, sagte Charlotte. »Du und Alex, ihr macht so wenig Aufhebens um eure Verlobung. Seit Wochen zerbrechen wir uns den Kopf, daher sind wir zu dem Schluss gekommen, dass du wenigstens einmal eine Nacht unterste Schublade feiern musst.«

»Indem ich wie eine Idiotin zu spärlich bekleideten Männern schunkle? Nicht in tausend Jahren.« Jetzt kapierte Laurie, warum Grace und Jerry in letzter Zeit so geheimnistuerisch vor ihrem Computer gesessen hatten. Sie hatten diese alberne Veranstaltung zusammen mit Charlotte ausgeheckt.

»Aber ich hab schon einen Typen für den ersten Tanz mit dir bezahlt«, sagte Grace und zog eine Schnute.

Laurie sah zu den drei strahlenden Gesichtern. Das also, beschloss sie, war nun ihre Strafe, weil sie immer so ernst war. Jetzt zwangen sie sie zu diesem hirnlosen »Spaß«.

Nach zwei Schritten in Richtung Tür, nachdem sie sich bereits mit ihrem Schicksal abgefunden hatte, sprangen Charlotte und Grace allerdings auf sie zu und schlossen sie in die Arme. »Drangekriegt!«, rief Charlotte, bevor sie sich mit Jerry und Grace abklatschte. »Super Arbeit, was?«

Jerry lächelte reuevoll. »War nur Spaß, Boss. Sorry.« Dabei faltete er ehrerbietig die Hände.

Laurie war unendlich erleichtert, dass sie nicht in dieses Lokal musste. »Einen Moment, soll das heißen, wir gehen gar nicht aus?«

»Klar doch«, antwortete Charlotte. »Aber nicht hier.«

Jerry und Grace deuteten zur anderen Straßenseite. Don't Tell Mama hieß das Lokal. Laurie war schon einmal mit Grace und Jerry dort gewesen, es hatte ihr gefallen. Es handelte sich um eine Schummerbar mit Pianomusik, in der es, verglichen mit dem Fancy's und seinen Tänzern, relativ leise zuging. Manchmal tauchten Broadway-Schauspieler auf und stimmten einen Song an, was jedem Gast freistand.

Ein Tisch nahe der Bühne war für sie reserviert. An einem der Stühle war ein Strauß herzförmiger Ballone gebunden, eine pinkfarbene Federboa auf dem Tisch wartete auf Laurie, damit aber hatte es sich schon mit den Geschmacklosigkeiten. Sobald die Kellnerin ihre Getränkebestellung aufgenommen hatte, enterten Jerry und Grace die Bühne und stimmten für Laurie »Chapel of Love« an.

»Goin' to the chapel, and we're ... gonna get married.«

Laurie war ganz gerührt und schmunzelte versonnen. Den Mann, der das Lokal betrat, an der Bar Platz nahm und sie beobachtete, bemerkte sie nicht.

36

Der Mann ließ das Parkticket zwischen den Fingern schnippen und las das Kleingedruckte, für das keine Zeit mehr geblieben war, als er seinen weißen SUV hastig beim Parkwärter abgegeben hatte. Zehn Dollar die halbe Stunde; für achtundzwanzig Dollar konnte man zwei bis vierundzwanzig Stunden parken.

Er fragte sich, ob jemals einer so blöd gewesen war und dreißig Mücken für eineinhalb Stunden abgedrückt hatte. Vermutlich. Wenn er etwas wusste, dann, wie leicht die Menschen zu täuschen waren. Es hatte mal eine Zeit gegeben, da hätten ihn die Parkgebühren in Manhattan ziemlich kaltgelassen, aber das war definitiv vorbei und damit auch alles andere.

Der Barkeeper kam endlich zu ihm – er saß nah am Eingang, aber nicht so nahe, dass Laurie Moran ihn entdecken könnte, falls sie nach jemandem Ausschau hielt, der sich noch zu ihrer Feier gesellen sollte.

»Was kann ich Ihnen bringen?« Der Barkeeper, ein Hipster mit Fusselbart, trug ein kariertes Hemd mit Hosenträgern. Wahrscheinlich ging sein gesamtes Gehalt für ein trendiges Apartment in Williamsburg drauf, dabei sah er aus wie einer, der in dieser alten Fernsehsendung *Hee Haw* auf dem Waschbrett herumschrammte. *Die Menschen sind so dumm*, dachte er.

Er bestellte einen Johnnie Walker Black. Er wusste, er sollte einen klaren Kopf behalten, aber es fehlte ihm die Willenskraft, ohne einen Drink in einer Bar zu sitzen. Darüber hatte sie sich immer beschwert, damals, als es noch eine Frau in seinem Leben gab. *Du bist richtig fies, wenn du trinkst*, hatte sie immer gesagt.

Aus einem Scotch wurden zwei und dann drei, während er die glückliche Laurie Moran im Kreis ihrer Freunde beobachtete. Zwei von ihnen – die jüngere Frau und der dürre Typ – hatten einen Song für sie geträllert, der davon handelte, dass sie in die Kirche geht und heiratet und bis ans Ende ihrer Tage liebt und geliebt wird und nie wieder einsam ist. Was für ein Schwachsinn.

Jetzt packte sie ihre Geschenke aus. Die ersten beiden mussten Gag-Geschenke sein, denn vom Tisch ertönte lautes Gelächter. Das dritte Geschenk war groß und in zerknittertes Papier gewickelt. Es war eine große Reisetasche aus Leder. Lauries Freundin – die Frau in ihrem Alter – sagte, wie er hörte, die sei für ihre Flitterwochen.

Dann reichten sie ihr eine flache, rechteckige, türkisblaue Schachtel, um die eine glänzende weiße Schleife gebunden war. Das Geschenk musste von Tiffany sein. Damals, als er noch Teil eines glücklichen Paars gewesen war, hatte sie sich immer sehr gefreut, wenn sie so ein türkisblaues Schächtelchen geschenkt bekommen hatte. *Wie schön*, hatte sie dann geflüstert und ihn meistens geküsst.

Von seinem Hocker aus konnte er das Glänzen des Kristallbilderrahmens erkennen, den Laurie aus der Verpackung zog. Nach ihrem Strahlen zu schließen musste in dem Rahmen ein Foto von ihr und ihrem Verlobten stecken.

Das glückliche Paar. Sie haben dieses Glück nicht verdient. Es ist nicht fair.

Die Freundin in Lauries Alter umarmte die zukünftige Braut und rief nach der Rechnung, und Laurie packte ihre Geschenke sowie ihre Aktentasche in ihre neue Reisetasche. Wie effizient. Und vernünftig. Eine Tasche, in der man alles mit nach Hause nehmen kann.

Sie würde den anderen fehlen, dessen war er sich sicher.

37

Knapp zwei Kilometer von Lauries Verlobungsparty entfernt, in der Praxis von Dr. Steven Carter in der 5th Avenue, im sogenannten Flatiron District, nahm Kendra Bell ihrer Patientin Mrs. Meadows einen in ein Baumwolltuch gewickelten Eisbeutel von der Stirn und legte ihn auf ein Metalltablett. Das hellblaue Tuch war mit winzigen Blutstropfen gesprenkelt. Sie stammten von den Botox-Injektionen, die sich Dr. Carter jetzt besah.

»Sieht wunderbar aus«, sagte er zufrieden mit seiner Arbeit. »Die nächsten zwei Tage werden Sie noch kleine Schwellungen haben, die wie Mückenstiche aussehen, aber dann sind Sie so gut wie neu. Und achten Sie darauf, in den nächsten vier, besser noch, in den nächsten sechs Stunden den Kopf aufrecht zu halten. Und keinen Druck ausüben, also keine Baseballkappen, keine Helme oder Turbane aufsetzen.«

Mrs. Meadows kicherte, wie die meisten Patientinnen. »Aber was mach ich bloß ohne meinen Lieblingsturban?«, scherzte sie.

»Und jetzt zu dem Punkt, der allen am meisten gefällt: in den nächsten vierundzwanzig Stunden auf keinen Fall Sport. Wir wollen, dass der Wirkstoff im Muskel bleibt und nicht herausgeschwitzt wird.«

»Ach, keine Sorge, Dr. Carter. Ich habe in den letzten vierundzwanzig Jahren kein Fitnessstudio von innen gesehen, geschweige denn in den letzten vierundzwanzig Stunden. Das betrachte ich als eine meiner größten Errungenschaften.«

Dr. Carter streifte seine Latexhandschuhe ab und warf sie neben den Eisbeutel.

Mrs. Meadows winkte kurz, hüpfte vom Behandlungsstuhl und warf Kendra eine Kusshand zu. »Bis zum nächsten Mal!«

Nachdem sie fort und auf dem Weg zur Rezeption war, um die Rechnung zu begleichen, zog Steven die Tür des Behandlungszimmers zu. Es war ihre letzte Patientin für den Tag, offiziell hatten sie jetzt Feierabend. »Also, worüber habt ihr heute geplauscht?«

Mrs. Meadows gehörte zu ihren liebsten Patientinnen, sie war eine wahre Persönlichkeit. Einige ihrer Patienten standen Kendra sehr misstrauisch gegenüber, zwei hatten sogar darauf bestanden, von einer anderen Assistentin betreut zu werden. Aber für Mrs. Meadows machte der Skandal, der Kendra umgab, sie als Gesprächspartnerin nur umso interessanter.

»Sie hat einen Neuen«, verkündete Kendra. »Diesmal ist er erst zweiunddreißig.« Damit war er noch nicht mal halb so alt wie Mrs. Meadows.

Steven schüttelte den Kopf. »Der arme Kerl, er hat ja keine Ahnung, worauf er sich da eingelassen hat.«

Manche sorgten sich möglicherweise, dass der jüngere Mann die ältere, reiche Witwe ausnutzte, aber Mrs. Meadows war kein Opfer. In ihrem Fahrwasser trieben eine Menge ehemaliger Liebhaber. »Meine große Liebe hatte ich schon«, sagte sie gern. »Jetzt ziehe ich die regelmäßige Abwechslung vor.«

Steven wurde ernst. »Ich wollte das Thema eigentlich gar nicht anschneiden, aber mit dieser Fernsehproduktion ist alles in Ordnung? Ich weiß doch, wie sehr dich das belastet.«

Unwillkürlich wollte Kendra abwiegeln. Ausgehorcht zu werden war nun wirklich das Letzte, was sie brauchen konnte. Aber Steven war ihr immer ein so guter Freund gewesen, außerdem hatte sie jemanden nötig, dem sie sich anvertrauen konnte.

Also entschied sie spontan, was sie für sich behalten und was sie ihm anvertrauen wollte.

»Caroline hat einiges ausgeplaudert, das kein gutes Licht auf mich wirft«, sagte sie.

Steven sah sie finster an. »Aber sie gehört doch mittlerweile so gut wie zur Familie. Wo bleibt ihre Loyalität?«

Kendra winkte ab. »Sie mag mich sehr und steht mir zur Seite. Deshalb hat sie mir auch alles erzählt, was sie der Produzentin gesagt hat.«

»Das wäre?«

»Spielt keine Rolle, ich weiß doch, dass ich unschuldig bin. Letztlich können sie mir nicht viel schaden.« Noch während sie das sagte, um ihn, aber auch sich selbst zu beruhigen, musste sie an das Versprechen denken, das sie dem Mann im Cover gegeben hatte – dem schrecklichen Kerl, den sie nur als Mike kannte. Sie hatte beim Leben ihrer Kinder geschworen, dass die Produzentin von ihm nie erfahren würde. Jetzt aber hatte Caroline verraten, dass Laurie heimlich Geld gehortet hatte und das sogar bis zum heutigen Tag so machte. Es war nur eine Frage der Zeit, bis man sie nach dem Grund dafür fragen würde.

Dazu kam ihr schrecklicher Ausspruch, den Caroline zitiert hatte: *Bin ich endlich frei?* Sie war so unglücklich in dieser Ehe gewesen, so verzweifelt, nur noch ein Schatten ihrer selbst. Trotzdem gehörte es sich nicht, so etwas zu sagen.

Es war ihr so schlecht gegangen, dass sie ihrem eigenen Ehemann – dem Vater ihrer Kinder – den Tod gewünscht hatte. Sie wollte es kaum glauben, aber sie erinnerte sich genau an ihre Worte. Dieser Ausspruch sowie das Geld, für das es keine Erklärung gab, verbunden mit eventuellen negativen Zeugenaussagen, die die Polizei zusammentragen konnte, würden ausreichen, um sie lebenslang hinter Gitter zu bringen. Bobby und Mindy würden von gefühlskalten Großeltern aufgezogen werden, die sie zu Ebenbildern ihrer selbst machen wollten.

Das konnte sie nicht zulassen. Sie würde Mike aus dem Cover jede Summe zahlen, damit er bis ans Ende aller Tage Stillschweigen bewahrte.

Sie wurde aus ihren Gedanken gerissen, als sie Stevens Blick bemerkte, in dem nichts als Verehrung lag.

»Ich kann dir gar nicht genug danken für alles, was du für mich und die Kinder getan hast, Steven.«

»Ich würde alles für dich tun, Kendra. Ich liebe dich.« Es war ihm anzusehen, dass er von seinen eigenen Worten überrascht war. »Als würdest du zu meiner Familie gehören«, fügte er schnell hinzu und umarmte sie flüchtig, bevor er die Tür öffnete und sie allein ließ.

Sie wusste, dass seine Gefühle tiefer gingen, aber der einzige Mann, den sie jemals geliebt hatte – so lächerlich das auch klang –, war Martin Bell gewesen. Allerdings zu einer Zeit, als sie ihn noch nicht wirklich gekannt, bevor er sich so verhalten hatte, als wäre sie sein Eigentum. War es möglich, dass sie mit Steven noch einmal Liebe und Vertrauen erleben konnte?

38

Während Laurie bei ihrer Überraschungsparty Geschenke auspackte, schenkte sich Senator Daniel Longfellow in der Küche ein Glas Cabernet ein. Seine Frau bereitete das Essen für die Hunde zu. Wegen Lincolns Lebensmittelallergien benötigte er eine Mixtur aus verschriebenem Dosenfutter und einem Trockenfutter mit Bestandteilen von Kürbis und Kaninchen. Und weil Leigh Ann der Überzeugung war, die Hunde würden bemerken, wenn sie unterschiedlich behandelt würden, erhielt Ike das gleiche Futter.

Dem Senator entging nicht Leigh Anns Blick, aber sie sparte sich einen Kommentar. Beide tranken an Wochentagen nur selten Wein. Diese Regel hatten sie sich kurz nach ihrem Kennenlernen auferlegt. Ihnen war aufgefallen, dass sie aufgrund der Anforderungen ihres Studiums an der Columbia ein wenig zu häufig Alkohol tranken. »Trocken während der Woche« wurde ihnen zur Gewohnheit – eine der vielen, die sie sich zur Förderung ihrer Gesundheit und Produktivität zu eigen gemacht hatten.

Aber nach dem Besuch der *Unter Verdacht*-Produzenten war ihm nach einem Glas Wein zumute. »Ich denke, es ist ganz gut gelaufen«, sagte er zu Leigh Ann. »Was meinst du?«

»Ich kann nur über meinen Teil des Gesprächs reden. Sie sind mir ganz vernünftig vorgekommen. Aber ich habe den Eindruck, sie weiß nicht viel über die ursprünglichen Ermittlungen. Was mich doch überrascht hat.«

Daniel nahm einen Schluck. »Dann unterschätzt du, wie viele

Hebel ich in Bewegung setzen musste, damit unsere Namen nicht in den Polizeiakten auftauchen. Der Polizeichef hat es anscheinend ernst gemeint, als er sagte, die ermittelnden Kollegen hätten keinen Grund, uns weiter zu behelligen.«

Er hatte so hart gearbeitet – nein, *sie beide* hatten so hart gearbeitet –, damit sie jetzt hier waren. Nach seiner ersten Wahl in die State Assembly war er überzeugt gewesen, er würde nach Albany gehen und all die großartigen Veränderungen herbeiführen, für die er in seinem Wahlkampf so energisch geworben hatte. Aber er war nur einer von hundertfünfzig Abgeordneten in der Assembly und fand sich in einem System wieder, in dem Reformstau, Bürokratiefilz und Vetternwirtschaft herrschten. Und kaum hatte er sich in der Hauptstadt des Bundesstaates annähernd zurechtgefunden, als es wieder an der Zeit war, sich auf die Jagd nach Wahlkampfspenden zu machen und Anzeigen zu schalten. Die Politikexperten sahen in ihm weiterhin einen aufsteigenden Stern, nur gab es nichts, wohin er hätte aufsteigen können. Die Senatoren des Staates und der Gouverneur waren nicht gewillt, ihre Posten zu räumen. Er hing auf einer Stelle fest, die doch sein politisches »Sprungbrett« hätte sein sollen.

Ganz davon zu schweigen, dass Leigh Ann die Stadt hasste. Hinter fest verschlossenen Türen nannte sie Albany ein »langweiliges Kaff« und gab Daniel jeden Tag zu verstehen, dass sie beide doch wohl um einiges cleverer waren als seine gewählten Abgeordnetenkollegen. Da er immer zwischen New York City und der Bundeshauptstadt pendelte, führten sie den Großteil des Jahres eine Fernbeziehung.

Und plötzlich, dank einer Kabinettsumbildung, für die einer der beiden Senatoren aus New York ausersehen war, tat sich die große Chance auf, und der aufstrebende Daniel Longfellow hatte ein Ziel vor Augen. Nach Ablauf der beiden Jahre, die von der Mandatszeit des vorherigen Senators noch verblieben waren, war er drei Jahre zuvor dann selbst gewählt worden. Dabei hatte er fast achtzig Prozent der Stimmen auf sich vereinen können, was in diesen politisch so zerrissenen Zeiten einer Sensation gleichkam. Am wichtigsten aber war, zumindest für ihn, dass er wirklich daran glaubte, etwas verändern zu können. Er versuchte das ganze Gerede auszublenden, wonach er ein noch höheres Amt anstreben sollte. Jeden Tag aufs Neue war er bemüht, kraft seines Amtes das Leben der gewöhnlichen Amerikaner zu verbessern, so wie er es geschworen hatte.

Nur manchmal hatte er das Gefühl, als würde es ihm nie gelingen, die dunkle Phase ihrer Vergangenheit endgültig hinter sich zu lassen. Als vergangene Woche Alex Buckley angerufen und ihn gebeten hatte, sich mit seiner Verlobten wegen des Martin-Bell-Falls zu treffen, war er erneut der Panik nahe gewesen – so wie er es seit fünf Jahren nicht mehr erlebt hatte. *Vielleicht hätte ich damals, als ich wegen Martin Bell befragt wurde, der Polizei die ganze Geschichte erzählen sollen,* dachte er. *Ich habe einen Krieg überstanden, ich hätte es aushalten müssen, den Dingen ihren Lauf zu lassen. Ich habe immer versucht, ehrenhaft und anständig zu leben. Ich habe einen Fehler gemacht, und manchmal denke ich, die Schuld bringt mich noch ins Grab.*

Er versuchte sich zu beruhigen. Vielleicht hatte Leigh Ann ja recht, wie fast immer, redete er sich ein. Ihre Antworten hatten Laurie Moran anscheinend zufriedengestellt, so wie sie nach dem Mordfall auch die Polizei zufriedengestellt hatten.

»Meinst du, ich sollte jemanden aus dem Büro anrufen lassen?«, fragte er. »Wir könnten die Möglichkeit einer Verleumdungsklage erwähnen, falls sie Kendras Verdächtigungen in der Sendung wiederholen.«

Sie sah ihn an, als hätte er vorgeschlagen, mit einem Fahrrad zum Mond zu fliegen. Er wusste, Leigh Ann liebte ihn – so wie er sie liebte –, aber er wusste auch (und verehrte sie deswegen), dass seine Frau Dummköpfe nicht ertrug.

»Und ihnen damit eine Story über einen Senator liefern, der eine verwitwete Mutter zum Schweigen bringen möchte?« Sie gab das Hundefutter in die beiden Schälchen. »Wirbel nicht unnütz Staub auf. Unsere Aussagen waren eindeutig: Martin Bell war lediglich mit mir im Vorsitz, eine alte Kindheitsbekanntschaft.«

Sie wussten beide, dass das nicht ganz stimmte.

39

Laurie sah auf ihre Uhr. Schon neun. Sie hatten sich in der Pianobar wunderbar amüsiert und darüber die Zeit ganz vergessen.

Sie wollte nach der Rechnung winken, aber Charlotte unterband das sehr entschieden. »Erstens, eine zukünftige Braut zahlt nicht für ihre Party. Und zweitens kannst du noch nicht gehen. Ich habe zufällig mitbekommen, dass das Pärchen dort drüben den Klavierspieler gebeten hat, ›Schadenfreude‹ aus dem Musical *Avenue Q* zu spielen. Und so, wie ihre Augen funkeln, denke ich mir, dass sie irgendwas Lustiges vorhaben.«

»Es hat wahnsinnig Spaß gemacht, und ich würde gern noch bleiben, aber ich muss zu Timmy nach Hause.«

»Ich dachte, dein Dad passt heute Abend auf ihn auf«, sagte Charlotte.

»Nein. Er musste kurzfristig zu irgendeinem Dinner. Timmy ist bei einem Freund, mit dem er an einem Schulprojekt arbeitet, bei ihm hat er auch zu Abend gegessen. Wir haben ausgemacht, dass die Eltern ihn um halb zehn zu unserer Wohnung begleiten, ich muss mich also wirklich sputen.«

»Die gute Mom«, sagte Charlotte nur, umarmte sie und verlangte nach der Rechnung.

Nachdem Charlotte auch die Versuche von Grace und Jerry abgeschmettert hatte, sich an der Rechnung zu beteiligen, packte Laurie ihre Geschenke in die Reisetasche, die sie von Charlotte bekommen hatte. Die Tasche aus dickem, weichem Leder war das neueste Accessoire in der Ladyform-Produktlinie. Charlotte hatte ausdrücklich betont, dass sie für die Flitterwochen ge-dacht sei, aber heute Abend musste sie für den Transport der Geschenke herhalten. Sosehr sich Laurie auch über die Tasche freute, ihr liebstes Geschenk war das gerahmte Foto von sich und Alex. Es zeigte sie beide auf dem Set der ersten Folge ihrer Sendung. Ihre Beziehung war damals noch rein beruflich gewe-sen, trotzdem hatte die Kamera bereits eingefangen, welche Gefühle sie füreinander empfanden.

Zum Schluss stopfte sie an der Seite auch noch ihre Aktenta-sche hinein. »Das Ding ist riesig«, sagte sie und ließ alle sehen, wie ordentlich sie ihre Habseligkeiten in der Tasche unterge-bracht hatte.

Sie hatten sich gerade von den Stühlen erhoben, als der Kla-vierspieler die nächste Nummer ankündigte. Es war tatsächlich der von Charlotte vorhergesagte Song aus *Avenue Q*. Zwei Tische weiter sprang ein begeistertes Pärchen auf und begab sich unter dem Gejohle ihrer Freunde auf die Bühne. Flehend sah Charlotte zu Laurie.

»Im Ernst, ich muss los. Aber bleibt ihr ruhig.« Sie hängte sich die Reisetasche über die Schulter und gab damit zu verstehen, dass sie das Ungetüm schon allein zum Taxi schaffen konnte.

Charlotte ließ sich wieder nieder und bedeutete Jerry und Grace, ebenfalls zu bleiben. Sie winkte Laurie noch einmal hin-terher und rief ihr ein »Gute Nacht« zu, während der Klavier-spieler das Lied anstimmte.

Auf dem Weg zum Ausgang bemerkte Laurie, wie ihre Tasche gegen jemanden an der Theke stieß. In der lauten Musik rief sie dem Thekengast eine Entschuldigung zu.

Draußen auf der 46th Street stand sie dann mit dem Rücken zur Tür und hielt nach einem Taxi Ausschau. Sie würde sich be-eilen müssen, wenn sie vor Timmy zu Hause sein wollte – um diese Zeit war es im Theater District nicht immer leicht, ein freies Taxi zu finden. Sie dachte schon daran, einen Uber-

Wagen anzufordern, aber ihr Handy steckte in ihrer Akten-tasche, die sich wiederum in der riesigen Reisetasche auf ihrer Schulter befand. Und sie wollte ihre wundervolle neue Tasche auf keinen Fall auf den Bürgersteig abstellen.

Als sie die beleuchtete Nummer eines näherkommenden Taxis erkannte, entspannte sie sich, trat zwei Schritte zum Bordstein und hob rasch die Hand. *Bitte*, dachte sie, *lass das nicht die Nacht sein, in der irgendein Blödmann aus dem Nichts auftaucht und mir mein Taxi vor der Nase wegschnappt.*

Dann nahm sie hinter sich eine Bewegung wahr, sie streckte die Hand noch höher, und das Taxi wurde langsamer.

Und dann ging alles ganz schnell. Ein harter Schlag, der sich anfühlte, als wäre sie von einem Profi-Footballer gerammt wor-den. Bevor sie überhaupt wusste, wie ihr geschah, lag sie schon auf der Straße und schrammte mit der linken Wade über den rauen Beton. Sie schrie auf, als sie die Scheinwerferlichter auf sich zukommen sah. Dann quietschten die Reifen, und abrupt hielt das Taxi nur wenige Zentimeter vor ihr an.

Sie rappelte sich auf, bemerkte, dass sie einen ihren Sling-pumps verloren hatte. Und ihre Tasche war weg. Fast gleichzei-tig entdeckte sie einen Typen in einer schwarzen Hose und einem Hoodie, der mit ihrer Tasche in der Hand in Richtung 8th Avenue rannte.

»Haltet ihn auf! Haltet ihn auf!«, schrie sie. »Er hat mir meine Tasche geklaut!«

Der Taxifahrer war mittlerweile ausgestiegen und erkun-digte sich, ob sie verletzt sei. Eine Frau blieb stehen, hob Lauries Schuh auf und reichte ihn ihr. Andere Passanten gingen ein-fach vorüber und taten so, als hätten sie nichts gesehen. Keiner hatte versucht, den Typen aufzuhalten, der von der Frau mit der lächerlichen pinken Federboa davonrannte.

»Bitte, können wir ihm hinterher?«, fragte Laurie den Taxi-fahrer.

Er hob nur beide Hände und wehrte ab. »Das ist Aufgabe der Polizei, Ma'am«, entgegnete er. »Ich hab Frau und fünf Kinder. Ich kann mir nicht erlauben, den Helden zu spielen.«

Sie nickte nur und musste auch noch mit ansehen, wie ein Passant in einem gut geschnittenen Anzug auf der Rückbank des Taxis einstieg, das doch eigentlich ihres sein sollte.

40

Laurie lehnte die Hilfsangebote mehrerer Passanten ab. Ohne Aktentasche, ohne Handtasche stolperte sie in die Pianobar zurück. Noch bevor sie Charlotte und den anderen erzählen konnte, was passiert war, trafen mehrere Polizisten ein. Jemand musste sie verständigt haben.

Laurie fühlte sich nie recht wohl, wenn sie im Mittelpunkt der Aufmerksamkeit stand, jetzt aber sah eine ganze Bar dabei zu, wie sie auf einem Barhocker saß und mit einer immer größer werdenden Zahl von Polizisten sprach.

»Sie sind verletzt«, bemerkte einer von ihnen. »Sie wollen sich wirklich nicht in der Notaufnahme behandeln lassen?« Er deutete auf den Eisbeutel, den sie gegen ihre aufgeschürfte Wade drückte.

»Alles in Ordnung, wirklich. Ich bin nur ... ein bisschen durch den Wind. Der Taxifahrer hätte mich überfahren können. Gott sei Dank hat er so schnell reagiert.«

Ein weiterer Polizist traf ein, ein Lieutenant nach dem Rangabzeichen auf den Schultern. Ihre Mutmaßungen wurden jetzt bestätigt. Jemand hatte einen Zusammenhang zwischen der Betroffenen und dem ehemaligen Stellvertretenden Polizeichef Leo Farley hergestellt.

Der Neuankömmling stellte sich als Lieutenant Patrick Flannigan vor. »Es tut mir sehr leid, dass Ihnen so was in unserem Revier passiert ist.«

»Sie müssen sich nicht entschuldigen ... außer Sie führen ein Doppelleben als Straßenräuber«, erwiderte sie lächelnd. »Aber ich werde meinem Vater mit Sicherheit ausrichten, dass Sie innerhalb von zwei Minuten da waren.«

»Leider habe ich von meinen Leuten gehört, dass wir nicht schnell genug da waren, um den Täter zu fassen. Wir haben nur eine Zeugin, nach deren Aussage sich jemand mit einer großen Tasche an ihr vorbeidrängte, aber sie hat ihn nicht richtig sehen können. Anscheinend ist er in der Menge untergetaucht. Aber wir werden die Bilder der Überwachungskameras auswerten.«

Sie schüttelte den Kopf. »Er hatte eine Kapuze hochgezogen. Ich weiß nicht, ob Sie ihn finden werden.«

Flannigan winkte den Barkeeper heran. »Sind Ihnen Gäste aufgefallen, die zur selben Zeit wie die Dame aufgebrochen sind?«

Der Barkeeper blinzelte und dachte nach. »Möglich. Da war so ein Typ – genau da, wo Sie jetzt sitzen«, sagte er zu Laurie. »Johnnie Walker Black – einige. Aber mehr kann ich zu ihm nicht sagen.«

»Haben Sie seine Kreditkartenabrechnung?«, fragte Flannigan.

»Hat bar bezahlt. Ich hab auch schon einem von Ihren Leuten gesagt, dass wir keine Kameras und so was haben. Das alles ist ganz schrecklich. So was kommt bei uns eigentlich nicht vor. Die Leute wollen sich hier einfach nur amüsieren.«

Laurie hörte Grace, die ein paar Meter weiter gegenüber Charlotte und Jerry einen Witz über den Stripperschuppen auf der anderen Straßenseite riss, während sie selbst mit Charlottes Handy ihre Kreditkarten sperren ließ. Einige Polizisten schienen das Gelächter zu missbilligen, aber Laurie tat es gut. Sie wollte sich einreden, dass alles ganz normal sei, trotzdem ging ihr die Frage nicht aus dem Kopf, ob der Überfall etwas mit den Martin-Bell-Ermittlungen zu tun hatte.

»Kann ich Sie was fragen, Lieutenant? Kommt es häufig vor, dass in dieser Gegend Passanten überfallen werden?«

Er seufzte. »Ich wünschte, ich könnte sagen, es passiert nie, aber wir sind in New York City. Alles kann passieren, jederzeit. Laut Statistik handelt es sich hier aber um eine ziemlich ruhige Gegend, vor allem um diese Tageszeit. Um zwei, drei Uhr morgens, da sieht es anders aus. Der Barkeeper hat recht, wenn er sagt, dass so was nur selten vorkommt. Fragen Sie aus einem bestimmten Grund?«

»Ich bin Fernsehproduzentin. Meine Sendung *Unter Verdacht* greift alte ...«

»Ich kenne Ihre Sendung, Ms. Moran. Sie leisten gute Arbeit.«

»Danke, und nennen Sie mich bitte Laurie. Wir sind im Moment mitten in einer Produktion.« Sie senkte die Stimme. »Es geht um den Martin-Bell-Fall.«

Er stieß einen leisen Pfiff aus. »Das ist eine große Nummer. Ich bin mit den Einzelheiten nicht vertraut, aber ich dachte immer, der Fall wäre mehr oder weniger zu den Akten gelegt.«

»Fast. Und um ehrlich zu sein, wir haben bislang auch nicht die Fortschritte erzielt, die ich mir gewünscht hätte. Aber wir haben hier und da unsere Nachforschungen angestellt und einiges aufgestöbert. Meine Aktentasche mit meinem Laptop und meinen Notizen waren in der gestohlenen Tasche.«

»Haben Sie jemand Bestimmtes im Sinn?«

Sie ging die Möglichkeiten durch. Kendra war es definitiv nicht gewesen. Sie hatte zwar das Gesicht des Täters nicht gesehen, aber nach seiner Statur und den Bewegungen war er eindeutig ein Mann. Senator Longfellow war wahrscheinlich zehn Zentimeter größer als der Typ, den sie davonlaufen sah, außerdem kam er als Verdächtiger sowieso nicht infrage. George Naughten andererseits war kleiner und stämmiger, außerdem hielt sie ihn kaum für so fit, dass er sie umstoßen und so schnell vom Tatort wegspurten könnte.

Kurz zog sie in Betracht, dass die Statur des Täters auf Kendras Chef, Steven Carter, zutreffen könnte. Ja, denkbar, aber wie hätte er wissen können, wo sie sich an dem Abend aufhielt? Wenn es sich nicht um einen zufälligen Raubüberfall handelte, musste der Täter ihr seit Stunden gefolgt sein.

Nein, von allen, die auf dem Whiteboard in ihrem Büro aufgeführt waren, ergab nur einer Sinn – und von ihm hatte sie noch nicht mal einen Namen: Kendras mysteriöser Begleiter aus dem Cover. Sie erinnerte sich an die Beschreibung der Frau aus der Kellerbar: tough aussehend, kahl geschorener Schädel, fieser Blick.

Sie hatte sein Gesicht nicht gesehen, als er sie auf die Straße gestoßen hatte, trotzdem meinte sie, sich seine kalten Augen vorstellen zu können.

41

Sie erläuterte dem Lieutenant gerade ihre Theorie, als die Tür aufging und ihr Vater eintraf. Er umarmte sie fest, und als er sie endlich losließ, vergewisserte er sich, dass sie nicht verletzt war.

»Dad, es ist alles in Ordnung. Was machst du denn hier?«

Nach dem Gespräch mit den Polizisten hatte sie, erneut mit Charlottes Handy, Leo angerufen und gebeten, sich um Timmy zu kümmern. Sie hatte ihn nur ungern bei seinem ominösen Dinner gestört, aber sie konnte Timmy nicht ohne Erklärung bei seinem Freund bleiben lassen.

»Keine Sorge. Timmy ist in ausgezeichneten Händen. Seine Babysitterin hat mir gerade eine SMS geschickt. Sie ist noch kurz vor ihm in der Wohnung eingetroffen, und sie kommen, wie's scheint, bestens miteinander klar.«

»So schnell? Dad, es tut mir furchtbar leid, dass ich dich bei deinem Dinner gestört habe, aber du kannst doch nicht einfach so überstürzt eine fremde Frau anheuern, die auf Timmy aufpasst.«

»Sie ist keine fremde Frau«, sagte er und wirkte mit einem Mal ein wenig nervös. Sie hatte ihren Vater selten so hölzern erlebt. »Man kann sich auf sie verlassen.« Und dann flüsterte er, sodass nur sie es noch verstehen konnte: »Sie ist nämlich Vorsitzende Richterin am Bundesbezirksgericht.«

Laurie hatte es nicht für möglich gehalten, dass ihr dieser Abend doch noch ein Lächeln entlocken könnte, aber so war es nun. Sie stellte sich ihren Vater beim Dinner – bei einem *Date* – mit Richterin Russell vor. Er musste sich bei ihr gemeldet haben,

nachdem sie sich in der vergangenen Woche bei Alex' Amtseinführung kennengelernt hatten. Nachdem er dann vorzeitig
zum Aufbruch gezwungen wurde, hatte er ihr anscheinend die
Umstände erklärt, und so war er jetzt hier, und sie leistete seinem Enkelkind Gesellschaft.

»Na, wenn alles gut geht, könnt ihr jedenfalls später mal von
einem interessanten ersten Date erzählen.«

»Tut mir leid, dass ich mich zu dieser spontanen Entscheidung veranlasst sah, aber Alex hat mich angerufen, als Maureen und ich gerade im Restaurant aufgebrochen sind. Er wollte
glatt den Rest der Konferenz sausen lassen und noch heute
Abend zurückfliegen, bis ich ihm versichert habe, dass ich mich
sofort zum Tatort auf den Weg mache.«

Nach Leo hatte Laurie Alex in Washington, D.C., angerufen.
Sie hatte den Ernst der Lage herunterzuspielen versucht, aber
sie hätte wissen müssen, dass er trotzdem beunruhigt war.

Lieutenant Flannigan unterbrach sie und stellte sich vor. »Es
ist mir eine Ehre, Sie kennenzulernen, Mr. Farley.«

»Nennen Sie mich Leo. Ich dachte mir, bis ich hier eintreffe,
wären Sie längst wieder in der Dienststelle und würden mit den
Detectives reden.«

»Ich dachte mir, unter den gegebenen Umständen schicken
wir die Detectives gleich zu den Zeugen. Laurie hat mir gerade
von jemandem erzählt, der ihr möglicherweise schon die ganze
Woche gefolgt ist.«

»Wer?« Leo klang alarmiert. »Jemand ist dir gefolgt?«

»Ich habe gedacht, ich bilde es mir nur ein«, erwiderte sie
und erklärte, warum sie nicht schon früher davon erzählt hatte.
»Jetzt bin ich mir nicht mehr sicher. Es ist nur eine Mutmaßung. Aber wenn Kendra jemanden angeheuert hat, um ihren
Mann zu töten, könnte sie ihn jetzt auch wieder angeheuert haben, damit er herausfindet, wie nah wir der Wahrheit schon gekommen sind. Meine Aufzeichnungen und mein Laptop waren

in der Tasche, das ist jetzt alles verloren.« In Wahrheit enthielten ihre Aufzeichnungen nichts als Spekulationen. Wenn, dann musste es den Typen aus dem Cover eher beruhigen, wenn er sah, dass sie bei der Feststellung seiner Identität auch nicht weiter gekommen war als die Polizei.

Leo schüttelte den Kopf. »Es geht nicht nur um deine Aufzeichnungen, Laurie. Charlotte hat mir erzählt, was vorgefallen ist. Du wurdest vor ein Auto gestoßen. Du hättest ums Leben kommen können.«

»Das wäre sicherlich eine Möglichkeit gewesen, damit Sie Ihre Ermittlungen einstellen«, meinte Flannigan trocken. Voller Todesangst hatte sie das Taxi auf sich zukommen sehen, aber keinen Gedanken daran verschwendet, dass jemand sie tatsächlich hatte umbringen wollen. »Oder«, fuhr Flannigan fort, »es war doch nur ein normaler Raubüberfall. Aber das wissen wir erst, wenn wir den Täter schnappen.«

Es war ihm anzusehen, dass er sich keine allzu großen Hoffnungen machte.

42

Fünfzehn Straßen weiter, in der Toilette eines Starbucks, ließ Lauries Angreifer die Ereignisse des Abends noch einmal vor seinem geistigen Auge ablaufen.

Ich hätte die Finger vom Scotch lassen sollen, dachte er. *Er macht mich fies, jeder hat das gesagt, damals, als es noch Menschen in meinem Leben gab, denen an mir gelegen war.* Heute Abend hatte er dumm und impulsiv gehandelt, obwohl er klug und methodisch hatte vorgehen wollen. Er hatte ohne nachzudenken gehandelt. Jetzt saß er hier mit einer ganzen Tasche voll mit ihren Dingen.

Die »Gag-Geschenke« des Abends hatte er schon durchgesehen: ein »I Do«-T-Shirt fürs Fitnesstraining, eine Kaffeetasse mit der Aufschrift »Ich hab mich getraut« und einige nicht ganz jugendfreie Anstecker zum Thema Hochzeit.

Ihr Handy war für ihn nutzlos, da es die Eingabe eines Passworts verlangte, das er nicht kannte. Nachdem er in der Menge auf dem Times Square untergetaucht war, hatte er sich in die Toilette bei McDonald's geflüchtet, hatte die Reisetasche durchwühlt und war dabei auf das Handy gestoßen. Er hatte es ausgeschaltet und in den Müll geworfen. Anfängerfehler, wenn er mit einem nachverfolgbaren Handy aufgespürt würde.

Ihr Laptop war zum Glück nicht geschützt.

Er war ihren Kalender und ihre neuesten Mails durchgegangen und hatte nach eventuell relevanten Informationen gesucht. In ihrem Posteingang lagen mehrere Nachrichten von einer Immobilienmaklerin namens Rhoda Carmichael, angehängt waren Fotos von Luxuswohnungen und Beschreibungen der vielfältigen Annehmlichkeiten von Fünf-Sterne-Wohnanlagen. Es hatte mal eine Zeit gegeben, da hatte er sich ebenfalls solche Wohnungen leisten können. Nach den Mails von Ms. Carmichael hatte er den Eindruck, dass sie es kaum erwarten konnte, Laurie und ihrem Verlobten so schnell wie möglich eine Wohnung anzudrehen.

Waren sie dort erst einmal eingezogen, würde es noch schwieriger werden, an Laurie ranzukommen. Immerhin heiratete sie einen Bundesrichter. Der ehrenwerte Richter Buckley genoss dann nicht nur am Gericht, sondern auch privat bei sich zu Hause erhöhte Sicherheitsvorkehrungen. Bis dahin aber lebte Laurie in ihrer eigenen Wohnung, ohne dieses ganze Brimborium.

Dann hatte er ihre Aufzeichnungen in ihrem Notizbuch durchgesehen. Bei den neuesten Einträgen ging es um Daniel und Leigh Ann Longfellow. Kurz überlegte er, wie viel Geld er machen könnte, wenn er diese Seiten an die Boulevardpresse verkaufte, bis ihm klar wurde, dass durch so eine Aktion seine Anonymität gefährdet würde. Daher tröstete er sich damit, dass er Informationen zu Gesicht bekam, die nur wenigen zugänglich waren.

Nach allem, was er hier las, hatte Laurie so einige Theorien zum potenziellen Täter, aber keine Beweise, wer Dr. Martin Bell wirklich ermordet hatte.

Er klappte den Laptop und das Notizbuch zu und richtete seine Aufmerksamkeit auf den Kristallrahmen in der türkisblauen Verpackung. Er zerrte den Rahmen heraus, drehte ihn um und zog das Foto heraus, zerriss es in kleine Fetzen und spülte sie in der Toilette hinunter. Er sah zu, wie die Hochglanzschnipsel im Wasserstrudel in den Abfluss hinuntergesogen wurden.

Dann stopfte er den Inhalt der Tasche in den Müll und bedeckte alles mit Papierhandtüchern. Der Müllbeutel würde ein wenig schwer erscheinen, wenn er am Abend nach draußen getragen wurde, aber er hatte die Tasche nicht umsonst fünfzehn Straßen weit geschleppt. Hier war er außerhalb jedes erdenklichen Suchradius der Polizei. Und kein Angestellter einer Coffeeshop-Kette in New York City würde aus Neugier den Müll der Toilette durchwühlen.

Die Lederreisetasche allerdings war ein Problem. Sie war einfach zu groß, sie passte in keinen Mülleimer. Er schlang sie sich über die Schulter und ging mit gesenktem Kopf zur Straße hinaus. Als er an einem schlafenden Obdachlosen neben einem Pappkarton vorbeikam, der seine sämtlichen Besitztümer zu enthalten schien, ließ er ihm die Tasche als Geschenk da, nicht ohne sich vorher zu vergewissern, dass keiner seine gute Tat bemerkte.

Und jetzt?, fragte er sich. Er überlegte, zur 46th Street zurückzukehren, um seinen SUV abzuholen, aber das erschien ihm zu riskant. Die Polizei observierte vielleicht noch die umliegende Gegend. Er würde mit der U-Bahn nach Hause fahren und am Morgen den Wagen holen. Bis dahin müsste die Polizei längst verschwunden sein.

Als er die Treppe zur Linie Q hinunterstieg, dachte er wieder an Lauries umfangreiche Notizen zu ihren jüngsten Ermittlungen. Sie würde tot sein, bevor sie den Fall gelöst hatte; dessen war er sich sicher. Er musste nur die passende Gelegenheit finden. Das nächste Mal würde ihm nicht mehr so ein dummer Fehler unterlaufen.

43

Am darauffolgenden Nachmittag spürte Laurie, wie ihre neue weite Hose über die Abschürfung am Bein streifte. Laut der Bloomingdale-Verkäuferin war der Baumwoll-Nylon-Stoff »etwas, was einem Pyjama am nächsten kommt«, im Moment fühlte sich die schwarze Hose auf der offenen Wunde aber wie Sandpapier an. Laurie spürte immer noch, wie sie mit der Haut über den rauen Boden auf der 46th Street geschrammt war. Natürlich hätte sie ein Kleid tragen können, aber sie wollte nicht, dass Timmy ihre Verletzung zu sehen bekam. Also hatte sie beschlossen, den Vorfall herunterzuspielen, und ihm nur erzählt, dass jemand ihre Aktentasche geklaut hatte, als sie mit Charlotte aus gewesen war. Sie hielt sich zugute, immer ehrlich zu ihrem Sohn zu sein, aber er hatte schon seinen Vater durch eine Gewalttat verloren, sie musste ihm nicht noch unnötig Angst einjagen.

Den Morgen hatte sie mit Grace im Apple Store verbracht und Ersatz sowohl für ihr Handy als auch für ihren Laptop beschafft. Grace hatte zum Glück von allem ein Back-up in der Cloud angelegt, die Zauberer in der Genius Bar hatten ihr daher bis Mittag alles wieder wie gewohnt eingerichtet. Sie würde noch ein paar Tage auf ihre neuen Kreditkarten und den Führerschein warten müssen, im Großen und Ganzen aber fühlte sich alles fast wieder normal an. Nur um den wunderschönen Kristallrahmen mit dem Foto von Alex und ihr tat es ihr wirklich leid.

Sie hörte ein leises Klopfen, dann spähten Jerry und Grace

herein. Sie hatte ein Treffen anberaumt, um den Terminplan für die Produktion der Martin-Bell-Sendung festzulegen. Zu ihrer Überraschung hatte Ryan vorgeschlagen, dass sie schon mal loslegen und ihn nur dann dazurufen sollten, wenn sie meinten, er könnte ihnen eine Hilfe sein.

»Bereit?«, fragte Grace.

»Natürlich.«

Ihre beiden Mitarbeiter kamen zusammen zur Tür herein. Auf ihren Zehn-Zentimeter-Absätzen war Grace exakt so groß wie Jerry. Beide brachten jeweils einen vertrauten Gegenstand mit. Jerry eine Lederreisetasche von Ladyform, Grace eine türkisblaue Schachtel mit Seidenband.

»Ach, ihr«, entfuhr es Laurie. »Das ist zu viel.«

Sie nahm von Grace die Schachtel entgegen, löste das Band und fand darin einen Kristallrahmen mit dem gleichen Foto, das am Abend zuvor gestohlen worden war. »Ich kann das nicht schon wieder annehmen.«

Jerry stellte die Tasche auf einen der Gästestühle und nahm am Konferenztisch Platz. »Kein schlechtes Gewissen, bitte. Die Geschäftsführerin bei Tiffany hat darauf bestanden, dass wir einen neuen Rahmen als Ersatz annehmen, nachdem ich ihr erzählt habe, was gestern vorgefallen ist«, sagte Jerry.

»Und die Tasche?«, sagte Grace. »Ich mag Charlottes Unternehmen wirklich sehr, Laurie. Aber weißt du, welche Gewinnspannen die bei solchen Artikeln haben? Glaub mir: Deine Freundin kann sich eine zweite Tasche leisten.«

Laurie betrachtete das Foto und lächelte. Aber allein bei dem Gedanken, dass irgendein Dieb – oder Schlimmeres – dieses Bild in den Händen gehabt hatte, wurde ihr übel. Sie stellte sich einen abgerissenen Typen vor, der es verächtlich zur Seite warf, während er die Tasche nach wertvolleren Sachen durchwühlte.

Sie stellte es neben ihren Monitor, zwischen das Foto von

ihnen beiden mit Timmy und Leo und das von sich mit Timmy und Greg. Irgendwie hatte sie das Gefühl, dass die drei Fotos zusammengehörten.

Eine Dreiviertelstunde später hatten sie einen ersten Plan für die nächste Folge von *Unter Verdacht* erstellt. Ryan würde die frühe Phase der Beziehung zwischen Martin und Kendra erläutern, unterlegt von Filmmaterial von der Universität, in der sie sich kennengelernt hatten, der Kirche, in der sie getraut wurden, und der Remise, vor der er schließlich erschossen worden war.

Sie hatten bislang unterzeichnete Teilnahmeerklärungen von Kendra Bell sowie von Martin Bells Eltern. Es war vorherzusehen, dass die Bells mit dem Finger auf Kendra zeigen würden, während sich Kendra als die missverstandene Mutter und Gattin präsentierte. Allerdings hatten sie neue Informationen, die sie vor der Kamera präsentieren konnten. Ryan als Moderator würde Kendra ins Kreuzverhör nehmen und sie mit der Tatsache konfrontieren, dass Martin die Scheidung geplant hatte und das Sorgerecht für die Kinder haben wollte.

»Vergiss nicht die Informationen der Kinderfrau«, bemerkte Jerry.

Grace hielt es nur mit Mühe auf ihrem Stuhl, als Caroline Radcliffe erwähnt wurde. »Wofür gibt Kendra das viele Geld aus, und welche Frau sagt schon ›bin ich endlich frei?‹, wenn ihr Mann gerade erschossen wurde? Sorry, aber für mich ist die Sache ziemlich klar. Die Lady hat einen Auftragskiller angeheuert, um Martin Bell aus dem Weg zu räumen, und jetzt muss sie zahlen, damit er den Mund hält. Fall gelöst.«

Jerrys Miene gab deutlich zu verstehen, dass er mit ihrer Einschätzung übereinstimmte.

Laurie versuchte sich auf die einzelnen Szenen der geplanten Produktion zu konzentrieren, aber immer wieder kam ihr der Überfall in der vergangenen Nacht dazwischen. *Vielleicht hat Kendra den Auftragskiller auch auf mich angesetzt*, dachte sie. Sie verscheuchte den Gedanken und sagte sich, dass es einfach nur ein Raubüberfall gewesen war.

Das Klingeln ihres Bürotelefons riss sie aus ihren Gedanken. Grace erhob sich bereits und ging ran. »Büro Laurie Moran.« Kurz darauf verkündete sie, dass George Naughten dran sei. Laurie nahm den Hörer von ihr entgegen.

Jerry und Grace sahen sie erwartungsvoll an, während sie aufmerksam Naughten lauschte. Er hatte nach ihrem Besuch mit seinem Psychiater gesprochen, und dieser hatte ihm geraten, der Sendung bei den Nachforschungen zu helfen. »Es wäre für mich eine Gelegenheit, über Ma zu reden – im Fernsehen, vor einem großen Publikum. Über den Autounfall und was Dr. Bell mit seiner sogenannten Behandlung bei ihr angerichtet hat.«

»Das wäre toll«, erwiderte Laurie mit gespieltem Enthusiasmus. Ursprünglich hatte George zu den ersten Verdächtigen gehört, er war jemand, der berechtigten Groll auf das Opfer gehabt hatte und im Besitz einer Waffe gewesen war. Nach dem Treffen am Vortag aber waren ihr Zweifel gekommen. Und jetzt rief er an, weil er an der Sendung teilnehmen wollte. Wenn sie raten müsste, würde sie sagen, er wollte bei seinem Fernsehauftritt nur seinen Zorn über diejenigen loswerden, die er für den Tod seiner Mutter verantwortlich machte. »Es geht im Grunde also um das, was Sie uns gestern erzählt haben?«, fragte sie.

»Nein«, antwortete er entschieden. »Es gibt da noch etwas – etwas, was ich noch nie jemandem erzählt habe.«

Sie horchte auf, auch Grace und Jerry bemerkten, dass sich am anderen Ende der Leitung etwas verändert haben musste. »Können Sie mir sagen, worum es genau geht?«

»Nein. Ich kann es Ihnen nur erzählen, wenn ich von der Verschwiegenheitserklärung entbunden werde.«

»Wie ich Ihnen schon sagte, George, wir brauchen die Einzelheiten Ihrer Klage gegen Dr. Bell gar nicht zu erfahren.«

»Gehen Sie darauf ein, oder lassen Sie es bleiben. Das sind meine Bedingungen. Ich habe etwas, was Sie unbedingt wissen wollen – glauben Sie mir –, aber nicht, solange die Verschwiegenheitserklärung für mich gilt.«

Sie kniff die Augen zusammen. Ihrer Überzeugung nach wollte George seine seit Jahren aufgestaute Wut loswerden, und nichts davon würde irgendetwas mit dem Mord an Martin Bell zu tun haben. Andererseits gehörte zu ihrer Arbeitsweise nun mal, auch wirklich jeden Stein umzudrehen. Er wollte von der Verschwiegenheitserklärung entbunden werden, und Martin Bells Eltern konnten das bewirken. Auch sie wollten, dass der Mord an ihrem Sohn aufgeklärt wurde.

»Ich denke, wir kriegen das hin«, sagte sie schließlich.

Später, als sie allein in ihrem Büro war, rief sie Martin Bells Eltern an und hinterließ eine Nachricht mit der Bitte um Rückruf.

Als ihr Blick auf die Fotos auf ihrem Schreibtisch fiel, verspürte sie den Wunsch, zu Hause im Kreis ihrer Familie zu sein. Der vergangene Abend hatte sie mehr erschüttert, als sie zugeben wollte. Aber Alex war in Washington, D.C., Timmy war in der Schule, und ihr Vater saß in einer für den gesamten Tag anberaumten Konferenz der Antiterror-Abteilung auf Randall's Island.

Ich bleibe noch eine Stunde, überlegte sie, *und gehe dann früher, kaufe ein, zahle bar, so wie früher, und hab noch genug Zeit, um meinen Sohn von der Schule abzuholen. Und den Abend werden wir gemeinsam verbringen. Nur wir zwei, solange das noch möglich ist.*

44

Am folgenden Abend bemerkte Laurie Alex bereits, als sie vor dem Marea durch die Scheibe sah. Er wirkte entspannt und selbstbewusst, während er am Pult der Platzanweiserin stand. Sie hatten sich vier Tage nicht gesehen, und fast schon hatte sie wieder vergessen, wie attraktiv er war.

Seine blaugrünen Augen hinter der schwarz gerahmten Brille strahlten, als sie das Restaurant betrat. »Da ist sie ja!« Er umarmte sie fest, und erst jetzt wurde ihr bewusst, wie sehr er ihr gefehlt hatte.

Nachdem sie an ihrem Lieblingstisch Platz genommen hatten, erkundigte sie sich nach dem Einweisungsprogramm für neu ernannte Richter, an dem er in Washington teilgenommen hatte. Am Telefon hatten sie in den vergangenen Tagen fast ausschließlich über den Überfall geredet. Sie hatte ihm das Versprechen abgenommen, dass der Vorfall heute nicht erwähnt würde.

»Ich habe mehr gelernt, als ich erwartet habe. Strafrechtsverfahren kenne ich in- und auswendig, klar, aber es gab sehr hilfreiche Materialien über große Zivilrechtsverfahren und Sammelklagen. Jetzt habe ich nur noch den Rest dieser Woche, bevor mir die Vorsitzende Richterin nächste Woche die ersten Fälle übertragen wird.«

Er klang überraschend verunsichert, aber sie wusste, dass er für die Arbeit mehr als qualifiziert war. Seine Nervosität bezeugte nur, mit wie viel Ehrfurcht er sich seiner neuen Verantwortung stellte.

»Wahrscheinlich hast du dir nie träumen lassen, dass deine Vorsitzende Richterin die Babysitterin für deinen zukünftigen Stiefsohn abgibt, bevor sie dir einen Fall anvertraut.«

Er schmunzelte bei dem Gedanken, dass Richterin Russell ein Date mit Leo gehabt hatte. »Bei meiner Amtseinführung hatte ich so das Gefühl, als hätte es zwischen den beiden gefunkt. Normalerweise flattert sie bei solchen Anlässen ja von einer Gruppe zur nächsten, hier aber hat sie sich fast ausschließlich mit deinem Vater unterhalten.«

»Dann überleg mal … wenn es zwischen Dad und der Richterin wirklich was Ernstes wird, könnte sie glatt noch meine Stiefmutter werden, und für dich ist sie dann die … Stief-Schwiegermutter? Besteht da vielleicht ein Interessenkonflikt?«

Er schien sich den Sachverhalt allen Ernstes durch den Kopf gehen zu lassen und schüttelte schließlich verwirrt den Kopf. »Ich habe absolut keine Ahnung. Du meinst, es könnte wirklich so ernst werden?«

»Wer weiß? Aber nachdem er mich ständig zu einer Beziehung mit dir gedrängt hat, freue ich mich schon darauf, wenn ich jetzt mal den Spieß umdrehen kann.«

Alex wurde noch ernster. »Ist es für dich in Ordnung, wenn eine andere Frau in sein Leben tritt?«

»Natürlich.« Lauries Mutter Eileen war vor Timmys Geburt gestorben. Sie hatte immer erzählt, dass sie den Jungen, den sie als Erstes geküsst hatte, auch geheiratet habe. Lauries Eltern gehörten zu jenen Paaren, die immer Händchen gehalten hatten, ohne dass ihnen das groß bewusst gewesen wäre. »Ich weiß, dass er als Dad und Großvater glücklich ist, aber es ist wirklich an der Zeit. Ich will nicht, dass er immer allein ist. Am Freitagabend treffen sie sich wieder, na ja … wir werden ja sehen. Bislang sind das alles bloß harmlose Verabredungen zum Essen. Es freut mich, wenn er seinen Spaß hat.«

»Apropos Verabredung, rate mal, wer mich zum Essen eingeladen hat, um meine Ernennung zum Bundesrichter zu feiern?«

»Sollte ich eifersüchtig sein?«, sagte sie und runzelte die Stirn.

»Definitiv nicht. Carl Newman«, antwortete er und senkte die Stimme.

Sie hatte keine Ahnung, wie die Kommunikation eines Richters mit ehemaligen Mandanten geregelt war, aber diesem Mandanten wurde in New York City mit so großer Geringschätzung begegnet, dass er Alex' Ernennung zum Bundesrichter beinahe gefährdet hatte. »Du gehst doch aber nicht hin, oder?«

»Nein, ich denke nicht im Traum dran. Das wäre alles andere als angemessen. Um ehrlich zu sein, er gehört zu den sehr wenigen Mandanten, bei denen ich mir gewünscht hätte, er wäre verurteilt worden.«

»Er hatte eben einen sehr guten Anwalt.«

»Gib nicht mir die Schuld dafür. Gib sie den Ermittlungsbeamten und vielleicht noch den Geschworenen.«

»Weißt du, was ich mir denke?«

»Was?«

»Sie waren durch dein attraktives Äußeres und deinen ansteckenden Charme eben abgelenkt.«

Er lachte und schüttelte den Kopf. »Ich sollte öfter die Stadt verlassen.« Ohne groß darüber nachzudenken, fasste er nach ihrer Hand.

45

Von der gegenüberliegenden Straßenseite in der Central Park South beobachtete jemand, wie Laurie das Restaurant Marea betrat. Ihr Verlobter war nur kurz zuvor aufgetaucht. Perfekt aufeinander abgestimmt, was? Es konnte einem schlecht werden.

Immer noch könnte er sich in den Hintern treten wegen des Zwischenfalls vor der Pianobar zwei Tage zuvor. Was für ein Reinfall. Er machte den Scotch dafür verantwortlich. War er immer noch der impulsive Idiot von früher, der keinem Drink widerstehen konnte, wenn er vor einer ganzen Wand mit Alkoholika saß?

Dieser Leichtsinn hatte ihn genau dahin geführt, wo er jetzt war. Das nächste Mal würde er es nicht versauen. Er würde sie beobachten und zum Handeln bereit sein, wenn sie allein war, wenn der Augenblick passte.

Er hörte einen dumpfen Laut, fuhr herum und dachte schon, jemand hätte gegen die Seitenscheibe seines SUV geschlagen. Aber da war niemand. Er sah aus dem Beifahrerfenster: Zwei Jugendliche auf dem Gehweg trommelten auf umgedrehte Eimer ein. Einige sprangen auf und begannen auf dem Rasen zu tanzen. *Wenn ich mich unter diese glücklichen Menschen mische, färbt deren Leben vielleicht auf meines ab*, dachte er. Aber dann besann er sich. So funktionierte das mit dem Glücklichsein nicht. Glücklich war man dann, wenn jeder bekam, was er verdiente.

Ein Paar überquerte vor seinem Wagen Arm in Arm die Straße in Richtung des Restaurants, in dem Laurie und Alex zu

Abend aßen. Der Mann trug einen maßgeschneiderten Anzug, die Frau ein kleines Schwarzes. Das Marea machte äußerlich nicht viel her, aber er wusste, dass dort zum aufgelegten Besteck drei Gabeln gehörten und die Preise sich nur Investmentbanker leisten konnten. Früher war er in solche Lokale marschiert, ohne auch nur zweimal nachzudenken, hatte sich an der Bar niedergelassen und Martinis getrunken, bis er sie nicht mehr zählen konnte. Er vermisste die exklusiven Bars, die stimmungsvolle Beleuchtung, das Servicepersonal, das einen behandelte, als wäre man wichtig. Wenn er heutzutage einen Drink haben wollte, lief er in einer stickigen Kellerspelunke ein und kippte Four Roses.

Mehr als zwei Stunden später, als ihm schon die Augen schwer wurden, verließ Laurie das Restaurant. Diesmal zusammen mit ihrem Verlobten. Sie hielten Händchen. Zwischen all den Passanten konnte er die Arroganz des Typen förmlich riechen.

So wird er nicht mehr lange durch die Gegend stolzieren, dachte er. *Wenn sie tot ist, wird er vielleicht genauso einer sein wie ich.*

46

Am folgenden Tag machte Jerry im spätmorgendlichen Verkehr einen ganz zufriedenen Eindruck am Steuer des Pkw, den sie für die Fahrt nach Rosedale in Queens gemietet hatten. Er hatte einen Mietwagen vorgeschlagen, damit sie ungestört über den Fall reden konnten, ohne auf einen Chauffeur Rücksicht nehmen zu müssen, der sie eventuell belauschen könnte. Laurie vermutete allerdings, dass er es kaum erwarten konnte, bis er seinen eigenen Wagen bekam. Tatsächlich konnte er sich beim Einsteigen nicht verkneifen, ihnen mitzuteilen, dass er nach der Arbeit endlich seinen neuen BMW abholen würde.

Im Radio lief Adeles jüngster Hit. Jerry stimmte mit ein, während Grace auf dem Rücksitz einträchtig mitsummte. *Von wegen über den Fall reden*, dachte sich Laurie.

In George Naughtens Straße war niemand zu sehen. Sie waren hier, weil sie hören wollten, was er ihnen über seine Klage gegen Martin Bell zu erzählen hatte. Laurie hatte Martins Eltern überreden können, die Verschwiegenheitserklärung aufzuheben, die Naughten beim Vergleich unterzeichnet hatte. Natürlich waren sie darauf bedacht, den Ruf ihres Sohnes als Arzt zu wahren, aber Laurie hatte sie überzeugen können, dass sie nur dadurch Naughtens angebliche Geheimnisse erfahren würden.

Jerry hielt vor Naughtens Haus, der Produktionswagen folgte direkt hinter ihnen. Und ein dritter Wagen hielt ihnen gegenüber auf der anderen Straßenseite. Leo stieg aus und legte die Parkerlaubnis der Polizei aufs Armaturenbrett. Nach dem Vorfall am Montagabend ließ er Laurie nicht ohne zusätzlichen

Schutz zu einem Treffen mit einem rechtskräftig verurteilten Stalker. Er hatte versprochen, »sich bedeckt zu halten«, und war daher getrennt von ihnen gekommen, hatte aber seine Waffe im Schulterholster unter seinem Sakko stecken.

Laurie drehte das Radio leiser und sah zu Ryan.

»Alle bereit?«, fragte sie.

Er hob den Daumen. Am Morgen waren sie alle denkbaren Szenarien durchgegangen, mit denen sie rechnen müssten.

»Wenn man in der Gegend wohnt, hat man wenigstens nicht weit zum JFK-Flughafen«, sagte Jerry, als er sich aus dem Fahrersitz schälte und ein Flugzeug über ihm in den Himmel aufstieg.

»Das gilt auch für Lakeview«, sagte Grace. »Ich bin da großgeworden, bevor meine Eltern umgezogen sind.«

»Hoffentlich sind sie nie mit Mama Naughten aneinandergeraten. Du weißt, wie wütend George wird, wenn man sich mit ihr anlegt«, scherzte Jerry.

»Oder jemanden kennt, der jemanden kennt, der sich mit ihr angelegt hat.«

Laurie gab ihnen zu verstehen, das Geplänkel sein zu lassen, während sie sich dem Haus näherten.

Wie bei ihrem letzten Besuch steckte George Naughten erst den Kopf aus der nur einen Spaltbreit geöffneten Tür und blinzelte argwöhnisch zu den vielen Leuten, die sich vor seinem Haus versammelt hatten.

»Hallo, George. Laurie Moran von *Unter Verdacht*«, begrüßte sie ihn, obwohl sie überzeugt war, dass er sie erkannte.

»Ach ja, okay«, sagte er und bedeutete ihnen einzutreten. »Ich hab nur nicht so viele erwartet.«

»Na ja, wir wollen alles aufzeichnen, und dafür sind die Leute nötig.«

Laurie stellte ihre Crew vor, die schon mal anfing, im Wohnzimmer alles aufzubauen. Sie hatten für den dunklen Raum extra Scheinwerfer mitgebracht, und bald sah es fast aus wie in einem richtigen Studio. George, der dasselbe T-Shirt und dieselbe Jogginghose wie beim letzten Mal trug, beobachtete alles mit weit aufgerissenen Augen.

»Es gibt keinen Grund, nervös zu werden, George«, beruhigte Ryan ihn freundlich.

Ryan hielt Naughten die übliche Teilnahmeerklärung samt Stift zur Unterschrift hin. Naughten warf nur einen kurzen Blick auf die Bedingungen, bevor er unterschrieb. Das Dokument gewährte den Fisher Blake Studios Exklusivrechte an der Verwertung und Bearbeitung sämtlichen Filmmaterials. Sie erwarteten, dass George seinen Unmut gegen Martin Bell freien Lauf ließ, aber sie waren nicht verpflichtet, es zu senden.

»Ich würde gern in meinem Sessel sitzen«, sagte George und ging schon zu seinem La-Z-Boy.

Sofort war Leo am Sessel und klopfte ihn schnell auf irgendwelche versteckten Waffen ab. »Ich will nur sicherstellen, dass nichts da ist, was sich nicht mit unserer Ausrüstung verträgt«, murmelte er als Erklärung.

George Naughten, anscheinend zufriedengestellt, machte es sich bequem. Einer der Assistenten befestigte ihm ein Mikro am T-Shirt.

Nachdem die Kameras positioniert waren, begannen sie zu drehen.

»Fangen wir mit den Ereignissen an, die zu der Klage geführt haben«, sagte Ryan. »Wie fanden Sie die Behandlung Ihrer Mutter durch Dr. Martin Bell?«

»Ach, Ma, sie war ja immer so eine Draufgängerin«, antwortete er wehmütig. Kurz dachte er nach, dann erschien ein Lächeln auf seinem Gesicht, das erste, das Laurie bei ihm bislang gesehen hatte. »Wissen Sie, einmal wollte sie mit dem Rad durchs ganze Land fahren. Von New York bis nach Kalifornien! Sie war dreiundsechzig, als sie sich diese verrückte Idee in den Kopf gesetzt hat. Sie hat ein richtiges Trainingsprogramm durchgezogen, hat am Montag und am Mittwoch immer ihr Power-Walking gemacht, und am Dienstag und Donnerstag ist sie im Stadtteilzentrum zum Schwimmen gegangen. Ich hab ihr versprochen, dass ich ihr ein gutes Rad kaufe, was Zuverlässiges, das nicht schon in Tennessee oder in Kansas den Geist aufgibt.

Aber dann geschah der Unfall, und alles war anders. Erst haben die Ärzte gesagt, ›ach, ist doch bloß ein leichter Unfall, bloß ein Blechschaden, wir wollen doch nicht übertreiben‹. Aber der ›Blechschaden‹, das war der Anfang vom Ende. Klar, es hat immer wieder Tage gegeben, da war alles okay, da war sie ganz die Alte. Aber eigentlich bin ich zwei Jahre lang morgens aufgewacht, weil Ma vor Schmerzen im Bett geweint hat. Als sie dann bei Dr. Bell war, da war es mit den Tränen vorbei, die Schmerzen waren weg. Aber die Medikamente haben sie richtig ausgehöhlt – sie war nur noch eine leere Hülle. Wie ein Zombie. Und dann hab ich sie hier auf dem Boden gefunden.« George zeigte zur Küche.

Laurie war bereits in groben Zügen mit den Vorwürfen vertraut, die er gegen den Arzt vorbrachte, hatte aber nie von George selbst gehört, mit welchen Beeinträchtigungen seine Mutter zu kämpfen gehabt hatte. *Wie ein Zombie.* Der Satz fand sich auch in seiner Klageerhebung, und genau so hatte auch Caroline Radcliffe Kendra Bell gegen Ende ihrer gemeinsamen Zeit mit Martin beschrieben. *Ausgehöhlt. Nur noch eine leere Hülle.* George hätte auch von Kendra reden können.

Warum hatte sie das nicht schon längst gesehen? Aber darüber konnte sie sich später noch Gedanken machen, im Moment sollte sie sich auf das konzentrieren, was George Naughten zu sagen hatte.

»Sie haben Dr. Bell die Schuld am Tod Ihrer Mutter gegeben, nicht wahr?«, fragte Ryan.

»Aber ja doch.«

Ryan ging mit Naughten die Auseinandersetzung in Dr. Bells Praxis durch, Laurie starrte auf den Bildschirm der Kamera, die vor ihr stand, musterte Naughtens Miene und wartete gespannt, welche neuen Informationen er preisgeben würde.

Ryan ließ nicht locker. »Die Polizei hat Sie davor gewarnt, ein weiteres Mal die Praxis zu betreten.«

»Und das hab ich mir auch zu Herzen genommen«, antwortete Naughten. »Ich bin nie mehr zu ihm in die Praxis.«

Laurie sah das Funkeln in Ryans Augen, sofort wusste sie auch, warum. Naughten hatte die gleiche Formulierung schon bei ihrer letzten Befragung gebraucht: *Ich bin nie mehr zu ihm in die Praxis.*

»Aber Sie haben Dr. Bell auch nicht in Ruhe gelassen, oder?«, fragte Ryan.

»Ich bin nie an ihn herangetreten. Oder hab mit ihm gesprochen. Oder sonst was gemacht.«

»Aber Sie haben ihn beobachtet?«

George fasste sich mit beiden Händen an den Kopf. »Ja. Ich konnte an nichts anderes denken, und wenn ich ihn vor mir gesehen habe, hat das irgendwie geholfen. Wenn ich ihn beobachtet habe, konnte er anderen nicht wehtun.«

»Haben Sie ihn auch an dem Abend beobachtet, an dem er ermordet wurde?«, fragte Ryan. Auf dem gesamten Set wurde es totenstill, als würden alle den Atem anhalten und auf Naughtens Antwort warten.

»Nein«, sagte er schließlich. »Ich war zu Hause.«

»Allein?«

George nickte.

»Dann kann das niemand bestätigen. Sie haben kein Alibi.«

Naughten sah auf seine Füße.

»Hier sind die Fakten, George«, sagte Ryan. »Sie haben kein Alibi. Sie sind bekannt für Ihre Ausfälle gegen diejenigen Personen, die Sie für den Tod Ihrer Mutter verantwortlich machen.

Sie haben Dr. Bell nachgestellt. Und Sie waren im Besitz einer Waffe, die exakt dem Modell entsprach, mit dem er erschossen wurde ...«

»Ich wollte das Richtige tun«, platzte George heraus. »Ja, ich gebe Dr. Bell die Schuld am Tod meiner Mutter, aber ich bin kein Mörder. Ich weiß, es sieht nicht gut aus für mich. Aus diesem Grund hab ich auch nie erzählt, was ich gesehen habe.«

»Was haben Sie denn gesehen, George?«

»Es war an einem Abend etwa eine Woche vor dem Mord, in Lower Manhattan, im Greenwich Village. Ich bin Dr. Bell gefolgt, und da ist er in ein Taxi gestiegen. Eine Frau hat drinnen schon auf ihn gewartet, er hat sie geküsst. Ich weiß, ich hätte damit schon früher herausrücken sollen, aber ich hatte solche Angst, dass ich dann verdächtigt werde. Ich habe so ein schlechtes Gewissen.«

»Wer war die Frau?«, fragte Ryan, ohne auf Naughtens mitleidheischenden Ton einzugehen.

»Es war zu dunkel, um ihr Gesicht zu erkennen.« Jetzt schwang Angst in seiner Stimme mit. »Erst hab ich angenommen, es wäre seine Frau, aber nach dem Mord haben doch alle gesagt, dass sie sich nicht mehr verstanden haben. Also ... Sie wissen schon ... war es vielleicht eine andere Dame.«

Laurie und Ryan hatten sich so manches Szenarium zurechtgelegt, das aber hatten sie nicht auf dem Radar. Ryan stellte im Anschluss daran die offensichtlichen Fragen – Haarfarbe, Frisur, Alter –, aber George konnte keine Einzelheiten nennen.

»Warum sollten wir Ihnen nach so vielen Jahren glauben?«, fragte Ryan.

»Würde ich lügen, würde ich mir doch einfach irgendwelche Antworten auf Ihre Fragen aus den Fingern saugen. Hören Sie, ich kann noch nicht mal beschwören, dass es eine Frau war, die dort im Taxi saß. Ich hab nur gesehen, dass er jemanden geküsst hat. Um ehrlich zu sein, es hat mich rasend gemacht, dass sich jemand von ihm küssen lässt.« Traurig wandte er den Blick ab. »Ich weiß, wie erbärmlich ich klinge, und das ist ein weiterer Grund, warum Sie mir glauben können. Ich schwöre Ihnen ... ich sage die Wahrheit.«

Ryan sah in Lauries Richtung, sie nickte. Das war ein guter Schlusspunkt für das Interview.

47

Ryan nahm Laurie zur Seite, während die Filmcrew die Ausrüstung in ihrem Transporter verstaute. »Hast du was dagegen, wenn wir uns kurz in den Wagen setzen?«, fragte er und sah zu Naughtens Haus, um deutlich zu machen, dass er sich mit ihr unter vier Augen unterhalten wollte.

»Ich glaube ihm«, sagte Ryan, als er auf dem Beifahrersitz Platz genommen hatte.

Laurie dachte kurz nach. »Er kann unmöglich gewusst haben, dass Kendra ihren Mann einer Affäre verdächtigt. Davon hat nie etwas in den Zeitungen gestanden. Er hat nur erzählt, was er selbst in diesem Taxi gesehen hat.«

»Könnte es Kendra gewesen sein, die er geküsst hat?«, fragte Ryan.

»Das bezweifle ich. Ihre Ehe war doch völlig zerrüttet. Vielleicht hatte Kendra mit ihrer Vermutung doch recht, hat sich aber in der Frau geirrt.«

»Dann suchen wir jetzt nach einer anderen Frau, möglicherweise einer mit einem eifersüchtigen Mann? Wie soll das gehen?«

Ryan hatte recht. Sie fischten im Trüben. Neben dem mysteriösen Unbekannten aus dem Cover hatten sie jetzt noch eine mysteriöse Frau in einem Taxi.

Laurie überlegte, was sich aus der neuen Information ergab. Wenn Martin tatsächlich eine Affäre hatte, war das für Kendra nur umso mehr ein Motiv, ihren Mann umzubringen. Er hatte nicht nur vorgehabt, sie zu verlassen, sondern auch schon einen Ersatz gefunden. Andererseits ergaben sich aus einer Affäre weitere potenzielle Verdächtige – eine bislang unbekannte Geliebte, möglicherweise ihr ebenso unbekannter eifersüchtiger Ehemann.

Laurie musste sich in Erinnerung rufen, dass sie den ausgewählten Fall nicht immer aufklären konnten. Sie brachten bereits einiges ins Rollen, wenn sie so wie jetzt neue Erkenntnisse zutage förderten.

Zumindest hatte sie noch ein weiteres Puzzleteil, das sie ins Spiel bringen konnte. »Ich denke an Georges Beschreibung seiner Mutter kurz vor ihrem Tod«, sagte sie. »Ich bin mir ziemlich sicher, warum Kendra am Abend des Mordes so weggetreten war.«

Nachdem sie ihm ihre Theorie dargelegt hatte, schlug er vor, das von ihm bereits vorbereitete Kreuzverhör von Kendra entsprechend abzuändern.

Laurie schüttelte den Kopf. »Ich finde, es ist nicht richtig, sie vor laufender Kamera mit so etwas zu überfallen.«

»Aber machen wir das nicht immer so?«, widersprach Ryan. »Wir fassen sie nicht mit Samthandschuhen an, außerdem ist sie nach wie vor unsere Haupttatverdächtige.«

»Hier geht es um sehr private Gesundheitsfragen. Das ist was anderes. Ich werde mit ihr unter vier Augen sprechen.«

Sie erwartete eigentlich, dass er sich querstellte, aber er hob nur die Hände und schwieg.

Ihr Vater klopfte gegen die Seitenscheibe. Sie öffnete die Tür. »Dad, ich danke dir, dass du mitgekommen bist. Wenn du weiterhin bei uns aushilfst, muss ich mir noch einen neuen Ausgabenposten einfallen lassen und dich auf die Lohnliste setzen.«

»Damit ich dich als Chefin habe? Oder Brett Young?« Er tat so, als würde ihn schaudern. »Betrachte mich als eine kostenlose Dienstleistung.«

Sie sah auf ihre Uhr. Es war vier. »Kann ich dich für eine

weitere Aufgabe einspannen?« Sie erklärte, dass Timmy bis fünf Uhr Trompetenunterricht hatte und sie es bis dahin vielleicht nicht schaffte.

»Schon erledigt«, sagte er.

Wenn sie Glück hatte, würde sie Kendra vielleicht zu Hause abpassen können.

48

Ryans Kommentar zu den »Samthandschuhen« hatte bei ihr einen Nerv getroffen, denn sie beschloss, unangekündigt bei Kendra aufzutauchen.

Sie wollte die Frau auf ein sehr persönliches Thema ansprechen. Andererseits war diese Frau die Haupttatverdächtige im Mordfall Martin Bell. Bei ihr überraschend vor der Tür zu stehen, allerdings ohne die Kameras, erschien ihr als ein fairer Kompromiss.

Auf dem Bürgersteig vor der Remise konnte Laurie durch das Wohnzimmerfenster sehen, wie Kendra mit den Kindern spielte. Einem Außenstehenden hätten ihre linkischen, abgehackten Bewegungen wie ein skurriler Avantgardetanz vorkommen können, Laurie aber erkannte die vertrauten Armbewegungen und Pirouetten eines Wii-Video-Bowlingturniers. Sie hatte dabei oft genug gegen Timmy verloren.

Plötzlich fragte sie sich, ob es richtig war, sie bei ihrem Familienabend zu stören. Ihr Gespräch mit Kendra konnte auch bis zum nächsten Morgen warten. Fünf Jahre nach dem Mord sah es nicht so aus, als wollte sich Kendra dem Zugriff der Justiz entziehen.

Sie wandte sich Richtung 6th Avenue und wollte schon ein Taxi heranwinken, als sie hinter sich Stimmen hörte. Kendra stand vor der Haustür und verabschiedete sich von ihren Kindern. »Zum Gutenachtkuss bin ich wieder zurück«, rief sie ihnen zu. Laurie entdeckte Caroline, die hinter dem Jungen und dem Mädchen in der Tür stand.

Selbst im fahlen Licht war zu erkennen, dass Kendra, als sie die Stufen zur Einfahrt hinabging, eine Tasche über der Schulter trug. Kurz fragte Laurie sich, ob es sich um die Reisetasche handelte, die ihr am Montagabend gestohlen worden war.

Sie zog den Kopf ein und tat so, als würde sie auf ihr Handy sehen. Aus dem Augenwinkel heraus beobachtete sie Kendra, die schnell in die andere Richtung, zur 5th Avenue, davonging.

Laurie folgte ihr.

49

Kendra Bell hatte ihre Tasche über die Schulter geworfen und vergrub die Hände tiefer in den Taschen ihres anthrazitgrauen Cardigans von Escada. Er war aus Kaschmir, hatte einen Schalkragen und einen Schärpengürtel und war ihr viel zu groß, denn er reichte ihr fast bis zu den Knien. Das erste Weihnachtsgeschenk von Martin, sie hatte es bekommen, als sie noch Medizin studierte.

Bis zum heutigen Tag war es ihr liebstes Kleidungsstück, sie fühlte sich darin kuschelig und sicher und wie zu Hause, auch wenn sie wusste, dass nichts – und schon gar kein Kleidungsstück – sie vor dem Mann schützen konnte, den sie heute Abend treffen sollte.

Es war über eine Woche her, dass sie ihm von der Sendung erzählt hatte. Sie hatte ihm versprechen müssen – nach einer gegen ihre Kinder gerichteten Drohung –, dass sie gegenüber den Produzenten kein Wort über ihn verlieren würde. Aber natürlich genügte ihm das nicht. Natürlich verlangte er mehr, weil er wusste, dass er es bekommen würde.

Seit Tagen hatte sie das Geld zur Seite gelegt, es war bereit zur Übergabe. Über das Wochenende war sie derart nervös gewesen, dass sie gegen die Regeln verstoßen und ihn angerufen hatte, aber die Nummer, die er ihr gegeben hatte, existierte nicht mehr. Wie viele Wegwerfhandys verbrauchte der Typ im Jahr bloß?

Heute aber, während ihrer Mittagspause, klingelte ihr Handy. Der Anruf kam von einer anonymen Nummer. Sofort verkrampfte sie sich – sie wusste, dass er es war. »Wir treffen uns an der Greene und Houston Street«, befahl er. »Nordostecke, unter dem Gerüst. Bring das Übliche mit.«

Mit anderen Worten, bring das Geld.

Als sie sich der Kreuzung näherte, verstand sie, warum er diesen Ort gewählt hatte. Der gesamte Block war abgerissen, damit darauf ein neues Gebäude errichtet werden konnte, von dem gerade mal die Baugrube ausgehoben war. Die Baustelle war von einem Gitterzaun umgeben, und der Bürgersteig wurde von einem Gerüst überdacht. Kein normaler Fußgänger hielt sich an dem düsteren, menschenleeren Fleck auf. Aber ihr blieb keine andere Wahl.

Dort wartete er schon auf sie und hatte die Kapuze über den vermutlich immer noch kahl rasierten Schädel gezogen. Sie konnte kaum glauben, dass es derselbe Mann war, der ihr für kurze Zeit an der Theke im Cover Gesellschaft geleistet hatte – »Mike«, wie er sich damals genannt hatte, ihr verständnisvoller Zuhörer.

»Die Sendung«, sagte er. »Was läuft da ab?«

»Sie wissen nicht mehr als die Polizei vor fünf Jahren«, sagte sie. »Sogar weniger, soweit ich das sehe.«

»Du weißt, was ich dir gesagt habe. Was auf dem Spiel steht. Ich werde nicht zögern, mir Bobby und Mindy zu schnappen, wenn es sein muss.«

Sie zitterte in ihrem warmen Cardigan. »Bitte«, flehte sie verzweifelt, »ich verspreche, das wird nicht nötig sein.« Ihr Atem kam abgehackt.

»Reiß dich zusammen«, zischte er und riss heftig an der Tasche, während sie versuchte, den Riemen von der Schulter zu nehmen.

Als er die Tasche in der Hand hielt, gab er ihr einen Zettel, auf den zehn Ziffern gekritzelt waren. »Meine neue Nummer. Ruf mich an, wenn die Sendung abgedreht ist ... oder falls vorher irgendwelche Überraschungen auftauchen. Versuch nicht, mir was zu verheimlichen.«

»Das mach ich nicht, ich schwöre.«

Sie kam sich vollkommen hilflos vor, als er ging. Sie würde nie frei von ihm sein. Er hatte sie völlig in der Hand.

50

Laurie wartete schon in der Einfahrt zur Remise, als Kendra zurückkehrte. Sie hatte die Übergabe der Tasche von der Westseite der Greene Street beobachtet, wodurch sie einen ganzen Block Vorsprung vor Kendra gehabt hatte.

Kendra zuckte zusammen, als sie sie sah. »Was machen Sie hier?«

»Beim Interview mit einem unserer Zeugen hat sich heute etwas ergeben. Darüber wollte ich mich mit Ihnen unterhalten.«

»Hätten Sie nicht vorher anrufen können?«, fragte Kendra.

»Ehrlich gesagt, ich wollte Ihnen keine Zeit lassen, sich eine Lüge auszudenken. Wir haben sogar überlegt, gleich mit den Kameras aufzukreuzen, aber das kam mir dann doch unnötig vor.«

Kendra sah sie erschreckt an. »Worum geht es?«

»Um Ihre psychische Verfassung nach der Geburt Ihrer Kinder – das lag nicht nur an Ihrer postpartalen Depression, oder? Sie haben Medikamente genommen. Medikamente, die Martin Ihnen gegeben hat.« Zu dieser Schlussfolgerung war Laurie gelangt, nachdem George Naughten den Zustand seiner Mutter vor ihrer Überdosis beschrieben hatte. »Er hat Sie mit Medikamenten betäubt, oder?«

Kendra nickte und rang sichtlich um Fassung.

»Aber dann beschloss er, Ihnen keine Tabletten mehr zu geben«, sagte Laurie. »Es wurden Klagen gegen ihn eingereicht, und er wusste, dass Anwälte sich mit seinen Medikamentengaben beschäftigen würden. Er konnte das Zeug nicht mehr wie Bonbons verteilen.«

Kendras Blick schweifte zur Eingangstür, aber im Haus war alles ruhig. Sie waren allein. »Wie ich Ihnen bereits sagte, habe ich unter einer postpartalen Depression gelitten. Aber Martin hatte keinerlei Verständnis. Er hat immer nur gesagt, ich soll mich zusammenreißen – es sei doch nicht normal, dass ich zu nichts in der Lage sei, weil ich mich gefälligst um die Kinder kümmern müsse. Statt mir zu helfen, statt eine angemessene Behandlung zu organisieren, meinte er, er selbst könne für mich sorgen – und das hieß Pillen. Ich weiß nicht, was er mir im Einzelnen gegeben hat. Ich habe ihm einfach vertraut. Immerhin war er der berühmte Wundertäter. Manchmal habe ich tagelang überhaupt nichts mitbekommen, Caroline musste mir später die Lücken füllen. Und dann, mit einem Mal, hatte ich Entzugserscheinungen. Als ich nach seinem Tod von den Klagen gegen ihn gehört habe, wusste ich natürlich, was geschehen war. Aber damals hat er mir noch nicht mal erzählt, warum er mir keine Tabletten mehr gibt. Er hat mich nur angeschrien und mich als Junkie beschimpft.«

»Das waren Sie ja auch«, sagte Laurie. »Er hat Sie dazu gemacht.«

Wieder nickte sie traurig. »Bitte, Sie können das nicht publik machen. Ich bin jetzt clean. Wenn die Bells es herausfinden ...« Sie wurde aschfahl.

Und ich dachte, ich wäre der Sache auf den Grund gekommen, ging es Laurie durch den Kopf. »Sie haben die fraglichen Geldsummen nicht für Einkaufsorgien und teure Schuhe ausgegeben, Sie haben auch keinen Auftragskiller angeheuert. Sie haben sich auf der Straße illegal Medikamente beschafft, um Ihre Sucht zu befriedigen.«

»Verstehen Sie denn nicht, warum ich das der Polizei nicht erzählen konnte? Ich konnte doch nichts beweisen, und ich wusste, dass Martins Eltern das Sorgerecht für die Kinder haben wollten. Nach Martins Tod habe ich alles getan, um wieder auf den rechten Weg zu kommen. Ich bin clean und trocken. Ich arbeite hart, ich bin eine gute Mutter.«

»Das Einzige, was ich noch nicht weiß, Kendra, warum Sie immer noch große Geldsummen horten.«

Caroline musste Kendra gebeichtet haben, dass sie diese Informationen weitererzählt hatte. Laurie hatte nichts anderes erwartet, und Kendra zeigte sich jetzt auch nur wenig überrascht. »Der Großteil meines Geldes kommt aus einer Stiftung. Ich lege Geld zur Seite, damit die Stiftungsverwaltung – unter anderem meine Schwiegereltern – nicht jeden Dollar überwachen können, den ich ausgebe.«

»Wer war dann der Mann, dem Sie vorhin an der Ecke Greene und Houston Street eine Tasche überreicht haben?«

Kendras Oberkörper klappte nach vorn, als hätte sie einen Schlag in den Magen bekommen. Sie legte beide Hände an den Kopf und stieß nur »nein, nein, nein, nein« aus. Im ersten Moment kam es Laurie vor, als wäre sie in Trance.

»Kendra, ich glaube Ihnen, Sie haben sich verändert, ich glaube aber auch, dass Sie einen schrecklichen Fehler begangen haben, damals, als Sie in dieser schlechten Verfassung waren. Ich kann Ihnen helfen, soweit es mir möglich ist, aber ich kann das alles nicht für mich behalten.« Kendra sah sie mit flehendem Blick an, aber Laurie ließ sich davon nicht beirren. »Wenn Sie mir nicht sagen, was los ist, werde ich einem landesweiten Fernsehpublikum erzählen, was ich heute Abend gesehen habe. Und ich werde die Polizei verständigen. Die wird sich auf die plausibelste Schlussfolgerung stürzen – dass Sie einen Killer auf Ihren Mann angesetzt haben. Das wird die ganze Story sein.«

»Bitte«, flüsterte sie, »bitte zwingen Sie mich nicht dazu. Ich kann nicht. Damit sorgen Sie bloß dafür, dass sie umgebracht werden. Sie sind doch noch unschuldige Kinder.«

Laurie legte Kendra sacht die Hand auf die Schulter und versuchte sie zu beruhigen. »Wer? Von wem sprechen Sie?«

»Von Bobby und Mindy.« Tränen liefen ihr über die Wangen. »Der Typ. Dieser schreckliche Mann. Er hat gedroht ... er tut meinen Kindern was an, wenn ich nicht schweige.«

Sofort blickte Laurie sich um, ob jemand sie beobachtete, konnte aber niemanden entdecken. »Kendra, das werde ich nicht zulassen. Wir haben unsere Ressourcen, auf die wir zurückgreifen können. Ich kann Ihnen helfen, aber wir sollten runter von der Straße.«

Hektisch sah sich Kendra um. Sie schob sich an Laurie vorbei und lief zum Garagentor im Erdgeschoss der Remise. Dort gab sie sechs Ziffern auf der Sicherheitstastatur ein, und das Tor schwang auf. Drinnen stand kein Auto, nur Pappkartons waren gestapelt. »Kommen Sie rein.«

Als das Tor wieder geschlossen war, sah sie Laurie eindringlich in die Augen. »Sie müssen mir glauben. Ich habe keine Ahnung, wer Martin umgebracht hat.«

51

Kendra drückte sich die Hände auf die Augen, um die Tränen zu unterdrücken. Sie konnte einfach nicht glauben, was hier geschah. Nie hätte sie dieser Fernsehsendung zustimmen dürfen. Die Bells würden sie weiterhin hassen und gegen sie vorgehen, egal, was sie getan hatte – warum um alles in der Welt hatte sie gemeint, sie müsse ihnen entgegenkommen?

Jetzt waren ihrem schlimmsten Albtraum Tür und Tor geöffnet. Sie hatte geschworen, ihn nicht zu erwähnen, aber Laurie Moran hatte sie mit eigenen Augen zusammen gesehen. Kendra konnte nur noch an Laurie als alleinerziehende Mutter appellieren. Sie musste ihr eine Wahrheit anvertrauen, die sie bislang für sich behalten hatte.

»Sie haben mich gefragt, ob ich in jener Zeit in irgendwelchen Bars Leute kennengelernt habe«, sagte Kendra. »Ich wusste, worauf Sie hinauswollten.«

»Das Cover«, sagte Laurie. »Ich habe mich mit Deb unterhalten, der Barkeeperin. Sie hat sich an Sie erinnert.«

Kendra lächelte. »Das ist eine, die sich nicht so schnell ins Bockshorn jagen lässt. Am Anfang musste ich nur raus von zu Hause, aber irgendwann wurde es zur Gewohnheit ...«

Laurie nickte. Sie verstand, was sie meinte.

»Wie auch immer, ich warf Tabletten ein und trank Alkohol, immer alles wild durcheinander, ich war die abgerissene Besoffene am Ende der Theke, was in dem Laden schon einiges aussagt. Ich weiß noch, dass ich mich geschämt habe, wenn Gäste sich an einen Tisch setzten, damit sie nicht neben mir an der

Theke sein mussten.« Kendra rieb sich die Augen. Im Lauf der Jahre, während der Treffen bei den Anonymen Alkoholikern, hatte sie manchmal von diesen dunkleren Momenten in ihrem Leben erzählt, aber jetzt, da sie mit einer völlig Fremden über den Menschen reden sollte, der sie einmal gewesen war, fiel es ihr schwerer als erwartet. »Dann kam ein Typ rein, der mir so etwas wie Mitgefühl entgegenbrachte. Vielleicht war er auch einfach nur ein anderer Besoffener, der sich ein paar Abende lang meine Geschichten anhörte.«

»Wer ist er?«, fragte Laurie.

Kendra schüttelte den Kopf und konnte nur hoffen, dass Laurie ihr glaubte. Sie hatte nur vage Erinnerungen an die Zeit damals. Wie konnte sie jemanden von einem Sachverhalt überzeugen, den sie selbst kaum verstand? »Keine Ahnung. Irgendwann hat er mich an der Bar angesprochen, und wir haben uns unterhalten. Und nachdem ich erst einmal angefangen habe, mich über Martin auszulassen, habe ich kein Ende mehr gefunden. Er hat nur hin und wieder seine Kommentare dazu abgegeben, ›was für ein Mistkerl‹ und so, und mich damit zum Weiterreden animiert. Im Nachhinein glaube ich, dass sein ganzes verständnisvolles Getue nur vorgetäuscht war. Er ist ein Gauner, und ich war sein Opfer. Das bin ich immer noch, Sie haben es heute Abend ja gesehen.«

Laurie konnte ihr nicht ganz folgen.

»Sie haben ihn also nicht angeheuert?«, fragte Laurie.

»Nein!« Ihre Stimme war lauter als beabsichtigt und hallte in der leeren Garage wider. Sie hatte Martins Auto nach seinem Tod einer Wohltätigkeitsorganisation vermacht und sich nie einen neuen Wagen angeschafft. »Tut mir leid, ich habe auch etwas gebraucht, bis ich den Plan durchschaut habe. Etwa eine Woche nach Martins Tod – als ich ständig in den Schlagzeilen auftauchte –, hat er vor der Schule auf mich gewartet, als ich Bobby abholen wollte. Er hat ein kleines digitales Aufnahmegerät aus der Tasche gezogen und es abgespielt. Im ersten Moment hab ich noch nicht mal meine eigene Stimme erkannt, aber ich war es, definitiv. Er hat Ausschnitte aus unseren Unterhaltungen zusammengeschnitten.«

»Die er im Cover aufgezeichnet hat?«, fragte Laurie nach. »Als sie ihm über Martin Ihr Herz ausgeschüttet haben?«

Kendra nickte. »Das war nichts, worauf man stolz sein musste, zu keiner Zeit, aber nach Martins Tod? Da war das alles ... nur fürchterlich. Er hat mir gesagt, es wäre ›doch eine Schande‹, wenn die Polizei oder meine Schwiegereltern die Aufnahmen zu hören bekämen. Er wollte Geld für sein Schweigen.«

Sie hörte sich selbst wieder, ihre träge, verschliffene Stimme von damals: *Ich will hier raus, nur noch raus! Mein Vater ist an einem Herzinfarkt gestorben, da war er nicht viel älter als Martin jetzt. Vielleicht passiert ihm das ja auch.* Und: *Was würde ich nicht alles dafür geben, um von ihm frei zu sein!*

»Und seitdem erpresst er Sie?«, fragte Laurie.

»Nicht regelmäßig. Das würde es einfach machen, ihm eine Falle zu stellen. Einmal war er fast elf Monate von der Bildfläche verschwunden, irgendwann meldet er sich aber immer wieder zurück. Er weiß, dass ich zahle. Er hat gedroht, mich zu verraten – oder meinen Kindern etwas anzutun –, wenn ich an der Sendung teilnehme. Ich konnte ihn überzeugen, dass meine Teilnahme auch in seinem Interesse wäre. Ich gehe davon aus, dass er klug genug ist, um zu wissen, dass ich ohne die Kinder keinen Anspruch auf die Gelder der Stiftung habe und ihm dann nicht mehr nützlich wäre.« Sie hörte ihre eigene Verbitterung und Wut. »Ich habe geschworen, dass ich nichts von ihm erzähle – weder der Polizei noch Ihnen. Und jetzt das hier.«

Kendra musterte Laurie, um ihre Reaktion einzuschätzen.

»Ist Ihnen schon mal der Gedanke gekommen, dass dieser Mann – dieser Erpresser – vielleicht auch Martin umgebracht hat?«, fragte Laurie.

»Am Anfang, ja. Ich wollte auch zur Polizei – auch auf die Gefahr hin, selbst verhaftet zu werden. Aber er hat mir gesagt, er habe die Gespräche aufgenommen, weil er sie ursprünglich an Martin verkaufen wollte. In meinem benebelten Zustand habe ich ihm vermutlich erzählt, dass Martin mich verlassen und die Kinder mitnehmen wollte, also dachte er sich, Martin würde ihm eine ganz anständige Summe zahlen, damit er seinen Plan in die Tat umsetzen konnte. Aber Martins Tod hat dann alles zunichtegemacht. Und jetzt bin ich diejenige, die zahlen muss.«

»Sie haben ihm geglaubt?«, fragte Laurie.

»Ja, absolut.« Sie gab sich überzeugt, aber wie oft hatte sie genau daran gezweifelt? Zeitweise war sie zu einer ganz anderen, verzweifelten Person geworden, die sich in einem Nebel aus Alkohol und Tabletten bewegte – die sich noch nicht einmal an die Gespräche erinnern konnte, die dieser Mann im Cover aufgezeichnet hatte. Das Leben mit Martin hatte sie an den Rand des Wahnsinns getrieben. War es möglich, dass sie diesen Fremden auf eine Idee gebracht hatte? Hatte sie ihn vielleicht sogar bezahlt, damit er den Abzug durchdrückte? Selbst jetzt konnte sie nicht beschwören, dass sie sich nicht schuldig gemacht hatte.

Lauries Blick ging in die Ferne, als versuchte sie, die vielen unterschiedlichen Informationen miteinander zu verknüpfen. »Möglicherweise hat er mich auch verfolgt«, sagte sie schließlich. »Jemand hat mir am Montagabend meine Aufzeichnungen zu diesem Fall gestohlen.«

Kendra schüttelte den Kopf. »Ich meine, möglich wäre es. Er ist mir immer drei Schritte voraus, aber er hat heute Abend nichts davon erwähnt. Allerdings hat es ihn sehr interessiert, was Sie wissen, und er hat darauf bestanden, dass ich ihn auf dem Laufenden halte.«

»Sie wissen wirklich nicht, wer dieser Mann ist?«, fragte Laurie.

»Nein, überhaupt nicht. Er ruft immer unter einer anonymen Nummer an, und wenn wir uns treffen, kommt er zu Fuß, ich kann Ihnen also kein Autokennzeichen oder so was nennen. Ich habe nur die Nummer seines Wegwerfhandys und das hier.«

Sie zog ihr Handy aus der Gesäßtasche ihrer Jeans und scrollte zu einem Foto, das sie schon so viele Male betrachtet hatte. Es war leicht verschwommen, sie hatte keinen Blitz verwendet, aber sie hatte es leicht bearbeitet, hatte die Konturen geschärft und die dunklen Stellen etwas aufgehellt. Man hätte es nicht unbedingt in einer Zeitschrift veröffentlichen können, aber jeder, der den Mann kannte, würde ihn auf der Aufnahme erkennen. »Ich hab so getan, als würde ich meine Nachrichten ansehen, als ich mich unserem Treffpunkt genähert habe. Es ist verschwommen, weil ich vor Angst, er könnte mich dabei erwischen, so schrecklich gezittert habe.«

Laurie betrachtete das Foto. Angesichts der geschilderten Umstände war es sogar ziemlich gut. »Können Sie mir das schicken?«

»Ich hab Ihre Mail-Adresse«, sagte Kendra, hängte das Bild an die Nachricht an und drückte auf Senden.

»Und jetzt?«, fragte sie.

Laurie zögerte und sah sich in der Garage um, als könnte sie irgendwo hier die Antwort entdecken. »Ich weiß es nicht.«

»Aber Sie glauben mir?«

Laurie wollte antworten, hielt aber inne. »Wir lassen uns was einfallen. Seien Sie bis dahin vorsichtig.«

Vielleicht, dachte Kendra und sah der zur 6th Avenue davongehenden Laurie hinterher, glaubt endlich doch jemand, dass ich unschuldig bin – nicht an allem, aber zumindest an Martins Ermordung.

52

Als Laurie am Abend zuvor von Kendra nach Hause gekommen war, hatte sie gerade noch Zeit gefunden, um sich mit Timmy und ihrem Vater etwas zum Abendessen zu bestellen und Alex anzurufen, um ihm eine gute Nacht zu wünschen. Nur wenige Monate zuvor hatte sie noch gezögert, ihr Leben mit seinem zu teilen. Jetzt hingegen konnte sie es kaum erwarten, mit ihm unter einem Dach zu leben. Sie wollte, dass er der Letzte war, den sie am Abend sah, und der Erste am Morgen.

Am nächsten Tag saß sie an ihrem Schreibtisch im Büro, als das Telefon klingelte. Der Anruf kam von Graces Apparat. Sie drückte auf den Knopf der Freisprecheinrichtung.

»Was ist los?«

»Ich sag es nur ungern, aber Dana hat gerade angerufen. Brett Young ist unterwegs zu dir. Ach ... ich seh ihn schon.« Sie legte auf. Einige Sekunden später klopfte es an Lauries Bürotür.

»Herein!«, rief sie leichthin. Sie wollte sich ihre leichte Beklemmung auf keinen Fall anmerken lassen. Hatte er ihre Ausgaben für den neuen Laptop und das neue Handy zu Gesicht bekommen? Sie stellte sich schon darauf ein, dass sie sich mit ihm auseinandersetzen musste, ob diese Ausgaben beruflich oder privat bedingt seien.

Sie bemühte sich um ein unbekümmertes Lächeln, hörte, wie die Tür aufging, und war dann mehr als baff, als Alex in der Tür stand. Hinter ihm an ihrem Schreibtisch kicherte Grace.

Laurie sprang auf und gab ihm einen Kuss, und er schloss sie fest in die Arme. »Was für eine wunderbare Überraschung«, sagte sie.

»Ich war zufällig in der Nähe und wollte dich einfach sehen. Seit dem Überfall mach ich mir ständig Sorgen. Wenn dir was passiert wäre ...« Er beendete den Gedanken nicht.

»Kein Grund zur Sorge, Euer Ehren. Mir geht es gut, wirklich.«

Sie gingen zum Konferenztisch, sie setzte sich, und er begann ihr sanft die Schultern zu massieren.

»Für jemanden, dem es gut geht, fühlst du dich aber sehr verspannt an«, sagte er.

»Nein, es ist alles in Ordnung. Ehrlich.«

Sie dehnte den Nacken, als die wohltuende Wirkung der Massage einsetzte. »Es ist dein letzter freier Tag, bevor die Vorsitzende Richterin dich in Beschlag nimmt. Hast du irgendwas Besonderes vor?«

»Ja, dich besuchen. Außerdem ist es mein letzter freier ›Wochentag‹«, korrigierte er sie. »Arbeitsbeginn ist erst Montag, heute haben wir Freitag.«

»Na, morgen bist du mit deinen Mitarbeitern beim Yankees-Spiel.«

Als Bundesrichter beschäftigte Alex zwei frischgebackene Juristen als Justizfachangestellte. Bis zum Herbst würde er mit den Angestellten seines Vorgängers arbeiten, der zu seinem achtzigsten Geburtstag in den Ruhestand gegangen war. Laurie hatte beide kurz während der Einführung kennengelernt. Samantha hatte in Yale, Harvey in Stanford studiert. Beide machten einen intelligenten und aufgeschlossenen Eindruck, und beide waren freudig überrascht, für einen Boss zu arbeiten, der ihnen zur Arbeitseinführung erstklassige Yankees-Karten anbot. »Gewöhn dich schon mal daran, dass sie dich Euer Ehren nennen.«

Es war ihm anzusehen, dass ihm die Bezeichnung gefiel.

»Es ist wirklich alles in Ordnung?«, fragte er. »Letzten Abend warst du doch ziemlich hin- und hergerissen, wie du mit den neuen Informationen von Kendra umgehen sollst. Ich musste mich sehr zurückhalten, nicht sofort die Polizei einzuschalten, nachdem du mir alles erzählt hast. Es muss derselbe Typ sein, der auch dich überfallen hat.«

»Vielleicht. Aber wir wissen doch gar nicht, wer er ist, also was soll's? Er spielt in dem Fall ganz offensichtlich eine entscheidende Rolle, aber ich habe keine Möglichkeit, ihn ohne fremde Hilfe zu identifizieren. Ich könnte das Foto im Fernsehen zeigen und um Hinweise bitten, aber dann weiß er, dass Kendra mir von ihm erzählt hat. Sie beteuert, dass er sie und ihre Kinder bedroht. Das kann ich mit meinem Gewissen nicht vereinbaren.«

»Natürlich nicht«, pflichtete er ihr bei. »Aber du kannst zur Polizei gehen. Das wäre wahrscheinlich das Sicherste.«

Auch wenn Ryan sich in seiner Zusammenarbeit mit ihr sehr verändert hatte, fehlte ihr Alex sehr als Gesprächspartner. Jedes Mal, wenn sie sich zu einem Fall miteinander austauschten, ging es ihr danach entschieden besser.

»Einerseits möchte ich das sogar, aber andererseits weiß ich nicht so recht, was ich der Polizei sagen soll. Weder habe ich eine Ahnung, wer er ist, noch, was er überhaupt getan hat. Kendra sagt, sie sei nie auf den Gedanken gekommen, dass er Martins Mörder sein könnte. Aber das fällt mir schwer zu glauben. Andererseits kann ich auch nicht beweisen, dass sie ihn angeheuert hat. Und ich habe keine Ahnung, ob wirklich er es war, der mich am Montag angegriffen hat. Egal, was ich mache, es führt immer in eine Sackgasse. Irgendwas passt nicht zusammen. Als ob ich das große Ganze nicht zu fassen kriege.«

Abrupt hielt Alex mit seiner Massage inne. »Bitte sag mir nicht, dass du mit Joe Brenner zusammenarbeitest. Hat sich dieser hinterlistige Schleimer auch ins Studio geschwafelt? Hat

Brett Young ihn angeheuert? Ich kann mir gut vorstellen, dass er auf so einen hereinfällt.«

Sie drehte sich in ihrem Stuhl herum. »Wovon sprichst du?«

»Von ihm.« Er griff zu dem Foto auf dem Konferenztisch und zog es zu sich heran. »Joe Brenner. Der ist das Letzte. Hat er Brett dazu überredet, ihn als Ermittler anzustellen? Wenn dem so ist, musst du ihn so schnell wie möglich loswerden. Ich rede persönlich mit Brett, wenn es sein muss.«

Es war der Ausdruck des Fotos, das Kendra ihr am vorangegangenen Abend per Mail geschickt hatte. Der Typ aus dem Cover. »Alex, du kennst diesen Mann? Das ist der Kerl von letzter Nacht – der, von dem Kendra behauptet, er würde sie erpressen.«

Alex betrachtete das Foto näher. »Doch, er ist es, definitiv.« Er beugte sich zu ihrem Laptop, gab etwas ein und drehte ihr den Bildschirm hin. Sie sah ein Foto desselben Mannes, nur in einem schwarzen Hemd mit offenem Kragen und einem schwarzen Sakko. Die bereits schütter werdenden Haare hatte er kurz rasiert, sein Blick war kalt. »Fies«, wie die Barkeeperin im Cover ihn beschrieben hatte.

Der danebenstehende Text lautete: »Joe Brenner, Inhaber von New York Capital Investigations, eines privaten Ermittlungsunternehmens mit fünfundzwanzigjähriger Erfahrung für diskrete und erfolgreiche Recherchen.«

Lauries Gedanken überschlugen sich. Warum sollte ein Privatdetektiv Kendra um Geld erpressen? Aber tat er das denn? Schließlich könnte Kendra sie ja auch angelogen haben. Vielleicht hatte Kendra Brenner dafür bezahlt, ihr Lauries Tasche mit den Aufzeichnungen und ihrem Laptop zu beschaffen.

»Woher kennst du ihn?«, fragte sie.

»Ich kenne ihn eigentlich nicht, nicht mehr. Aber vor fünfzehn Jahren habe ich an einem Fall gearbeitet, bei dem mehrere Angeklagte einer Verschwörung beschuldigt wurden. Der

Anwalt eines der Angeklagten beschäftigte Brenner als Ermittler. Als er im Zeugenstand aussagte, war ich überzeugt, dass er die von ihm angeblich gefundenen entlastenden Beweise zu sehr aufbauschte. Zum Teil hatte ich das Gefühl, dass er sie sogar einfach erfunden hatte. Ich konnte es nicht beweisen, und die Angeklagten wurden trotzdem verurteilt. Aber ich sprach danach mit dem Verteidiger, der ihn angeheuert hatte. Er meinte, manchmal wären Mandanten bereit, ein Extra für Ermittler zu zahlen, die – ich zitiere – besonders findig sind.«

»Du meinst also, er hat für ein Extrahonorar im Zeugenstand gelogen?«, fragte Laurie.

In ihrem Kopf ging alles so wirr durcheinander, dass sie Mühe hatte, alles auf die Reihe zu kriegen. Ein Fremder, der Kendra in einer Bar ansprach und sich als zwielichtiger Detektiv herausstellte und ihre Gespräche aufzeichnete? Das war mehr als Zufall. Sie dachte an Martin Bells Wunsch, Kendra zu verlassen und das Sorgerecht für die Kinder zu behalten. Vielleicht hatte er Brenner beauftragt, seine Frau anzusprechen und belastende Beweise zusammenzutragen. Aber wenn der Plan aufgegangen und Brenner im Besitz von Aufzeichnungen war, die Kendra in ein schlechtes Licht gerückt hätten, warum hatte Martin Bell dann nicht die Scheidung eingereicht? Und hätte er dann nicht auch seinen Eltern von seinen Absichten erzählt?

Vielleicht existierten diese angeblichen Aufzeichnungen gar nicht. Vielleicht hatte sich Kendra die ganze Geschichte nur ausgedacht, um zu vertuschen, dass sie Brenner bezahlte, um ihren Mann zu töten.

Laurie spürte, dass sie der Lösung nah war, aber jedes Mal, wenn sie glaubte, die Wahrheit gefunden zu haben, entzog sie sich ihr wieder.

Alex starrte immer noch auf das Foto von Brenner. Es gefiel ihm ganz und gar nicht, dass dieser Mann in Lauries Leben auftauchte. »Wie gesagt, ich konnte es nicht beweisen. Aber ich war so sehr davon überzeugt, dass ich meine Anwaltskollegen davor gewarnt habe, mit ihm zusammenzuarbeiten. Anscheinend war ich nicht der Einzige. Seine Ermittlertätigkeit für Strafverteidiger ist danach völlig zum Erliegen gekommen. Keiner fasst ihn auch nur mit der Kneifzange an, weil sie fürchten, er könnte einen Prozess sprengen.«

Unter Eid die Wahrheit zurechtzubiegen war eine Sache, ein Auftragsmord eine ganz andere. Vielleicht lief das Geschäft für Brenner dermaßen schlecht, dass er sich gezwungen sah, als Auftragsmörder anzuheuern.

»Aber er hat immer noch seine Detektei-Website«, sagte sie und zeigte zu seinem Foto auf dem Bildschirm. Sein Gesicht – die dunklen, kalten Augen – ließ sie frösteln. »Anscheinend gibt es weiterhin welche, die ihn engagieren.«

»Wo ein Wille, ist auch ein Weg«, beschied Alex nüchtern. »Die Menschen glauben immer, Anwälte hätten keine Skrupel. Aber wenn Brenners Arbeit etwas lehrt, dann, dass Politiker noch schlimmer sind.«

»Er hat Politiker als Mandanten?«

»Das ist mir zu Ohren gekommen. Du verstehst, Anwälte haben ein großes Problem, wenn er es vor Gericht mit der Wahrheit nicht so genau nimmt. Aber wenn du einfach nur einen skrupellosen Typen brauchst, der bereit ist, einige Abkürzungen zu nehmen, um zu zeigen, dass dein politischer Gegner Dreck am Stecken hat? Dann ist Brenner in gewissen Kreisen genau der Richtige. Ich möchte behaupten, der Typ sitzt regelmäßig im Zug nach Albany.«

Und in diesem Moment wusste Laurie, dass sie jetzt ganz nah dran war: Albany.

Sie griff zu ihrem Handy auf dem Tisch und rief die Nummer ihres Vaters an.

»Du bist einen Schritt weitergekommen?«, fragte Alex.

»Mal sehen.« Als sich ihr Vater meldete, erläuterte sie ihm ihre Theorie. Alex hörte zu und nickte zustimmend. Dann fragte sie Leo, ob er noch mal seinen NYPD-Mittelsmann anrufen könnte.

»Mal sehen, was sich machen lässt.«

53

Drei Stunden später saß Laurie mit Daniel Longfellow in seiner Wohnung in der Upper West Side. Leigh Ann, erklärte er, sei noch in der Arbeit, und die Hunde seien bei der Hundebetreuung. Sie dankte ihm, dass er so schnell Zeit gefunden habe, sich mit ihr zu treffen.

»Sie haben mir kaum eine andere Wahl gelassen, Laurie. Sie sollten wissen, wie wichtig es meiner Frau und mir ist, dass unsere Namen in der Sendung nicht genannt werden. Ich gehe davon aus, Sie haben mittlerweile die Bestätigung, dass wir in den Mordfall in keiner Weise involviert waren.«

Da sie nicht lange um den heißen Brei herumreden wollte, legte sie einfach das Foto von Joe Brenner auf den Beistelltisch im Wohnzimmer. »Ich denke, Sie kennen diesen Mann.«

Seine Miene bestätigte ihre Vermutung. Ein weniger aufrichtiger Mann hätte vielleicht verbergen können, dass er etwas mit Joe Brenner und Kendra Bell zu tun hatte, aber Daniel Longfellow war kein sehr talentierter Lügner. Es würde ihr nicht schwerfallen, ihm die Wahrheit zu entlocken.

»Woher haben Sie dieses Bild?«, fragte er.

»Er hält sich nicht unbedingt verborgen«, antwortete sie. »Im Grunde steht er im Mittelpunkt unserer Ermittlungen. Und wir wissen, dass Sie mit ihm in Verbindung stehen.«

Schweigen lastete auf dem Zimmer. Er kaute angespannt auf der Unterlippe, demnach lag sie mit ihren Mutmaßungen womöglich richtig. Longfellow kannte Joe Brenner, und ihre Beziehung hatte irgendetwas mit Martin Bells Tod zu tun.

Laurie versuchte es aufs Geratewohl. »Die ganze Zeit dachte Kendra, sie hätte einfach nur Pech gehabt. Sie lässt sich gegenüber einer Zufallsbekanntschaft über ihre unglückliche Ehe aus, und siehe da, der Typ zeichnet ihre Gespräche auf und erpresst sie, gerade als ihr Ehemann ermordet wird. Sie hat nie eine Verbindung hergestellt. Sie hat noch nicht einmal die Möglichkeit in Betracht gezogen, dass dieser Mann der Täter sein könnte – darauf habe ich sie erst hinweisen müssen.«

Longfellow gab sich betont distanziert, als hätte er mit der ganzen Sache nichts zu tun. »Ms. Moran, ich schätze Ihre Arbeit und Ihre Fernsehsendung, aber ich denke, wir sollten es damit gut sein lassen.«

»Bitte, lassen Sie mich ausreden – ansonsten setze ich diese Unterhaltung mit meinem Fernsehpublikum fort. Wie wahrscheinlich ist es, dass Kendra Bell ihr Herz zufällig einer Person ausschüttet, von der sie dann aufgrund dieser Informationen jahrelang erpresst wird? Oder schlimmer noch, die zuerst kaltblütig ihren Mann ermordet, um sie dann jahrelang erpressen zu können?«

Laurie musterte Longfellow. Jeder, der mit dem Mann auf dem Foto nichts zu schaffen hatte, hätte völlig perplex auf ihren Gedankengang reagiert. Aber Longfellow machte keineswegs den Eindruck, als könnte er ihrer Unterhaltung nicht folgen.

»Dieser Mann«, fuhr Laurie fort, »ist Privatdetektiv. Joe Brenner. Brenner war nicht zufällig Gast in Kendras Bar, nicht wahr?«

Plötzlich fasste sich Longfellow an den Mund, als würde ihm mit einem Mal die schreckliche Ereigniskette bewusst werden, die er sich nie zuvor hatte vorstellen können.

»Ich bin im Grunde ein guter Mensch«, sagte er, und sein Blick ging in eine unbestimmte Ferne.

»Dann ist das jetzt Ihre Chance, das unter Beweis zu stellen.

Die Fehler, die Sie möglicherweise begangen haben, liegen Jahre zurück. Erzählen Sie mir, was Sie über Joe Brenner wissen.«

Senator Longfellow schluckte. Vermutlich wog er die Folgen der Entscheidung ab, die er im Begriff war zu treffen. »Brenner ist in Albany in weiten Kreisen bekannt«, sagte er. »Ich habe ihn engagiert – vor fast sechs Jahren. Es war zwar so nie geplant, aber damals, in meiner Zeit als Abgeordneter in Albany, führten Leigh Ann und ich eine Fernbeziehung. Ich wollte glauben, dass wir beide die Arbeit machten, die uns wichtig war, ab einem bestimmten Punkt aber erkannte ich, dass etwas kaputtgegangen war. Ich vermutete, dass sie sich mit einem anderen Mann traf.«

Laurie spürte, dass Longfellow kurz davor war, sich ihr zu offenbaren. »Also haben Sie einen Privatdetektiv beauftragt, der Ihren Verdacht bestätigen sollte?«

Alles passte zusammen. Kendra war nicht die Einzige gewesen, die sich Sorgen machte wegen der vielen Zeit, die Martin und Leigh Ann zusammen verbrachten. Brenner genoss unter New Yorker Strafverteidigern vielleicht keinen guten Ruf mehr, aber er war nach wie vor bereit, fragwürdige Methoden anzuwenden, um schmutzige Geheimnisse ans Licht zu zerren. Das war die Person, an die sich Longfellow in seiner Eifersucht gewandt hatte.

Longfellow schluckte, bevor er zu einer Antwort ansetzte. »So habe ich das nicht gesehen. Zumindest nicht am Anfang. Ich redete mir ein, er würde meine Befürchtungen *zerstreuen*. Er würde ein Auge auf Leigh Ann in New York haben und mir sagen, dass ich mir alles nur einbilde. Es war ein Vabanquespiel, aber es wäre großartig gewesen, wenn dieser Detektiv mir gesagt hätte, ich müsse mir keine Sorgen machen.«

»Aber so war es nicht.«

»Wie sagt man? Man soll vorsichtig sein mit dem, was man sich wünscht. Ich habe viele fragwürdige Dinge über Brenners

Methoden gehört, aber ich wollte um jeden Preis die Wahrheit erfahren. Und dann« – er schüttelte den Kopf – »bekam ich, was ich mir gewünscht habe.«

»Er legte Beweise vor, dass Leigh Ann nicht nur freundschaftlichen Umgang mit Martin Bell pflegte«, sagte Laurie. Sie dachte an George Naughten, der gesehen hatte, wie Martin Bell eine Frau in einem Taxi küsste. Leigh Ann Longfellow, genau wie Kendra Bell die ganze Zeit vermutet hatte.

Longfellow strich sich mit beiden Händen übers Gesicht. »Meine schlimmsten Befürchtungen wurden bestätigt. Er hatte sogar Fotos. Ich war völlig gelähmt und zu keiner Entscheidung fähig.«

»Warum haben Sie sie nicht verlassen?«, fragte Laurie.

»Weil ich das nicht wollte«, sagte er in einem Ton, als wäre es das Offensichtlichste. Wie sie bei ihrem ersten Treffen bereits gespürt hatte, verband die beiden wahre Liebe. »Warum sollte ich Leigh Ann verlassen? Ich wusste, dass sie die perfekte Partnerin für mich ist und meine große Liebe, seitdem wir uns an der Columbia kennengelernt haben.«

Longfellow sah zu Boden und fuhr sich nervös durch die Haare.

Dann schloss er die Augen und schüttelte den Kopf. »Hätte ich es gekonnt, hätte ich in dem Moment am liebsten alles ungeschehen gemacht. Ich wusste nämlich, wenn ich sie mit den Beweisen konfrontiere, wäre alles aus zwischen uns.«

»Aber ist es denn nicht so, dass die Wahrheit befreit?«

Longfellow lachte. »Totaler Unsinn. Denken Sie doch nur mal nach: Hätte ich meiner Frau – meiner *Frau* – Fotos vorgelegt, auf denen sie einen anderen Mann küsst, hätte sie gewusst, dass ich ihr hinterherspionieren ließ. Und vielleicht noch schlimmer, sie hätte gewusst, dass ich immer noch an ihr festhielt, trotz der Affäre. Sie hätte jegliche Achtung vor mir verloren. Ich wollte nur, dass die Affäre ein Ende nimmt.«

Bevor Laurie hierherkam, hatte sie nur gewusst, dass die Beziehung zwischen Daniel Longfellow und Joe Brenner von einiger Bedeutung sein musste. Ihre Intuition sagte ihr jetzt, dass Longfellow zwar seine Fehler hatte, aber im Grunde ein ehrlicher Mensch war. Sie versuchte sich in seine Lage zu versetzen und fragte sich, was er wohl als Nächstes getan hatte, nachdem er erfuhr, dass seine Frau sich mit einem anderen Mann traf.

Dann sah sie die Szene ganz deutlich vor sich. »Sie haben Brenner beauftragt, Kendra die Fotos von Leigh Ann und Martin zu zeigen.«

Er drückte sich mit Daumen und Zeigefinger kurz gegen die Nasenwurzel. »Auf manchen Fotos war Leigh Anns Gesicht nicht zu erkennen, der Mann aber war eindeutig Martin Bell. Ich ging davon aus, dass Kendra stärker war als ich und imstande, der Affäre ein Ende zu setzen.«

Laurie stellte sich Kendra fünf Jahre früher vor – eine Frau, die an Wochenbettdepression litt und medikamenten- und alkoholabhängig war.

»Kendra war alles andere als stark«, sagte Laurie.

»Natürlich war sie das. Sie und Martin hatten Kinder. Ich ging davon aus, dass sie von ihrem Mann verlangt, mit der Affäre Schluss zu machen, oder er würde seine ganze Familie verlieren.«

Laurie schüttelte den Kopf. »Was ist denn das für eine Art, Ihre Ehe zu retten?«

Er nickte. »Eine sehr schäbige vermutlich. Aber ich dachte mir, wenn die Affäre erst mal vorbei wäre, könnte ich daran arbeiten, ein besserer Ehemann zu sein. Ich könnte, wenn nötig, die Assembly verlassen, nach New York zurückkehren und, wenn es sein musste, in die Privatwirtschaft wechseln. Aber egal, was – ich wollte Leigh Anns Herz zurückgewinnen, und alles würde wieder wie vorher sein. Das zumindest habe ich mir vorgestellt.«

»Was geschah also, als Brenner Kendra von der Affäre erzählte?«

Sein Lachen war verbittert und völlig unerwartet. »Im ersten Moment dachte ich, der Plan wäre aufgegangen. Brenner rief mich an und erzählte, er hätte sich mit Kendra in einer Bar getroffen und sich – ich zitiere – ›um alles gekümmert‹. Und wirklich, kurz darauf rief mich der Gouverneur wegen der Ernennung in den Senat an. Mir kam es so vor, als hätte das Schicksal eine seltsame Wendung genommen. Am nächsten Abend überraschte mich Leigh Ann mit einem Abendessen – derselbe Tisch im selben Restaurant, in dem wir unser erstes richtiges Date hatten. Mit einem Mal war sie wieder bei mir. Ich ging davon aus, dass Kendra Martin zur Rede gestellt und er daraufhin die Beziehung zu Leigh Ann abgebrochen hatte. Wir wären glücklich bis ans Ende unserer Tage, so, als hätte es die Affäre nie gegeben. Aber dann wurde Martin ermordet. Sehen Sie denn nicht? Kendra musste wegen der Affäre so wütend gewesen sein, dass sie einen Auftragskiller anheuerte.«

»Warum haben Sie das nicht der Polizei erzählt?«

Er holte tief Luft und rang offensichtlich mit den Tränen. »Weil ich meine Frau liebe und nicht wollte, dass sie in aller Öffentlichkeit gedemütigt wird. Und ich sie nicht verlieren wollte. Sie hat bis zum heutigen Tag keine Ahnung, dass ich von der Affäre wusste.«

»Sie sind der Meinung, Kendra hätte einen Auftragsmörder angeheuert ... aber genauso gut könnten *Sie* einen angeheuert haben. Schließlich waren Sie derjenige, der Joe Brenner beauftragt hat, und Sie wollten um jeden Preis Ihre Frau zurückhaben.«

»Nein, auf keinen Fall. So etwas würde ich nie tun. Ich habe der Polizei damals unsere Finanzen offengelegt. Alles war vollkommen in Ordnung. Ich habe Brenner nur ein paar Hundert

Dollar gezahlt – was sicherlich nicht für einen Auftragsmord reicht!«

Auf Lauries Bitte hatte sich Leo diese Informationen bereits vom NYPD bestätigen lassen, aber sie wollte es von Longfellow selbst hören. Der für den Fall zuständige Detective hatte Leo erzählt, dass der Senator vollständige Auszüge von seinem Konto und dem seiner Frau vorgelegt habe, aus denen hervorging, dass keine größeren Barabhebungen stattgefunden hatten.

»Nun, Senator, ich glaube aber, Kendra war es auch nicht. Denn Brenner hat sich nicht an Ihren Auftrag gehalten. Er hat Kendra nie die Beweise für die Affäre vorgelegt.«

Sie wartete, ob Longfellow die gleichen Schlüsse zog wie sie. Er wurde kreidebleich. »Großer Gott. Sie meinen, *Brenner* hat Martin umgebracht?« Offensichtlich war ihm der Gedanke bislang nie gekommen.

Sie nickte. »Wenigstens glaube ich das. Er hat Kendra dazu animiert, schreckliche Dinge über Martin zu sagen, und alles aufgezeichnet. Ich denke, er hat Martin erschossen, weil er meinte, Kendra dann bis an ihr Lebensende erpressen zu können.«

»In diesem Fall wäre ich derjenige, der das alles ins Rollen gebracht hat«, sinnierte er laut vor sich hin. »Ich hätte es wissen müssen, Lügen kann man nicht ungeschehen machen. Sie verfolgen einen immer weiter. Ich muss tun, was richtig ist, auch wenn das bedeutet, dass ich Leigh Ann erzähle, was ich weiß. Selbst wenn es das Ende meiner Karriere bedeutet. Ich trete in Ihrer Sendung auf. Ich gehe zur Polizei. Ich bin bereit, mit meinen Geheimnissen an die Öffentlichkeit zu gehen.«

»Das ist gut zu wissen, Senator. Im Moment aber würde ich Sie bitten, dass Sie nichts unternehmen. Ich habe eine Idee, wie Brenner eventuell überführt werden könnte.«

Sobald sie im Taxi saß, rief sie Kendra auf dem Handy an. Nach dem vierten Klingeln meldete sich die Mailbox. »Kendra, hier ist Laurie. Rufen Sie mich bitte zurück. Ich weiß, wer der Mann aus dem Cover ist. Es ist an der Zeit, den Spieß umzudrehen.«

54

Am folgenden Nachmittag standen Laurie und Leo in Kendras Garage. Nick, der Erste Kameramann der Sendung, saß draußen in der Einfahrt hinter dem Steuer des Transporters, während sie alle auf Grace und Jerry in dessen neuem Wagen warteten.

Lauries Handy gab einen Ton von sich. Eine SMS von Jerry. Sorry, übler Verkehr, aber wir haben den Stau hinter uns. Alle auf Gefechtsstation.

»Okay, sind alle so weit?«, rief Laurie.

Kendra starrte auf ihr Handy und zitterte sichtlich.

»Sie wollen das wirklich machen?«, fragte Laurie. »Die Alternative wäre, zur Polizei zu gehen.«

Kendra riss die Augen auf. »Nein. Dieser Typ, Brenner, hat anscheinend Beziehungen zur Politik. Ich hab doch gesehen, wie ich nach Martins Ermordung von der Polizei behandelt wurde. Ich bin überzeugt, dass irgendjemand bei der Polizei einiges in die Wege geleitet hat, damit Martins Affäre mit Leigh Ann nicht publik wurde. Ich habe immer recht gehabt, die ganze Zeit, aber ich wurde behandelt, als wäre ich verrückt.«

Laurie sah zu Leo. Sie wusste, er musste sich auf die Zunge beißen. Ihr Vater war von ganzem Herzen Polizist und hatte nicht das geringste Verständnis für Leute, die der Polizei nicht vertrauten. Laurie allerdings verstand Kendras Vorbehalte. Es konnte gut sein, dass Brenner den einen oder anderen Freund im NYPD hatte. Wenn Kendra jetzt zur Polizei ging, gab es keine Garantie, dass man ihr glaubte und annahm, Brenner habe auf eigene Faust gehandelt. Mit Verweis auf die aufgezeichneten Gespräche könnte Brenner behaupten, er habe Martin auf ihre Anweisung hin getötet, und dann könnte er für sich Strafminderung herausschlagen, indem er gegen sie aussagte.

»Ich kann aber nicht versprechen, dass es funktioniert«, sagte Laurie.

»Ich weiß«, flüsterte Kendra. »Aber ich habe keine andere Wahl, wenn ich meine Unschuld beweisen will.« Sie strich mit den Fingerspitzen über ihre silberne Halskette. Der Anhänger enthielt ein verstecktes Aufnahmegerät, das alles, was gesprochen wurde, in den Produktionswagen übertrug.

»Bereit?«, fragte Laurie. Sie schickte Kendra von ihrem Handy ein Foto. Das war der erste Schritt des Plans. Dazu hatte sie bereits die Telefonnummer von Joe Brenners Website auf ihrem Handy aufgerufen. Das war Schritt zwei.

Kendra nickte, sie wirkte jetzt sehr viel selbstsicherer. »Los, bringen wir ihn zur Strecke.«

Laurie drückte auf die Wähltaste.

Es klingelte dreimal, dann sprang die Mailbox an, wie Laurie es an einem Samstag nicht anders erwartet hatte. »Mr. Brenner, hier ist Laurie Moran.« Leo nickte ihr ermutigend zu. »Ich bin Journalistin und Produzentin bei den Fisher Blake Studios. Bei unseren Ermittlungen zum Mord an Dr. Martin Bell ist Ihr Name aufgetaucht, und wir würden Ihnen gern die Möglichkeit einräumen, Ihre Ansicht zu der ganzen Geschichte vor der Kamera zum Besten zu geben, bevor wir die Sendung ausstrahlen. Bitte rufen Sie mich so bald wie möglich an.«

Mit klopfendem Herzen beendete Laurie das Gespräch. Sowohl Alex als auch Leo hatten ihr versichert, dass Privatdetektive Anrufe direkt auf ihre Handys weiterleiteten, damit sie jederzeit die eingegangenen Nachrichten abhören konnten. Wenn sie recht hatten, hörte sich Joe Brenner in diesem Moment an, was Laurie ihm auf die Mailbox gesprochen hatte. Schweigend warteten sie. Es gab für sie sonst nichts zu tun.

Keine zwei Minuten später klingelte Kendras Handy. Sie zuckte zusammen, als würde ihre Hand in Flammen stehen, dann hielt sie das Telefon hoch, damit alle sehen konnten, dass der Anruf von einer anonymen Nummer kam.

Brenner.

Mit zitternder Stimme meldete sich Kendra. »Hallo?«

Sie beugte sich zu Laurie hin, sodass Laurie mithören konnte. »Sehr ungezogen von dir, Kendra. Hast du die Regeln vergessen? Was hast du der Produzentin erzählt?«

»Nichts«, antwortete sie. »Kein Wort über dich. Ich habe aber gerade mit Laurie Moran telefoniert. Anscheinend weiß sie von dir.«

»Warum hast du mich nicht gleich verständigt?«

»Ich hatte das Handy schon in der Hand, aber ich musste doch erst in die Garage, damit die Kinder mich nicht hören. Und dann hat es geklingelt, und du hast angerufen.«

»Dann weiß ich jetzt, wo Bobby und Mindy sind. Sehr aufmerksam von dir.«

Seine Stimme war kalt wie Eis. Laurie lief ein Schauer über den Rücken. Sie ergriff Kendras freie Hand und drückte sie.

»Bitte, ich habe nichts gesagt, wirklich nicht. Aber wir sollten uns treffen ... Ich erzähle dir alles, was ich weiß. Aber ich habe Angst, dass sie die Polizei dazu gebracht hat, mein Telefon anzuzapfen.«

Mit einem Mal war die Leitung tot. Kendra sah auf das Display und fragte sich schon, ob sie kein Signal mehr hatte. Kurz darauf ploppte eine SMS auf.

Treffpunkt Cooper Triangle. In vierzig Minuten.

»Ist das eine Bar oder so?«, fragte Laurie.

Kendra schüttelte den Kopf. »Eine kleine Grünfläche vor dem Cooper Union. Dort haben wir uns schon mal getroffen.«

Das Cooper Union war ein kleines Privatcollege im East Village. Laurie kannte den Ort.

Kendra öffnete das Garagentor, und Laurie und Leo stiegen in den Produktionswagen zu Nick. Sie wies den Kameramann an, wohin er zu fahren hatte, und gab Jerry Bescheid, damit er seine Route änderte. Das Cooper-Union-Gebäude war nur wenige Straßen entfernt. Sie würden längst da sein, wenn Kendra oder Brenner eintrafen. Nur so konnte ihr Plan funktionieren.

55

Genau achtunddreißig Minuten später sah Laurie auf dem Beifahrersitz des Transporters, wie Kendra auf der 8th Street zum Cooper Square abbog. Kendra wartete, bis die Ampel umschaltete, und näherte sich dem kleinen Rasendreieck.

»Ich bin gleich da«, sagte Kendra. »Sie können mich hoffentlich hören.«

Nick rief Kendras Handy an, ließ es einmal klingeln und beendete gleich wieder die Verbindung. Auf dieses Signal hatten sie sich geeinigt, um zu bestätigen, dass die Audioverbindung zum Produktionswagen stand.

Lauries Handy vibrierte. Eine SMS von Jerry. Sie ist da! Ich hab sie voll im Blick. Und ihr?

Laurie erhob sich und kam zu Nick und Leo nach hinten in den Wagen. Jerry hatte eine kleine Kamera auf dem Armaturenbrett montiert, aber Laurie verließ sich lieber auf Nicks Kamera, die mit ihrem auf den Dachaufbauten versteckten Weitwinkelobjektiv sehr viel bessere Bilder machen konnte. Laurie sah auf dem Bildschirm, wie Kendra auf der kleinen Grünfläche eintraf.

Auch bei uns alles bestens, schrieb sie zurück.

Sie hatten nie zuvor so eine Geheimoperation durchgeführt. Im Bundesstaat New York war lediglich das Einverständnis eines einzelnen Kommunikationsteilnehmers erforderlich, um ein Gespräch aufzuzeichnen. Dank Kendras Mitarbeit würden sie vielleicht endlich beweisen können, welche Rolle Joe Brenner bei Martin Bells Ermordung gespielt hatte.

Zwei Minuten nach Kendra erschien aus nördlicher Richtung, die Hände in den Taschen vergraben, ein stämmiger Mann in einem marineblauen Hoodie. Brenner. Kendra und er wechselten ein paar Worte. Laurie wandte sich an Nick und deutete auf ihr Ohr. Zu leise. Nick drehte an einem Regler, gleich darauf war das Gespräch deutlich zu verstehen.

»Wir hatten eine Vereinbarung«, sagte Brenner. »Du wolltest unbedingt bei dieser Sendung mitmachen. Du solltest mich aus der Sache raushalten. Und jetzt ruft mich die Produzentin an. Hast du dafür eine Erklärung?«

»Ich schwöre, ich hab nichts erzählt. Laurie Moran hat mich heute überraschend angerufen und behauptet, dass sie weiß, wer Martin umgebracht hat. Und dann hat sie mir dieses Foto geschickt.« Kendra hielt Brenner ihr Handy hin und zeigte ihm das von Laurie geschickte Foto. Der Zeitstempel der Nachricht stimmte mit Kendras Geschichte überein, falls Brenner auf die Idee kommen sollte, sich das Foto genauer anzusehen. Aber er warf nur einen flüchtigen Blick darauf. Es war das Porträt von seiner Website.

»Hat sie dir auch meinen Namen genannt?«, fragte er.

Laurie kreuzte die Finger und hoffte, dass Kendra eine überzeugende Lügnerin war.

»Nein«, kam die schnelle Antwort. »Nur das Foto. Ich hab mir eine Ausrede einfallen lassen, um gleich aufzulegen, ich wollte mich sofort bei dir melden, aber da hast du schon angerufen.«

»Was haben die Fernsehleute noch gesagt?«, fragte Brenner.

»Sie wollten wissen, ob ich jemals von einem Privatdetektiv auf die Affäre angesprochen wurde, die ich Martin unterstellt habe. Natürlich hab ich das verneint. Alle haben mich vor Martins Tod doch wie eine Bekloppte behandelt. Die Leute waren überzeugt, dass ich mir alles nur eingebildet habe. Aber dann, nach dem Anruf, ist mir alles klar geworden. *Du* bist dieser Privatdetektiv, von dem die Rede war. Vielleicht hat der, der dich engagiert hat, den Produzenten von dir erzählt. Die Sendung wird beweisen, dass du Martin umgebracht hast.«

Er lachte verächtlich. »Du musst so verrückt sein wie vor fünf Jahren, wenn du glaubst, dass ich deinen Mann umgebracht hätte.«

»Die ganze Zeit habe ich dich bloß für jemanden gehalten, dem ich in meiner Dummheit meine Probleme anvertraut habe. Aber es ist doch kein Zufall, dass du alles aufgezeichnet hast. Du bist von jemandem geschickt ... von jemandem angeheuert worden. Wer war es? Daniel Longfellow?«

Wieder lachte er. »Es ging immer nur um dich und mich, Kendra. Ich würde auch gern die Wahrheit erfahren nach so langer Zeit. Du willst mir allen Ernstes erzählen, dass du mit dem Mord an deinem Mann nichts zu tun hast?«

»Natürlich nicht«, entgegnete sie. »Ich dachte doch, *du* wärst es gewesen!«

»Da bist du auf dem falschen Dampfer, Schwester. Hör zu, mir kommt es so vor, als wüssten die Produzenten überhaupt nichts. Halt den Mund, wie wir es vereinbart haben. Ich gebe dir dann Bescheid, wenn der nächste Zahltag ansteht.« Er ging los, aber Kendra rief ihm hinterher.

»Die Produzentin hat mir deinen Namen nicht genannt, aber ich hab ihn herausbekommen – Mr. Brenner.«

Brenner erwiderte etwas, aber er war zu weit von Kendra entfernt, sodass er im Lärm der vorbeifahrenden Autos nicht zu verstehen war.

Kendra antwortete: »Die Produzentin hat mir dein Bild geschickt, und ich habe es auf der Google-Bildersuche hochgeladen. Daraufhin ist deine Website angezeigt worden. Du bist Joe Brenner und hast eine Lizenz als Privatdetektiv, die du wahrscheinlich nicht verlieren willst.« Sie ging drei Schritte auf ihn zu. Selbst auf dem Bildschirm war ihre Angst zu erkennen, sie musste sich aber daran erinnert haben, mit dem Mikro so nah wie möglich an Brenner zu sein. »Seit Jahren drohst du mir, mit diesen Aufzeichnungen zur Polizei zu gehen. Die Polizei könnte aber zu dem Schluss kommen, dass *du* derjenige bist, der meinen Mann umgebracht hat, damit du mich mein ganzes Leben lang erpressen kannst.«

»Sei jetzt sehr vorsichtig, Kendra. Ich kann es nicht leiden, wenn man mir droht.«

»Du hast von Anfang an gewusst, dass ich unschuldig bin, aber du erpresst mich seit fünf Jahren. Damit ist heute Schluss. Sag mir die Wahrheit, dann trennen sich unsere Wege. Wenn nicht, gehe ich zur Polizei und erzähle alles, was ich weiß, egal, wie es ausgehen mag.«

Brenner lächelte, er schüttelte den Kopf, sagte aber nichts mehr. Plötzlich packte er sich Kendras Handy und inspizierte es.

»Genau wie ich befürchtet habe.« Laurie schnappte nach Luft. »Er weiß, dass das Gespräch aufgezeichnet wird.«

Er tastete die Vorderseite von Kendras Kleid ab, worauf sie zurückwich. Dann hörten sie ein Handgemenge, gefolgt von einem lauten »Lass das!«.

Plötzlich hob Brenner den Kopf und drehte sich im Kreis. Als er ihren Transporter mit den Aufbauten entdeckte, stutzte er, dann verharrte sein Blick bei ihnen.

»Er hat uns entdeckt«, sagte Leo.

Bevor Laurie wusste, was sie tat, öffnete sie auch schon die Hecktür des Wagens.

»Laurie, nein!«, rief ihr Vater.

»Dad, er wird mich nicht vor laufender Kamera erschießen. Filmt einfach weiter.«

Ein näher kommendes Taxi hupte laut, als Laurie über die Straße rannte.

56

Brenner wollte fort, aber er kam nicht weit. Aus allen Seiten rasten Autos vorbei.

»Ich habe einen bewaffneten Ex-Polizisten im Wagen, denken Sie also nicht im Traum daran, uns was anzutun«, sagte Laurie.

Er hob beide Hände. »Ich weiß nicht, was hier vor sich geht, aber es muss sich um ein großes Missverständnis handeln. Ich bin Privatdetektiv. Ich tue niemandem etwas an, geschweige denn, dass ich jemanden töte.«

»Ich kann eindeutig nachweisen, dass Sie von Daniel Longfellow beauftragt wurden, Beweise für eine Affäre zwischen seiner Frau und Martin Bell zusammenzutragen. Und dann hat Longfellow Sie angewiesen, Kendra diese Beweise vorzulegen.«

Er zuckte mit den Schultern. »Und wenn schon? So was machen Privatdetektive nun mal.«

»Nur dass Sie Kendra nie von der Affäre berichtet haben, oder? Sie haben für sich die Chance gewittert, groß abzukassieren. Nachdem Sie ihre Aussagen aufgezeichnet haben, dass sie ihren Mann loswerden wolle, haben Sie ihn umgebracht und Kendra seitdem erpresst.«

»Sie sind ja verrückt. Ich habe mir nichts zuschulden kommen lassen. Ich habe Kendra die Bilder von ihrem Mann mit einer anderen Frau nicht gegeben, weil sie doch schon völlig am Ende war. Wer weiß, was sie dann noch alles angestellt hätte.«

Bei dieser scheinbar unschuldigen Erklärung wurden seine Gesichtszüge weicher, seine Stimme klang weniger eisig. Laurie hatte eine ganz andere Person vor sich als noch wenige Minuten zuvor. »Jeder weiß doch, dass sie kurz davor war, völlig abzustürzen.«

»Also haben Sie die Chance ergriffen und sie erpresst!«

»Hören Sie mir mal zu, Lady. So ist das nicht gelaufen.«

»Warum haben Sie alles aufgezeichnet, als sie sich über ihre Ehe ausgelassen hat?«

Er zog ein kleines digitales Aufnahmegerät aus seiner Jackentasche und hielt es hoch. »Weil ich Privatdetektiv bin, ich zeichne alles auf. Was ich nicht brauche, lösche ich wieder. Aber dann wurde der Doc umgebracht, und ich dachte, es war Kendra. Sie hatte einen Mann, der sie in die Wüste schicken wollte. Der Doc und seine Eltern wollten ihr die Kinder wegnehmen. Sie hätten sie einfach sitzenlassen, völlig mittellos.«

»Wenn Sie Kendra für schuldig gehalten haben«, fragte Laurie, »warum sind Sie dann mit den Aufzeichnungen nicht zur Polizei?«

»Weil ich weiß, wie solche Prozesse laufen. Die Polizei hätte auf diesen Indizien keinen Fall aufbauen können. Sie wäre als Täterin nicht infrage gekommen. Sie war zum Tatzeitpunkt im Haus. Das heißt also, jemand anders muss der Mörder sein. Und dann hätte man auf mich gezeigt – genau wie Sie das tun –, und ich hätte erklären müssen, warum ich von Kendra Geld bekommen habe. Ich wollte ihr doch bloß helfen. Außerdem hätte ich dann Leigh Ann Longfellows Affäre aufdecken müssen, und damit hätte ich es mir mit meinen Auftraggebern in Albany verscherzt. Ich habe mich selbst schützen müssen, aber ich bin kein Mörder.«

»Nein, aber ein Erpresser.«

Er sah sich nervös um. »Sie bringen alles durcheinander, Lady.«

»Wir haben Sie auf Film, Brenner. *Ich gebe dir dann Bescheid, wenn der nächste Zahltag ansteht.* Was ist das, wenn nicht

Erpressung? Und mir sind Sie auch gefolgt. Wenn die Polizei erst mal anfängt mit ihren Ermittlungen, wird sie sehr schnell herausfinden, wo Sie sich am Montagabend aufgehalten haben. Sie haben mich vor das Taxi gestoßen und mich ausgeraubt. Das sind mindestens zwei weitere schwere Straftaten.«

Als sich im Verkehr eine Lücke auftat, sagte er: »Sie wissen doch nicht, was Sie da reden, Lady. Ich hab die Schnauze voll von Ihnen.« Er drehte sich um, lief über die Bowery und ging nach Süden davon. An der Ecke zog er sein Handy aus der Tasche und schien zu telefonieren.

»Er hat kein Geständnis abgelegt«, sagte Kendra.

»Wir haben gewusst, dass nur wenig Aussicht auf Erfolg besteht«, erwiderte Laurie. »Glauben Sie mir: Im Großen und Ganzen wird das Filmmaterial Ihnen helfen. Und wir können ihn wegen Erpressung drankriegen.«

»Was jetzt?«

Laurie sah zu Brenner, der immer noch telefonierte. Sie war nicht bereit, ihn einfach so gehen zu lassen. Sie zückte ihr Handy und rief Jerry an, der in der 5th Street geparkt hatte. »Fahr zur Bowery, bieg rechts ab und fahr dann in die 6th Street. Häng dich dran.«

Ohne Brenner aus den Augen zu lassen, rief sie Leo an. »Er kontaktiert jemanden. Ich will wissen, wohin er fährt. Wir können ihm nicht mit dem Produktionswagen folgen, aber unseren zweiten Wagen hat er nicht gesehen. Ich werde ihn mit Jerry beschatten.«

»Aber nicht ohne mich«, sagte Leo.

Sie liefen über die Bowery und in die 6th Street, wo Jerry bereits mit laufendem Motor am Bürgersteig wartete. Ein Fernglas baumelte um seinen Hals. Als sie die hintere Tür öffnete, bemerkte sie, dass die Rückbank nach vorn geklappt und der kleine Kofferraum mit Kartons und Tüten beladen war.

»Tut mir leid, Laurie. Ich wollte schon mal ein paar Sachen nach Fire Island schaffen, wenn wir hier fertig sind.«

Brenner würde ihnen entkommen, dachte Laurie. Sie musste eine schnelle Entscheidung treffen. Jerry würde es nicht gefallen, aber wenn nur eine weitere Person sie begleiten konnte, dann war es sinnvoller, wenn das ein bewaffneter Ex-Polizist war und nicht ihr Produktionsassistent.

»Ähm … könnten wir uns deinen Wagen ausleihen? Und kann ich das da auch haben?« Sie zeigte auf sein Fernglas.

57

Joe Brenner ging die Bowery hinunter. Fünf Jahre lang waren die Treffen mit Kendra leicht verdientes Geld gewesen. Theoretisch hätte sie längst den Spieß umdrehen können, aber das hatte sie nie getan. Kein einziges Mal. Sie hatte zu viel Angst. Sie hatte das Geld, und sie würde zahlen, immer. Ganz einfach.

Heute aber hatte Kendra einige Überraschungen parat gehabt. Sie hatte falsches Spiel mit ihm getrieben, und jetzt hatte eine Fernsehsendung mit Millionen von Zuschauern ihn auf Film – wahrscheinlich wegen der Kamera, die allem Anschein nach auf diesem Transporter montiert gewesen war. Er rief sich noch mal das Gespräch ins Gedächtnis und wusste schon jetzt, dass es nicht gut gelaufen war.

Er hatte abgestritten, Martin Bell umgebracht zu haben – klar –, aber er hatte Kendra auch gesagt, dass sie den Mund halten soll, offensichtliches Anzeichen dafür, dass er etwas zu verbergen hatte. Und er hatte die nächste Zahlung angesprochen. Er wäre also wegen Erpressung dran. Er würde seine Lizenz verlieren und verurteilt werden.

Das durfte nicht geschehen.

Er brauchte jemanden mit entsprechendem Einfluss, der die ganze Sache beenden konnte. Also war klar, was er zu tun hatte. Er zog sein Wegwerfhandy aus der Tasche und wählte eine Nummer. Die Stimme, die sich meldete, klang nervös, wie immer, wenn er anrief.

»Ich bin's«, sagte er. »Sie werden was für mich tun.«

»Wie viel diesmal?«

»Kein Geld«, sagte er. »Einen Gefallen. Und dann werden Sie nie mehr von mir hören.«

»Was für einen Gefallen?« Noch mehr Angst in der zitternden Stimme.

»Nicht am Telefon«, sagte er. Er war immer noch ganz paranoid nach diesem Täuschungsmanöver, das Kendra zusammen mit dieser Fernsehproduzentin gerade abgezogen hatte. Er brauchte einen klaren Kopf. Er brauchte eine freie Fläche, nicht hier in der City. »Wir treffen uns auf Randall's Island, auf dem Parkplatz an Platz neun.« Manchmal fuhr Brenner nur dorthin, um im Grünen zu sein.

Es folgte eine lange Pause, dann kam von der Stimme am anderen Ende der Leitung: »Ich mach mich sofort auf den Weg.«

58

Die bekannten Ausfahrten auf dem FDR Drive zogen an ihnen vorbei. Laurie und Leo folgten Brenner seit der Bowery, wo er sich ans Steuer eines schwarzen Dodge Charger gesetzt hatte. Jetzt hielten sie sich in sicherer Entfernung und wussten nicht, wohin es ging.

»Ich will immer noch nicht so recht glauben, dass dieses Ding elektrisch ist«, sagte Leo. »Es fährt sich wie ein Rennauto.«

»Fahr jedenfalls vorsichtig. Es ist Jerrys Baby. Wohin will Brenner? Hoffentlich nicht nach Albany. Jerry hat gesagt, die Reichweite des Wagens beträgt bloß zweihundertfünfzig Kilometer, dann muss er wieder aufgeladen werden.«

»Er blinkt. Es geht auf die Triborough Bridge. Vielleicht will er nach LaGuardia. Weil er fliehen möchte. Warte, noch mal der Blinker. Sieht so aus, als fährt er nach Randall's Island.« Die Insel im East River zwischen East Harlem, South Bronx und Queens. Der größte Teil der Insel bestand aus Parkflächen und Sportplätzen.

»Halt Abstand, Dad. Auf der Insel ist oft nicht viel los. Es gibt kaum Autos, unter die du dich mischen kannst.«

»Weißt du, wie oft dein alter Herr anderen schon gefolgt ist? Keine Sorge, alles unter Kontrolle.«

Laurie richtete das Fernglas auf das Nummernschild des Charger. Sie griff sich einen Zettel aus dem Handschuhfach und notierte die Nummer. »Als kleine Rückversicherung, falls wir ihn verlieren.«

»Gute Idee, aber ich hab nicht vor, ihn zu verlieren«, sagte

Leo. Er zeigte auf den Wagen vor ihnen. »Er biegt auf einen Parkplatz bei den Baseballfeldern ab.«

»Fahr ihm nicht hinterher. Sonst entdeckt er uns.«

Laurie hatte Timmy zu einigen Geburtstagspartys hierhergebracht. Im Park gab es mehr als sechzig Sportplätze, von denen selbst an schönen Tagen nicht alle belegt waren.

»Vertrau mir«, sagte Leo, als er sich dem Parkplatz näherte, auf dem Brenner gerade gewendet hatte. Laurie rutschte auf ihrem Sitz nach unten, während Leo daran vorbeifuhr. »Hinter diesem Platz gibt es ein paar Bäume. Da sieht er vielleicht den Wagen, aber er wird uns auf keinen Fall erkennen.«

Kurz darauf hielt er an.

»Dad, vielleicht sollten wir Unterstützung anfordern.«

»Noch nicht. Mein Gefühl sagt mir, dass er gleich nach dem Gespräch mit dir jemanden angerufen und ein Treffen vereinbart hat. Und diese Person möchte ich nicht verschrecken.«

Brenner war mittlerweile ausgestiegen, lehnte an der Motorhaube und rauchte eine Zigarette. Er schaute auf seine Uhr, dann suchte er die Gegend ab. Sein Blick blieb an der kleinen Ansammlung von Bäumen hängen.

»Er sieht zu uns, Dad.«

»Keine Sorge. Er kann dich von seiner Stelle aus nicht sehen.«

Ein weiterer Wagen, ein Volvo, bog in den Parkplatz ein und hielt neben Brenners Wagen. Laurie justierte das Fernglas, dann konnte sie den Fahrer erkennen. »Es ist eine Frau«, sagte sie. »Sie kommt mir irgendwie bekannt vor.«

Und dann wollte sie ihren Augen nicht trauen. »Mein Gott, Dad. Das ist Leigh Ann Longfellow.«

Die Frau des Senators stieg aus, sah sich um und ging zu Brenner. Obwohl es bewölkt war, trug sie eine dunkle Sonnenbrille.

Weder Leo noch Laurie bemerkten den weißen SUV, der auf den Sportplatz daneben einbog.

59

Brenner war es gewohnt, anderen zu sagen, wo es langging. Als Kind war er auf dem Spielplatz der Boss gewesen, er hatte bestimmt, welche Spiele gespielt wurden, er hatte jeden schikaniert, der es wagte, sich ihm in den Weg zu stellen. Auf dem College hatte er genau gewusst, was er machen wollte – er wollte in den Polizeidienst. Er wollte für Recht und Ordnung sorgen und ein Abzeichen tragen, das ihm Autorität verlieh. Als sich die Ausbildung als zu mühselig herausstellte, nahm er die Sache selbst in die Hand und ging zur Army. Nach absolviertem Militärdienst war er ein sicherer Kandidat für die Polizei.

Auch nach der Entlassung aus dem Militärdienst, nachdem er einen Sergeant tätlich angegriffen hatte – Brenner war immer noch überzeugt, dass sich der andere die Prügel redlich verdient hatte –, ließ er sich nicht unterkriegen. Obwohl die Army ihn am liebsten vor das Militärgericht gestellt und ihn unehrenhaft entlassen hätte, schaffte er es, eine »nicht unehrenhafte« Entlassung zu erwirken. Als er aber aufgrund dessen bei der Polizei keine Anstellung mehr bekam, fand er eine andere Möglichkeit, seine Fähigkeiten unter Beweis zu stellen: als Privatdetektiv. Und nachdem die Anwälte nicht mehr mit ihm zusammenarbeiten wollten, wurde er der Mann für die Politiker, falls es darum ging, gegen politische Gegner zu ermitteln.

Jedes Mal, wenn die Umstände ihn mit einer Herausforderung konfrontierten, fand er einen Weg, die Sache unter Kontrolle zu halten.

Aber jetzt verließ ihn seine Findigkeit. Unfassbar, dass sich sein brillanter Plan, den er fünf Jahre zuvor ausgeheckt hatte, gerade zerschlug. Alles hatte mit einer Routineanfrage begonnen: Ein eifersüchtiger Ehemann wollte wissen, ob ihn seine Frau betrog. Aber der Ehemann war nicht irgendjemand. Es war der Politiker und Liebling aller Bürger, Daniel Longfellow. Er hatte schon oft seinen Mandanten die betrübliche Nachricht überbracht, aber nie war ihm ein Ehemann untergekommen, den die Untreue dermaßen niedergeschmettert hatte. Er dachte schon, Longfellow würde noch in seiner Gegenwart in Tränen ausbrechen.

Jede Achtung, die er für Longfellow aufbrachte, war endgültig zerstört, als der Politiker ihn anflehte: »Unternehmen Sie was, damit es aufhört.« Brenner nannte ihm einige der besten Scheidungsanwälte der Stadt, aber Longfellow wollte nur seine Frau zurückhaben. Der Abgeordnete sagte ihm, er solle die Beweise Kendra Bell zeigen. »Sie hat Kinder. Sie wird dafür sorgen, dass er die Affäre beendet.«

Mit anderen Worten, er wollte, dass sie für ihn die Drecksarbeit erledigte. Nun, Brenner ließ sich so eine Gelegenheit natürlich nicht entgehen. Als Erstes begann er Leigh Ann zu erpressen, sobald er von den Gerüchten hörte, dass Longfellow auf den freigewordenen Sitz im Senat nachrücken sollte. Es war ein Kinderspiel. Er erzählte ihr, dass Martin Bells Frau ihn angeheuert habe, damit er ihren Mann beschattete, allerdings sei er bereit, ihr die kompromittierenden Fotos zu verkaufen, sofern der Preis stimmte. Sie war diejenige in der Ehe, die das Geld nach Hause brachte, außerdem war klar, dass sie Pläne hegte, irgendwann ins Weiße Haus einzuziehen. Zukünftige First Ladys lassen sich nicht beim Fremdgehen erwischen. Sie zahlte.

Die Situation mit Kendra war etwas komplizierter. Als er sie zum ersten Mal in dieser Bar traf, wusste er nicht recht, wie er es angehen sollte. Aber er wusste, dass ihr Mann stinkreich war und sich ihm hier ebenfalls die Gelegenheit bot, kräftig abzusahnen. Wer hätte damit gerechnet, dass sie ihm ihr Herz ausschüttete und der Doc wenige Tage darauf umgebracht würde? Es war, als wäre ihm das Geld in den Schoß gefallen. Wie sein Großvater immer gesagt hatte: »Wenn dir eine gebratene Ente ins Maul fliegt, stellst du keine Fragen. Du isst sie.« Zwei Frauen, zwei Einnahmequellen – und keine der beiden kam dahinter, dass dieser Waschlappen Longfellow ursprünglich die ganze Sache ins Rollen gebracht hatte.

Jetzt musste er Leigh Ann noch einmal die Daumenschrauben anlegen, aber nicht wegen des Geldes.

Sie war erkennbar wütend, als sie ausstieg, trotzdem sah sie sich um, aus Angst, erkannt zu werden. Es standen an verschiedenen Sportplätzen weitere Wagen, Insassen waren allerdings keine zu sehen. Die nachmittäglichen Fußball- und Baseballpartien liefen bereits.

»Sie können mich nicht einfach so am Wochenende anrufen und verlangen, dass ich mich spontan mitten im Nichts einfinde. Zum Glück ist Daniel im Büro, sonst ...«

»Ihr Mann muss seine Freunde bei der Polizei oder der Staatsanwaltschaft anrufen und sich von denen eine ›Du kommst aus dem Gefängnis frei‹-Karte geben lassen.«

Sie sah ihn verächtlich an. »Sind Sie völlig übergeschnappt? So was gibt es nur in drittklassigen Krimis. Im richtigen Leben funktioniert das nicht.«

Wäre Brenner ganz der Alte gewesen – der, der alles unter Kontrolle hatte –, hätte er bemerkt, dass sie nicht unsicher und nervös wirkte, wie es sonst bei ihren Gesprächen der Fall war. Vielleicht wäre ihm klargeworden, dass es einen Grund gab für ihr neu gefundenes Selbstvertrauen.

»Doch, genau so funktioniert es. Ständig. Der Sprössling irgendeines Senators wird angehalten, weil er betrunken durch die Gegend kurvt, und, huch, auf einmal verschwinden die dazugehörigen Unterlagen. Irgendein Kongressabgeordneter wird mit Drogen am Steuer erwischt, und der Beweismittelbeutel in der Asservatenkammer bekommt Beine. Irgendjemand zieht immer die Strippen, und das muss jetzt Ihr Mann, der tolle Hecht, für mich erledigen.«

»Ich kann das nicht tun«, sagte sie. »Daniel weiß von Martin doch gar nichts. Er glaubt immer noch, er wäre nichts anderes als ein Kindheitsfreund gewesen. Wie um alles in der Welt soll ich meine Beziehung zu Ihnen erklären?«

Er konnte sich ein Lachen gerade noch verkneifen. Sie war so clever und doch so dumm. »Glauben Sie mir, Leigh Ann, er kennt mich. Er war es, der mich angeheuert hat, nicht Kendra. Er weiß von Ihnen und Martin. Er weiß es schon die ganze Zeit.«

Wie vom Donner gerührt starrte sie ihn an. Nach einer Weile sagte sie: »Aber das wird er nie tun – selbst wenn es möglich wäre. Dafür ist er viel zu prinzipientreu.«

»Genau, und deshalb müssen Sie ihn darum bitten. Er wird spuren, weil er Sie liebt und alles tun würde, um Sie aus Schwierigkeiten rauszuhalten. Ich kenne ihn. Er würde sich für Sie opfern.«

Sie richtete den Blick zu Boden und schien darüber nachzudenken, dann sah sie zu den Spielern auf den angrenzenden Fußball- und Softballfeldern. Und dann ging ihr Blick zu dem Wagen, der teilweise von Bäumen verdeckt wurde.

»Ich habe Angst, dass mich jemand erkennt. Unterhalten wir uns in Ihrem Wagen weiter.«

Er drückte auf die Fernbedienung, schloss den Wagen auf und nahm hinter dem Steuer Platz. Als sie neben ihm auf dem Beifahrersitz saß, sagte sie: »Sie haben recht. Danny liebt mich wirklich. Und deshalb kann ich es nicht zulassen, dass Sie uns alles kaputt machen.«

Sie griff in ihre Tasche und zückte eine Waffe.

60

Laurie sah durch das Fernglas, wie Leigh Ann die Autotür öffnete und auf dem Beifahrersitz Platz nahm, während Brenner auf der anderen Seite einstieg. Der Wagen stand mit der Frontseite zu ihnen. Nur eine etwa dreißig Zentimeter hohe Barriere aus Eisenbahnschwellen trennte den Parkplatz von den Sportplätzen.

Ihre Gedanken rasten. In den vergangenen vierundzwanzig Stunden – seitdem Alex Joe Brenner auf dem Foto erkannt hatte – war sie überzeugt gewesen, dass Brenner Martin Bell umgebracht hatte, damit er Kendra erpressen konnte. Jetzt rief sie sich wieder seine Worte ins Gedächtnis: *Ich würde auch gern die Wahrheit erfahren nach so langer Zeit. Du willst mir allen Ernstes erzählen, dass du mit dem Mord an deinem Mann nichts zu tun hast?*

Laurie hätte es gleich erkennen können. Brenner war nicht engagiert worden, um Martin Bell zu töten, und das hatte er auch nicht getan.

»Dad«, sagte sie, während sie nach wie vor durch das Fernglas spähte, »wir müssen was unternehmen. Brenner ist nicht unser Mörder. Sondern Leigh Ann.«

Sie hatte Brenner mit seinem kahl rasierten Schädel und seinem kalten Blick als üblen Kerl eingestuft. Er war sicherlich kein Engel, aber das machte ihn noch lange nicht zum Mörder.

Leigh Ann Longfellow andererseits hatte die Rolle der unschuldigen Außenstehenden gespielt, der »Anderen«, als die sie von der paranoiden Ehefrau bezeichnet worden war. Und Laurie war wie alle anderen darauf hereingefallen.

Ihre Worte überschlugen sich fast. »Dad, bei der Überprüfung von Leigh Anns Alibi hat sich die Polizei ausschließlich auf Daniel Longfellow gestützt, nicht wahr? Er hat sich mit den Senatoren getroffen. Er hat das Hotelzimmer reserviert. Sein Bild war in den Zeitungen. Und er hat bestätigt, dass seine Frau ihn auf dieser Reise begleitet hat.«

Sie sah jetzt alles ganz klar vor sich. Eine Affäre zwischen zwei unglücklich Verheirateten: Martin, der wegen der Depression seiner Frau nach Abwechslung suchte, Leigh Ann, der es nicht gefiel, dass es mit der Karriere ihres Mannes in Albany nicht recht voranging. Laurie stellte sich Leigh Anns Reaktion vor, als ihr Mann vom Gouverneur als Nachfolger des alten Senators genannt wurde. Endlich konnten sie die Bundeshauptstadt verlassen. Endlich wären sie in Washington, D.C. Und er gehörte zu den aussichtsreichsten Kandidaten für das Weiße Haus.

Aber Martin Bell wollte das alles nicht. Er wollte eine Hausfrau und Stiefmutter für seine Kinder.

Leigh Ann ... Bell? Nein. Nie und nimmer. Leigh Anns Kinder, das waren ihre Hunde. Martin war für sie nichts anderes als eine Ablenkung, als ihre perfekte Bilderbuchehe kurz ins Wanken geraten war.

Aber Martin war keiner, der ein Nein akzeptierte. Er war jemand, der seiner Frau die medizinische Karriere ausgeredet hatte. Der anderen erzählte, dass sie verrückt sei. Der sie lieber mit Medikamenten vollpumpte, statt sich um eine vernünftige Behandlung für sie zu kümmern.

Wie Laurie über Martin Bell und Leigh Ann Longfellow gesagt hatte: Sie waren wie Feuer und Wasser.

Es lag eigentlich alles auf der Hand.

»Dad, wir müssen was unternehmen. Ich fürchte, Leigh Ann will Joe Brenner töten.«

61

Als Brenner die Waffe in Leigh Ann Longfellows Hand sah, kannte er die Wahrheit.

»Natürlich, Sie waren es«, sagte er kaltschnäuzig. »Und ich dachte immer, es wäre Kendra gewesen.«

»Fahren Sie los.«

»Wohin?«

»Das sage ich Ihnen dann.«

Er ließ den Motor an, legte den Rückwärtsgang ein und stieß langsam aus dem Parkplatz. Er überlegte, wie er um Hilfe rufen könnte. Aber woher sollte denn Hilfe kommen? Er argwöhnte, dass der Wagen hinter den Bäumen ihm gefolgt war, aber das würde ihm jetzt nichts mehr nützen, wenn Leigh Ann ihn erschoss. Wenn er sich wegen Erpressung vor Gericht zu verantworten hatte, dann sollte es so sein. Im Moment jedenfalls wollte er bloß überleben. Er musste sie irgendwie ablenken.

»Ich hab Sie zusammen gesehen«, sagte er. »Sie und Martin. Sie beide, es sah so aus, als wären Sie ... scharf aufeinander gewesen. Er war doch keine Bedrohung. Warum mussten Sie ihn erschießen?«

Leigh Ann wirkte jetzt weniger angespannt. Sie war selbstsicher – so wie er sonst – und schien den kurzen Moment der Panik, den er bei ihr wahrgenommen hatte, als sie die Waffe zog, überwunden zu haben. Er hatte keine Ahnung, ob das zu seinem Vorteil war oder nicht. Er wusste nur, er musste sie am Reden halten, sich Zeit erkaufen. Sie schien kaum bemerkt zu haben, dass der Wagen stehen geblieben war.

»Ich dachte auch, dass er ein harmloser Kerl wäre. Das erklärt vielleicht, warum ich mich überhaupt auf ihn eingelassen habe. Ich war zu Tode gelangweilt, und Martin gab einen netten Zeitvertreib ab, wenn Danny nicht da war. Aber ihn lieben? Ihn?« Die Vorstellung fand sie offensichtlich lächerlich. »Wenn er von seinen tollen Plänen sprach – er wollte Kendra verlassen, ich sollte Danny verlassen, damit wir zusammensein konnten –, tat ich immer so, als würde ich ihm zustimmen, aber ich hatte nie gedacht, dass er auch nur ein Wort davon glauben würde. Die Frau eines Doktors zu sein, das war doch das Letzte, was ich wollte – ganz zu schweigen von der Rolle der Stiefmutter. Ich kann Kinder noch nicht mal leiden. Und als bekannt wurde, dass Danny den Sitz im Senat erhält, war mir klar, dass damit die Krise in unserer Beziehung überwunden war. Ich erklärte Martin, dass es vorbei sei. Aber das wollte er nicht akzeptieren. Er drohte, Danny von der Affäre zu erzählen, wenn ich mit ihm Schluss mache. Ich sagte ihm, ›mach, was du willst, Daniel vergöttert mich.‹ Er würde mich nie verlassen. Wenn überhaupt, würde er sich noch mehr um mich und meine Zuneigung bemühen. Aber dann drohte Martin damit, alles an die Öffentlichkeit zu bringen, gerade als Dannys Karriere einen gewaltigen Sprung nach vorn machte. Das konnte ich nicht zulassen.«

Jetzt wusste Brenner, dass er es mit einer Frau zu tun hatte, die wirklich alles für sich rechtfertigen konnte. Ihrer Ansicht nach waren Kendra und Daniel schuld an der Affäre zwischen ihr und Martin. Martin war selbst schuld an seinem Tod, und er selbst wäre schuld an der Kugel, die sie für ihn vorgesehen hatte.

»Weiß Ihr Mann, was Sie getan haben?«, fragte er.

»Danny? Natürlich nicht. Er weiß noch nicht einmal, dass ich eine Waffe habe. Ich habe sie zu meinem Schutz gekauft, als er so oft und so lange in Albany war. Ich musste sie mir auf der

Straße besorgen, der Himmel möge verhüten, dass das Wahl-volk in New York City erfährt, dass ein von ihm gewählter Ver-treter eine Waffe im Haus hat. Er war so überzeugt von meiner Unschuld, dass er der Polizei ohne zu zögern erzählte, ich sei an dem Abend mit ihm in Washington, D.C., gewesen. Ich sagte ihm, das sei der beste Weg, damit sich die Ermittler darauf kon-zentrieren könnten, den wahren Täter zu finden.«

Brenner besaß vier Waffen – die allerdings alle zu Hause la-gen. So überzeugt war er gewesen, dass er die Fäden in der Hand hielt. Fünf Jahre hatte er geglaubt, Kendra und Leigh Ann unter Kontrolle zu haben.

»Ich sagte, Sie sollen fahren.« Leigh Anns Stimme war jetzt eiskalt.

Brenner fuhr los und bog auf die Straße ein, die aus dem Park hinausführte.

Er sah sie schon beide auf einer abgelegenen Gewerbestraße, wo sie ihm eine Kugel in den Kopf jagte. Getarnt als Selbstmord, nachdem sie ihm ihre unregistrierte Waffe in die Hand ge-drückt hatte. Er würde für den Mord an Martin Bell verantwort-lich gemacht und auf dem Armenfriedhof Potter's Field bestat-tet werden.

»Ich glaube, jemand ist uns gefolgt«, sagte er und deutete zu der Ansammlung von Bäumen links in der Ferne. Das war der Moment, den er brauchte. Kurz sah Leigh Ann von ihm weg. Er drückte das Gaspedal bis zum Anschlag durch, gleichzeitig riss er das Lenkrad scharf nach links. Der 707-PS-Motor röhrte auf, der Wagen raste auf die Eisenbahnschwellen zu. Leigh Ann musste sich mit den Händen abstützen, und als sie wieder die Waffe auf ihn richtete, krachten die Vorderreifen gegen die Schwellen, der Wagen stellte sich auf und hob ab. Leigh Ann feuerte, aber der Schuss verfehlte Brenner und zerstörte teil-weise die Windschutzscheibe auf seiner Seite.

Brenner packte Leigh Ann am Arm, versuchte ihr die Pistole

zu entreißen, bekam sie aber nur kurz zu fassen und verlor sie gleich wieder, als der Wagen stark wippend auf dem Boden aufsetzte. Er umfasste ihr Handgelenk, versuchte die Pistole auf das Armaturenbrett zu richten, und wieder löste sich ein Schuss. Diesmal durchschlug er den Navi-Bildschirm.

Brenner warf sich auf Leigh Ann, umklammerte mit einer Hand weiter ihr Handgelenk, packte mit der anderen den Pistolenlauf und wollte ihr mit einem Ruck die Waffe entwinden. Dann hörte er einen lauten Knall, er wurde gegen das Armaturenbrett geschleudert und gleich darauf nach hinten gerissen, und erneut ertönte ein Schuss, wie er glaubte. Aber der Wagen war jetzt zum Stillstand gekommen und gegen die Betonstütze für das Netz hinter der Homeplate gekracht. Beide Airbags hatten sich geöffnet und drückten Brenner und Leigh Ann in ihre Sitze.

Leigh Ann schlug die Augen auf. Brenner saß zusammengesackt in seinem Sitz, der Kopf lag vorn auf der Brust. Als sie sich bewegte, stieß sie mit dem Fuß gegen einen Gegenstand auf dem Boden. Sie schob den erschlafften Airbag zur Seite und hob die Pistole auf.

62

Laurie sagte gerade etwas zu ihrem Vater, als sie Brenners Wagen aufröhren hörten. Der schwarze Pkw krachte über die Barriere und holperte über das Spielfeld.

»Ruf die Polizei«, rief Leo, beschleunigte und preschte ebenfalls aufs Spielfeld, während Brenners Wagen in Richtung des Netzes hinter der Homeplate raste.

Noch ist nichts verloren, dachte Leigh Ann. Ihre Schultern schmerzten, sie hatte sich anstrengen müssen, um die Pistole aufzuheben, jetzt versuchte sie einen klaren Gedanken zu fassen. *Ich hab meinen Wagen. Vielleicht komm ich noch weg, bevor jemand auftaucht. Niemand weiß, dass ich hier war. Und wenn man es doch herausfindet, wird mir jeder glauben, wenn ich behaupte, es ist aus Notwehr geschehen.*

Brenner stöhnte, öffnete die Augen und versuchte sich aufzurichten. Leigh Ann drückte ihm die Waffe gegen das Herz. »Grüßen Sie Martin schön von mir.«

Sie wollte abdrücken, als sie hinter sich eine laute Stimme hörte: »NYPD. Keine Bewegung. Lassen Sie die Waffe fallen. Ich will Ihre Hände sehen.«

Leigh Ann sah über ihre Schulter. Leo stand in Schussstellung hinter ihr, seine Waffe war auf ihren Kopf gerichtet.

»Ich bin Leigh Ann Longfellow ...«, sagte sie und ließ die Pistole auf den Boden fallen.

»Es interessiert mich nicht, wer Sie sind«, blaffte Leo. »Lassen Sie die Hände dort, wo ich sie sehen kann.«

Leo gab Laurie, die die Beifahrertür geöffnet hatte, ein Zeichen. Sie hob die Waffe auf.

Leo, der nach wie vor die Waffe auf Leigh Ann gerichtet hatte, sagte: »Steigen Sie aus und setzen Sie sich mit erhobenen Händen auf den Boden.«

Leigh Ann kam der Aufforderung nach. Leo sah abwechselnd zu ihr und Brenner, der allmählich wieder zu Bewusstsein kam.

»Ich bin nicht bewaffnet«, sagte Brenner schließlich.

»Lassen Sie die Hände da, wo ich sie sehen kann«, befahl Leo, während Laurie die Fahrertür öffnete. Brenner zog sich heraus, wankte zu Leo und setzte sich einige Meter von Leigh Ann entfernt auf den Rasen.

»Wer zum Teufel glauben Sie, dass Sie sind?«, schrie Leigh Ann nun Leo und Laurie an. »Wissen Sie, wer ich bin? Haben Sie irgendeine Ahnung, wer mein Mann ist? Senator Daniel Longfellow. Wenn mein Mann herausfindet, was Sie hier mit mir machen, sind Sie morgen Ihren Job los.«

Sie deutete auf Brenner. »Er wollte mich umbringen. Er hat mir die Pistole an den Kopf gehalten. Er hat Martin Bell umgebracht und mich erpresst. Und jetzt wollte er mich entführen. Stehen Sie nicht wie zwei Idioten rum, unternehmen Sie was.«

Brenners Hand ging zu seiner Jackentasche, sofort richtete Leo die Waffe auf ihn. »Ich sagte, lassen Sie die Hände oben. Was wollen Sie da?«

»Sehen Sie selbst. Nehmen Sie es heraus, wenn Sie mir nicht glauben.« Mit dem Zeigefinger der nach wie vor erhobenen Hand deutete er auf seine Jackentasche.

Laurie sah zu Leo, der nickte. Vorsichtig näherte sie sich Brenner und schob die Hand in die von ihm angezeigte Tasche. Sie zog das kleine Aufnahmegerät heraus, das er auch schon am Cooper Union bei sich gehabt hatte. Das rote Licht leuchtete.

»Ich hab die ganze Sache aufgezeichnet«, sagte Brenner mit

einem Grinsen. »Dem Staatsanwalt sollte das einiges wert sein, meinen Sie nicht auch?«

Brenner drehte sich zu Leigh Ann hin, die ihn nur finster anstarrte. »Wir sehen uns in dreißig Jahren wieder«, sagte er lächelnd. »Wenn Sie bis dahin schon draußen sind. Ach ja, und richten Sie dem Senator meine besten Grüße aus.«

Als die erste Sirene ertönte, ließ der Fahrer des weißen SUV den Motor an und fuhr ein Stück weiter. Er wollte sich einen Platz in der Nähe des Parkausgangs suchen, abseits der Polizei, die nach den Schüssen auf Randall's Island in nächster Zeit eintreffen würde.

Er nahm an, dass sie in dem kleinen BMW die Insel auch wieder verlassen würde. Dabei musste sie unweigerlich an ihm vorbei.

63

Kurze Zeit später war die Schleife um den Sportplatz neun auf Randall's Island voll mit Streifen- und Krankenwagen. Leigh Ann Longfellow und Joe Brenner waren in Handschellen zu unterschiedlichen Polizeifahrzeugen geführt worden und würden bald zur erkennungsdienstlichen Behandlung nach Manhattan gebracht werden.

Lauries Handy klingelte zum dritten Mal. Ein weiterer Anruf von ihrer Immobilienmaklerin Rhoda Carmichael. Sie ignorierte ihn.

»Sie wird einfach auf Wahlwiederholung drücken«, sagte Leo und hatte recht damit. Nur Sekunden später klingelte es erneut. »Schon deine Nerven und geh ran.«

Das Letzte, was sie jetzt wollte, war, über irgendwelche Wohnungen zu reden. Aber sie befolgte Leos Ratschlag. »Rhoda, ich kann jetzt nicht ...«

Die Maklerin ließ sie gar nicht weiter zu Wort kommen. »Laurie, hören Sie zu. Diese Wohnung dürfen Sie sich auf keinen Fall entgehen lassen. Ein neues Gebäude in der 85th Street zwischen 2nd und 3rd Avenue. Die Wohnung umfasst das gesamte fünfzehnte Stockwerk. Es gibt vier ausnehmend große Schlafzimmer, jeweils mit eigenem Badezimmer. Die gegenwärtigen Eigentümer wollten eigentlich selbst einziehen, aber dann nahm der Ehemann das Angebot an, eine der großen Banken in England zu leiten. Jetzt wollen sie die Wohnung so schnell wie möglich loswerden. Die Maklerin, die für sie den Verkauf regeln soll, ist eine Freundin von mir. Sie hat sich bereit erklärt, Sie die

Wohnung besichtigen zu lassen, bevor sie sie morgen annonciert. Der Preis ist alles andere als überzogen, ich weiß, dass sie wesentlich mehr dafür bekommen könnten. Wenn es nicht sein muss, ersparen Sie sich eine Auktion. Sie und Alex sollten sich die Wohnung sofort ansehen. Wahrscheinlich treffen Sie vor mir dort ein, ich habe dem Portier daher schon Bescheid gegeben und ihm Ihren und Alex' Namen genannt. Die Wohnung steht leer, er lässt Ihnen die Tür offen.«

Leo neben ihr lachte nur – er konnte sich Rhoda Carmichael am anderen Ende der Leitung wunderbar vorstellen. Laurie rollte mit den Augen. »Wir besichtigen die Wohnung morgen, okay?«

»Nein, ich sagte doch: Sofort oder gar nicht. Morgen ist Sonntag, und das mitten in der Kaufsaison. Jede Maklerin, die auch nur ein bisschen was auf sich hält, hat morgen den ganzen Tag mit Terminen zugepflastert.«

»Momentan kommt es etwas ungelegen«, sagte Laurie und spürte, wie sie langsam mürbe wurde.

»Es muss aber jetzt über die Bühne gehen«, beharrte Rhoda. »Beste Upper East Side, lassen Sie sich das gesagt sein. Ein Katzensprung vom Park und dem Metropolitan Museum entfernt. Und ganz in der Nähe von Ihrem Dad und der Schule. Es ist genau das, was Sie gesucht haben, und alles absolut neuwertig und in bestem Zustand.«

»Das klingt ziemlich toll.«

Leo machte ihr deutlich, dass er ihr etwas zu sagen hatte. »Geh ruhig, wenn es sein muss. Das hier wird ewig dauern, und man wird dich dann sowieso auf die Dienststelle vorladen.«

»Meinst du wirklich?«

»Ich bin Leo Farley. Natürlich meine ich das. Ich schicke dir die Adresse der Dienststelle, sobald sie so weit sind, dass sie Zeit für uns haben. Ich fahr dann mit einem der Polizisten zurück.«

»Gut. Und Jerry wird sich freuen, wenn er seinen Wagen heil

zurückbekommt.« Laurie wandte sich wieder ihrem Handy zu und teilte Rhoda mit, dass sie unterwegs sei.

»Wunderbar. Ich komme von den Hamptons – da sehen Sie, wie sicher ich mir mit dieser Wohnung bin. Rufen Sie Alex an und sagen Sie ihm, dass er dazustoßen soll. Wenn Sie vor mir da sind, wird der Portier Sie reinlassen.«

Nachdem Laurie ihr Vorhaben mit dem leitenden Polizisten abgesprochen hatte, stieg sie in Jerrys Wagen und fuhr an den aufgereihten Streifenwagen vorbei in Richtung Parkausgang. Sie wählte Alex' Nummer. Beim vierten Klingeln fiel ihr ein, dass er wahrscheinlich noch mit seinen Mitarbeitern beim Yankees-Spiel war. Als sich die Mailbox meldete, hinterließ sie eine Nachricht. »Hallo, es ist heute besser gelaufen als erwartet. Ich hab dir eine Menge zu erzählen, bin im Moment aber unterwegs, um mit Rhoda eine Wohnung zu besichtigen. Komm dazu, wenn du Zeit hast«, sagte sie und gab noch die Adresse an, die Rhoda ihr mitgeteilt hatte.

Sie stellte im Radio den Sportsender ein, als sie sich dem Parkausgang näherte. Die Yankees lagen nach der oberen Hälfte des neunten Innings in Führung. Mit ein bisschen Glück war ihr Timing perfekt. Den weißen SUV, der auf sie wartete, bemerkte sie nicht.

64

Willie Hayes am Steuer seines weißen SUV freute sich, als er den kleinen BMW mit nur einer Insassin kommen sah. Laurie – und endlich allein.

Frustriert hatte Willie die Ereignisse auf Randall's Island mitverfolgt. Was er für einen Glücksfall gehalten hatte – Laurie an einer abgelegenen Stelle –, hatte sich als das genaue Gegenteil entpuppt. Natürlich hatte er recherchiert. Natürlich wusste er, dass ihr Vater ein hochrangiger Polizist war. Seine Vermutung, dass Daddy Leo immer noch eine Waffe trug, wurde bestätigt, als er sah, wie Leo und Laurie die beiden Leute verhafteten, die ihren Wagen zu Schrott gefahren hatten. Als er schon glaubte, auch diese Gelegenheit würde ungenutzt verstreichen, stieg Laurie allein in den Wagen und fuhr los.

Er folgte ihr und überlegte, ob er sie auf dem Weg zur Triborough Bridge von der Straße rammen sollte. Um ihr aber solche Verletzungen zuzufügen, wie sie ihm vorschwebten, war schon ein schwerer Unfall nötig – außerdem gab es im Leben keine Garantie, das wusste er. Als sie die Ausfahrt zur 69th Street nahm, ging er davon aus, dass sie zu ihrer Wohnung zurückkehrte. Er hatte sie bislang nie selbst einen Wagen steuern sehen. Parkte sie auf der Straße oder hatte sie eine Garage? Würde sich ihm die Gelegenheit bieten, sie in den SUV zu zerren? Er musste sie nur allein auf dem Bürgersteig abpassen und sich von hinten nähern. Er hatte eine neue Waffe in seiner Jackentasche, die würde reichen. Wenn er sie bloß schon am

Abend vor der Pianobar gehabt hätte. Dann wäre das alles hier längst vorbei.

Seine Zuversicht schwand, als sie an einen Wasserhydranten heranfuhr, wo ihr ein großer, schlaksiger Typ zuwinkte. Willie erkannte ihn als den Freund, der auf der nervigen Verlobungsparty diesen widerlichen Song über die Hochzeit geträllert hatte. Würde sie ihm erneut durch die Lappen gehen, nachdem er so lange gewartet hatte?

Er wollte schon losfahren, als Laurie ihrem Freund die Autoschlüssel zuwarf. Der setzte sich hinters Steuer, ließ fröhlich die Hupe ertönen und brauste davon. Langsam näherte sich Willie mit seinem Wagen, er war zu allem bereit, aber dann überraschte Laurie ihn erneut, als sie sich vom Bürgersteig zum Eingang des Apartmentgebäudes wandte. War sie schon umgezogen? Nach den Mails, die er auf dem gestohlenen Laptop gelesen hatte, war sie doch noch auf der Suche.

Ein Lebensmittellieferwagen machte in diesem Augenblick seinen Parkplatz in der Mitte des Blocks frei. Sofort besetzte Willie den Platz und behielt im Rückspiegel Laurie im Auge, die sich mit dem Portier unterhielt. Willie stieg aus, wartete kurz auf dem Bürgersteig und erreichte den Gebäudeeingang, als sie gerade in den Aufzug trat. Er vermutete, dass sie eine weitere Wohnung besichtigte. Er spürte, dass das seine Chance war.

Er ging auf den Portier zu, der mittlerweile telefonierte. »Entschuldigen Sie, die Frau, die gerade gekommen ist …«

»Sind Sie der Ehemann?«, fragte der Portier.

»Ähm, ja, der bin ich.«

»Fünfzehnter Stock. Die Tür gleich gegenüber vom Aufzug«, sagte er und widmete sich wieder seinem Telefonat.

»Meine Frau ist allein da?«

»Ja, bislang schon. Die Maklerin ist noch unterwegs. Aber ich soll Sie schon mal hochlassen, falls Sie vor ihr eintreffen.«

Willie nickte ihm zu, ging zum Aufzug, trat ein und wartete, bis die Tür geschlossen war und er den Knopf für den fünfzehnten Stock gedrückt hatte, bevor er laut loslachte. Der Aufzug setzte sich in Bewegung.

65

Ausnahmsweise hat Rhoda einmal recht, dachte Laurie, als sie die Wohnung betrat. Das Licht strömte durch die gewölbte Decke in der Diele. Links davon sah sie das geräumige Wohnzimmer mit offenem Kamin. Sie ging hinein, blieb stehen und bewunderte die Aussicht.

»Hallo, Laurie.«

Sie zuckte zusammen. »Hallo. Ich dachte, es wäre niemand da«, sagte sie nervös. »Sind Sie der Eigentümer?«

»Ganz bestimmt nicht.« Er schien es zu genießen, wie sie beim Anblick seiner Waffe entsetzt die Augen aufriss.

Ein völlig Fremder stand vor ihr, trotzdem war sie – intuitiv – absolut sicher, dass dieser Mann sie nach ihrer Verlobungsparty vor das Taxi gestoßen hatte. Er war um die fünfzig Jahre alt und hatte die Statur eines Mannes, der früher einmal sehr fit gewesen war, sich aber hatte gehen lassen.

Ihr Überlebensinstinkt sagte ihr, ganz ruhig zu bleiben. Sie nahm die Hände hoch. »Was auch immer das hier soll, wir können darüber reden«, sagte sie. »Sie waren das am Montag vor der Pianobar, nicht wahr?« Sie klammerte sich an einen Strohhalm und versuchte zu verstehen, in welcher Beziehung er zum Martin-Bell-Fall stand. »Arbeiten Sie mit Joe Brenner zusammen? Er ist in polizeilichem Gewahrsam. Er könnte sich mit dem Bezirksstaatsanwalt verständigen, Sie könnten auch von dem Deal profitieren, den er vielleicht aushandelt. Oder falls Leigh Ann Longfellow Sie engagiert hat, sollten Sie wissen, dass sie ebenfalls verhaftet ist. Sie könnten vollständige Immunität bekommen, wenn Sie gegen sie aussagen.«

»Ich weiß nicht, wovon Sie reden«, sagte er und blickte sich anerkennend um. »Haben Sie die Wohnung gekauft? Sie muss ein Vermögen kosten.«

»Nein«, entgegnete sie schnell. »Ich bin mit der Maklerin verabredet. Bitte, ich habe einen kleinen Sohn. Ich habe nichts mit dieser Wohnung zu schaffen. Ich bin zum ersten Mal hier. Lassen Sie mich gehen, und Sie können sich nehmen, was Sie wollen.«

Der Blick des anderen wanderte von der Küche zum Wohnzimmer. Augenscheinlich war er noch nie hier gewesen. Er schien beeindruckt. Aber das war keine zufällige Begegnung. Der Mann hatte sie mit ihrem Namen angesprochen. Er war ihretwegen hier, nicht wegen der Wohnung. Alex und Rhoda würden bald eintreffen. Sie musste nur dafür sorgen, dass er weiterredete.

»Hat meine Fernsehsendung einen Fall behandelt, mit dem Sie zu tun haben?« Sie überlegte fieberhaft, warum er es auf sie abgesehen haben könnte.

»Eine Fernsehproduzentin kann sich so was nicht leisten«, sagte er. »Da ist mal wieder der tolle Alex Buckley für dieses Traumleben verantwortlich. Großartiger Ruf. Toller neuer Job. Titelseite der *New York Times*, nachdem er vom Senat in seinem neuen Amt bestätigt wurde. Und dazu noch eine hübsche Freundin, die er bald heiratet. Wie schade, dass es nicht dazu kommen wird.«

Alex' Name aus seinem Mund traf sie unvermittelt. Was hatte Alex damit zu schaffen? Laurie wusste, dass ihr Job sie mit Menschen in Kontakt brachte, die ihre gefährlichen Geheimnisse unter allen Umständen für sich bewahren wollten. Hier ging es aber um etwas anderes. Sie hatte keine Ahnung, wer er war, aber sein Wunsch, ihr wehzutun, war förmlich zu spüren.

Ramon hielt vor dem Gebäude an. Der Portier stand im Foyer. Alex ging zu ihm. »Ich bin Alex Buckley. Die Maklerin Rhoda Carmichael hat Ihnen, soweit ich weiß, schon Bescheid gegeben. Ich bin mit meiner Verlobten und mit Ms. Carmichael verabredet, um eine Wohnung im fünfzehnten Stock zu besichtigen.«

Die Miene des Portiers veränderte sich. »Eine hübsche junge Dame ist bereits oben, und kurz darauf ist auch ihr Mann gekommen.«

»Ihr Mann?«, fragte Alex. »Hat die Dame ihren Namen genannt?«

Der Portier griff zur Visitenkarte auf seinem Tresen. »Sie hat mir das hier gegeben. Laurie Moran, das ist ihr Name.«

»Und nach ihr ist ein Mann in die Wohnung hoch?« Alex' Besorgnis nahm zu.

»Ja, er hat sich für ihren Ehemann ausgegeben. Was mich überrascht hat. Er hat gar nicht so ausgesehen, als wäre er ihr Typ.«

Alex rannte bereits zum Aufzug, drückte auf den Knopf für den fünfzehnten Stock, rief dabei Leo an und hoffte, im Aufzug die Verbindung nicht zu verlieren. »Hier gibt es jemanden, der sich für mich ausgegeben hat, er ist Laurie in die Wohnung gefolgt. 230 East 85th, fünfzehnter Stock. Ich bin auf dem Weg nach oben. Schick so schnell wie möglich Unterstützung.«

Leo legte auf, ohne überhaupt etwas gesagt zu haben.

Die Aufzugstüren im fünfzehnten Stock öffneten sich. Alex, dankbar, dass die Wohnungstür nicht ganz geschlossen war, trat leise näher und öffnete sie behutsam. Er hatte freien Blick auf das Wohnzimmer, wo Laurie mit erhobenen Händen auf einen Mann einredete, der mit dem Rücken zu ihm stand. Es war deutlich zu hören, was sie sprachen.

»Ihnen läuft die Zeit davon, Laurie. Fangen Sie an zu beten.«

Innerhalb einer Sekunde sah Laurie Bruchstücke einer Zukunft vor sich, die sie nicht mehr erleben würde. Die Bilder waren so real, als hätte sie alles tatsächlich erlebt. Entweder Alex oder Rhoda würden ihre Leiche finden. Leo und Alex würden es wahrscheinlich gemeinsam Timmy erzählen. Timmy würde in sein Zimmer laufen, würde auf seinem Bett weinen und das Gesicht im Kissen vergraben, damit ihn niemand hören konnte.

In ihrem Testament hatte sie Leo als Vormund für Timmy bestimmt. Würde Alex noch da sein, wenn sie tot war? Sie wollte es gern glauben. Statt zum Stiefvater würde er der Ziehonkel ihres Sohnes werden.

Würde der Mord an ihr jemals aufgeklärt werden? Sie stellte sich vor, dass Ryan Nichols *Unter Verdacht* übernahm – vielleicht mit Jerry an seiner Seite. Vielleicht würde ihr eigener Fall in der Sendung behandelt werden. Vielleicht auch nicht.

Sie stellte sich vor, wie Timmy das Collage abschloss. Heiratete. Mit einer Frau ein Kind bekam und es vielleicht Laurie nannte.

Das alles sah sie in einem Augenblick vor sich. Und da wurde ihr klar, dass sie eine andere Version dieser Geschichte bereits einmal erlebt hatte. Greg war von jemandem erschossen worden, der nur als »der Mann mit den blauen Augen« bezeichnet wurde, die einzige Beschreibung, die Timmy als kleiner Junge von ihm abgeben konnte. Jahrelang hatte sie geglaubt, der Mörder wäre jemand, dem Greg als Arzt in der Notaufnahme des Mount Sinai begegnet war.

Aber der Mann mit den blauen Augen stellte sich als ein Soziopath heraus, der Dr. Greg Moran nie begegnet war. Sein Groll hatte sich auf jemand ganz anderen gerichtet – auf den Stellvertretenden Polizeichef Leo Farley. Um Leos Leben zu vernichten, wollte er, beginnend mit Greg, alle umbringen, die ihm nahestanden. Laurie und Timmy hätten als Nächstes folgen sollen.

Sie sah dem Mann, der eine Waffe auf sie gerichtet hatte, direkt in die Augen. Sie wusste, dass sie recht hatte. Er hatte nichts gegen sie. Es ging einzig und allein um Alex.

Sie kannte Alex seit kaum zwei Jahren, sie hatten keine Geheimnisse voreinander. Also riet sie aufs Geratewohl, was der Grund für seinen Hass sein könnte.

»Es geht um Carl Newman, oder?« Das war der Investmentbanker, der mithilfe eines Schneeballsystems einige Hundert Millionen Dollar an Kundeneinlagen veruntreut hatte. »Selbst Alex war vom Freispruch überrascht gewesen. Andere Verteidiger hätten sich stolz vor den Kameras produziert. Aber nicht Alex.«

»Halten Sie den Mund!«, herrschte er sie an, streckte den Arm aus und richtete seine Waffe weiter auf sie.

»Bitte«, flehte sie. »Ich habe einen Sohn. Sein Vater ist tot. Er braucht mich.«

»Ich hatte auch mal eine Familie und hab sie verloren«, schrie er. »Ich hatte viel Geld und hab alles verloren. Und der Typ, der mir das angetan hat, ist ungeschoren davongekommen nur wegen Ihres großartigen Alex Buckley.«

Laurie sah jetzt, wie hinter ihm langsam die Wohnungstür aufging. Alex erschien.

»Newman hat Ihr Geld gestohlen?«, fragte sie und versuchte sich an die Betrugsopfer zu erinnern, die sich am lautesten gegen Alex' Nominierung zum Bundesrichter ausgesprochen hatten. Alex, erinnerte sie sich, hatte ihr erzählt, dass trotz der hohen Schadenssummen die meisten Opfer lediglich geerbte Gelder oder einen relativ kleinen Prozentsatz ihres Gesamtvermögens verloren hatten. Nur sehr wenige hatten wirklich alles eingebüßt. Als sie den Mann vor sich betrachtete, fiel ihr ein Name ein: Willie Hayes, der Sohn eines Handwerkers und einer Wäscherin, ein Self-made-Bauunternehmer, der bei der Geburt seines Sohnes sein gesamtes Vermögen Carl Newman anvertraut hatte und sechs Jahre später feststellen musste, dass alles verloren war.

»Sind Sie Willie Hayes?« Sein Gesichtsausdruck bestätigte ihre Vermutung. »Erzählen Sie mir doch bitte Ihre Geschichte. Ich habe eine Fernsehsendung. Carl Newman wurde von einem Bundesgericht freigesprochen, aber der Staat kann nach wie vor Anklage erheben. Wir könnten dafür sorgen. Und für einen Zivilprozess.«

»Nichts davon wird die Uhr zurückdrehen«, sagte er. »Ich hatte alles, und jetzt ist alles weg. Eine Wohnung in Tribeca, ein Landhaus im Norden des Bundesstaats. Eine Frau. Einen Sohn. *Liebe*. Ich musste Insolvenz anmelden. Die Immobilien, die Konten, die Autos – alles weg. Und meine Frau und mein Sohn. Alex Buckley hat es nicht verdient, so glücklich zu sein.«

Sie stellte sich vor, dass dieser Mann ihre Verlobungsparty in der Pianobar mit angesehen hatte. Ihr Laptop und die Aufzeichnungen für die nächste Sendung hatten ihn nie interessiert. Er war wütend gewesen, weil sie und ihre Freunde das Leben gefeiert hatten, das sie sich mit Alex teilen würde.

»Bitte«, sagte sie und hörte selbst, wie sehr ihre Stimme zitterte. »Ich hab mit alldem nichts zu tun. Meine Arbeit dreht sich darum, Gerechtigkeit für Menschen zu schaffen, denen Unrecht widerfahren ist. Ich habe ebenfalls einen Sohn. Wie alt ist Ihrer? Ich habe Timmy allein großgezogen, nachdem sein Vater ermordet wurde.« Ihr wurde beinahe übel, dass sie diesem Soziopathen ihre Vergangenheit anvertraute, aber sie war zu allem bereit, wenn sie nur am Leben blieb.

Alex näherte sich währenddessen leise von hinten. Die heulende Polizeisirene von der Straße überdeckte seine Schritte auf dem Parkett.

»Seien Sie still!«, brüllte Hayes. »Sie ... bedeuten mir gar nichts. Wenn Sie irgendjemandem die Schuld geben sollten, dann Alex Buckley. Er hat seinen Traumjob an Land gezogen und bekommt von den US-Marshals dafür eine Hightech-Alarmanlage in seiner Wohnung installiert. Sie sind für mich die einzige Möglichkeit, um an ihn ranzukommen.«

Sie wollte etwas sagen, wusste allerdings nicht, was. Sie wünschte sich, es gäbe Möbel, eine Couch, hinter der sie sich verstecken könnte, wenn die Schießerei begann. Aber nichts war zwischen ihnen, als er mit erhobener Waffe langsam auf sie zuging.

66

So, Laurie Moran, jetzt werden Sie für das büßen, was Ihr Freund getan hat.«

Starr vor Angst hörte Laurie ihren eigenen Atem. Sie sah, wie sein Finger sich langsam zum Abzug hin bewegte. Plötzlich wurde das Schweigen unterbrochen.

»Hallo, Willie, ich bin der, den Sie suchen!«, rief Alex.

Erschreckt fuhr Willie herum und bewegte dabei auch die Pistole, die nun nicht mehr auf Laurie gerichtet war. Sie erkannte die Gelegenheit und reagierte sofort.

Laurie stürzte los und packte Willie am Handgelenk. Als er die Pistole wieder auf sie richten wollte, löste sich im Handgemenge ein Schuss, der in der Decke einschlug. Und dann hörte sie Willie stöhnen, als Alex ihn von hinten mit beiden Armen umfasste.

Obwohl ihm die Arme gegen den Körper gepresst wurden, hielt er immer noch die Pistole umklammert, bis Laurie seinen Zeigefinger packte und nach hinten bog, sodass er vor Schmerzen aufschrie. Die Waffe fiel ihm aus der Hand und landete auf dem Boden. Laurie hob sie auf, nahm sofort Schussposition ein, wie sie es von ihrem Vater während der Highschool gelernt hatte, und zielte auf Willies Oberkörper.

Alex hielt Willie weiterhin fest an sich gepresst. »Warum? Warum nur, Willie?«, fragte er. »Damit bekommen Sie doch Ihr altes Leben nicht zurück. Jetzt wird Ihr Sohn Sie im Gefängnis besuchen müssen.«

Das Mitgefühl für das Opfer seines Mandanten währte aber

nur kurz. Alex ließ ihn los und trat neben Laurie, die die Waffe weiter auf Willie gerichtet hielt.

Sie ließ die Pistole erst sinken, als mehrere Polizisten in die Wohnung gestürmt kamen. Dann schlang Alex die Arme um sie und drehte ihr Gesicht von Willie Hayes weg, der sie finster anstarrte, während ihm Handschellen angelegt wurden.

Alex ließ Laurie los, bedrückt sah er sie an. »Ich weiß, wie schwer es dir gefallen ist, mir einen Platz in deinem Leben einzuräumen, und jetzt bringt dich meine Arbeit in Gefahr. Ich würde verstehen, wenn sich deine Gefühle für mich dadurch ändern würden.«

Tränen traten ihr in die Augen, während sie entschieden den Kopf schüttelte. »Nein, nein. Als er mit der Waffe vor mir stand, habe ich nur unser wunderbares gemeinsames Leben vor mir gesehen. Wenn überhaupt, dann ist meine Liebe zu dir noch stärker geworden.«

»Mein Gott, bin ich froh, Laurie.« Erneut umarmte er sie. »Ich lasse dich nie mehr los.«

»Wenn es ginge, würde ich dich sofort hier an Ort und Stelle heiraten«, murmelte sie.

Erst allmählich machte sich der Schock bemerkbar, unter dem sie stand. Sie lehnte sich an Alex.

Hinter sich aus der Diele hörten sie eine Bewegung, kurz darauf war Rhoda Carmichael zu sehen, die sich an den Polizisten und dem Absperrband vorbeizudrängen versuchte.

»Was ist hier los?«, rief sie, als sie Laurie und Alex in der Wohnung erblickte. »Sorry für die Verspätung. Der Verkehr auf dem Long Island Expressway war ein Graus. Aber vergessen wir das. Was geht hier vor sich? Was ist passiert?«

»Was los ist?«, erwiderte Alex, der immer noch Laurie in den Armen hielt. »Ich möchte Laurie von hier wegbringen. Ich ruf Sie morgen an.«

Laurie blickte sich um, rührte sich aber nicht. Nach dem wenigen, was sie gesehen hatte, war die Wohnung wunderschön. Aber wenn sie wirklich diese Wohnung kauften, würde sie dann immer von der Erinnerung an Willie Hayes verfolgt werden, der sie mit einer Waffe bedroht hatte? Vielleicht. Vielleicht aber auch nicht.

Die Polizei hatte Rhoda unterdessen durchgelassen. Sie kam zu ihnen. »Wer hätte gedacht, dass jemand Sie beinah umgebracht hätte, um an die Wohnung zu kommen?«

Weder Laurie noch Alex lächelten über ihren Scherz.

67

Zwei Wochen später

Laurie sah zu, wie Ryan Nichols mit ernstem Gesicht in die Kamera sah. »Daniel und Leigh Ann Longfellow wurden als die Regenten eines neuen amerikanischen Camelot bezeichnet – ein wunderbares, einander in inniger Liebe zugetanes Politikerehepaar, das mit seinen politischen Ansichten, seiner uneingeschränkten Glaubwürdigkeit und seinem persönlichen Charme das Potenzial besaß, eine geteilte Nation wieder zu einen. Heute Abend werden wir einen näheren Blick auf die schockierenden Ereignisse werfen, die dazu führten, dass sich Leigh Ann in polizeilichem Gewahrsam befindet und wegen Mordes mit einer lebenslangen Haftstrafe zu rechnen hat, während Daniel Longfellow um seine politische Zukunft kämpft.«

Erwartungsgemäß hatte Brett Young den Sendetermin der nächsten Folge keine vierundzwanzig Stunden nach Leigh Anns Verhaftung bekannt gegeben. Als Laurie darauf hinwies, dass ihnen noch nicht einmal genügend Bildmaterial vorlag, hatte er ihr nur augenzwinkernd erwidert: »Nichts motiviert doch dich und dein Team mehr als eine Deadline.«

Zwei Wochen hatten sie durchgearbeitet, aber jetzt waren sie mit der Produktion fast fertig. Sie hatten sich Ryans Einführung und Abschlusskommentar bis zum Ende aufgehoben, um auch die neuesten Entwicklungen berücksichtigen zu können.

Für Brenner würde es keine »Du kommst aus dem Gefängnis frei«-Karte geben. Er würde sich für eine Vielzahl von Vergehen verantworten müssen, nachdem er Leigh Ann Longfellow und Kendra Bell mehrere Jahre lang erpresst und bedroht hatte. Kendra war zu der Aussage bereit, dass ihre zahlreichen Geldabhebungen und Zahlungen an ihn dazu gedient hatten, sie und ihre Kinder zu schützen. Ironischerweise war die Aufzeichnung seines Gesprächs mit Leigh Ann auf Randall's Island – ursprünglich dazu gedacht, sie weiterhin zu erpressen –, jetzt ein wichtiger Beweis gegen ihn. Die Polizei hatte bei seiner Verhaftung das Aufnahmegerät beschlagnahmt. Ohne Zweifel drohten ihm mehrere Jahre Gefängnis.

Auch im Fall von Leigh Ann Longfellow schien die Beweislage hieb- und stichfest zu sein. Sie konnten sich auf Brenners Aufzeichnung stützen, daneben hatten die ballistischen Untersuchungen ergeben, dass die Neun-Millimeter-Pistole, die sie auf Randall's Island bei sich gehabt hatte, dieselbe war, mit der Martin Bell getötet wurde. So überzeugt war sie gewesen, wegen dieser Tat nicht belangt zu werden, dass sie sich nie die Mühe gemacht hatte, die Tatwaffe loszuwerden. Leigh Ann würde vermutlich den Rest ihres Lebens oder zumindest den größten Teil davon hinter Gittern verbringen. Außerdem würde die Polizei untersuchen, welche Rolle ihre Anwaltskanzlei bei den Zahlungen an Brenner gespielt hatte.

Neben der Arbeit an der Sendung hatte Laurie in der vorangegangenen Woche noch Zeit gefunden, ihre Aussage vor dem Geschworenengericht abzugeben, damit Willie Hayes wegen versuchten Mordes angeklagt werden konnte. Hayes erzählte der Polizei, er habe Laurie lediglich seine Sicht der Dinge nahebringen wollen, weil er hoffte, sie würde daraufhin ihre Beziehung zu Alex beenden. Aber das Einschussloch in der Zimmerdecke erzählte eine andere Geschichte. Möglicherweise würde ihm nie nachgewiesen werden, dass er sie vor der Pianobar angegriffen hatte, dennoch würde er für einige Jahre hinter Gitter wandern.

Verärgert sah Ryan zur Studiotür, als jemand anklopfte. Im Gang brannte das Licht, das allen anzeigte, dass sie für die Sendung aufzeichneten und keiner sie stören sollte. Eine Sekunde später ging die Tür auf. Jerry stand vor ihnen. »Tut mir leid, wir müssen sowieso alles umschreiben. Daniel Longfellow wird in fünf Minuten eine Presseerklärung abgeben.«

Grace, Jerry, Ryan und Laurie versammelten sich um den Konferenztisch in Lauries Büro und sahen zu, wie Senator Longfellow vor die Kameras trat. Zwei Wochen lang war es ihm gelungen, sich zur Verhaftung seiner Frau nicht zu äußern, sah man von Plattitüden ab wie »konzentriere mich weiterhin auf meine Arbeit für das amerikanische Volk«, »kooperiere voll und ganz mit den Ermittlungsbehörden« und »vertraue dem besten Rechtsprechungssystem der Welt«. Politische Beobachter hatten sich enttäuscht gezeigt, dass er unter den gegebenen Umständen nicht selbst längst verhaftet wurde, ganz zu schweigen davon, dass er nach wie vor seiner Arbeit nachging.

Laurie hatte seit Leigh Anns Verhaftung Longfellow nicht mehr gesehen. Er schien fünf Kilo abgenommen zu haben und ein ganzes Jahrzehnt älter geworden zu sein.

»Vor fünf Jahren habe ich gegenüber der Polizei ausgesagt, dass meine Frau Leigh Ann mit mir nach Washington, D.C., gereist sei, wo ich vor meiner Ernennung zum Senator mit politischen Führern zusammengetroffen bin. Das war eine Lüge. Ich könnte Ihnen erklären, warum ich das zum damaligen Zeitpunkt für eine harmlose Aussage hielt, aber letztlich spielt es keine Rolle. Meine Aussage war eine Lüge, schlicht und ergreifend, und sie war ein Fehler. Ich hätte es nie für möglich gehalten, dass meine Frau in den Mord an Dr. Martin Bell verwickelt ist. Als sich die Polizei bei uns meldete, habe ich tatsächlich angenommen, ich wäre der Verdächtige bei den Ermittlungen. Die Polizei sprach als Erstes mit Leigh Ann, die bei der Befragung angab, mit mir in Washington gewesen zu sein. Dadurch war ich also gezwungen, eine Entscheidung zu treffen: Ich konnte entweder ihre Version bestätigen oder der Polizei sagen, dass die Frau, die ich liebe, soeben eine Falschaussage zu meinen Gunsten abgegeben hatte. Immerhin wusste ich, dass ich unschuldig war, ich hatte ein wasserdichtes Alibi, ich sah also keinen Schaden darin, wenn ich meine Frau schützte. Ich schwöre der amerikanischen Öffentlichkeit, dass mir nie der Gedanke kam, sie hätte lügen können, um für sich ein Alibi zu schaffen. Aber wie gesagt, das alles spielt keine Rolle mehr. Wir leben in einem Rechtsstaat, und ich wurde der Verantwortung, die wir als Bürger dieses Landes haben, nicht gerecht. Ich werde mir jetzt anhören, was mir meine Freunde, meine vertrauten Ratgeber und vor allem Sie, meine Wählerinnen und Wähler, zu sagen haben, um zu entscheiden, welche Schritte ich als Nächstes unternehmen werde. Aber egal, was geschieht, ich verspreche, bei der Strafverfolgung meiner Frau Leigh Ann« – seine Stimme brach kurz – »mitzuwirken und das Vertrauen der Öffentlichkeit nie mehr zu enttäuschen. Schließlich möchte ich mich zutiefst bei Martin Bells Eltern, Cynthia und Robert Bell, entschuldigen, bei dessen Kindern Bobby und Mindy sowie bei seiner Witwe Kendra Bell, die jahrelang völlig ungerechtfertigt mit diesem schrecklichen Verdacht leben musste. Meine Unehrlichkeit und Feigheit haben verhindert, dass sie die Wahrheit über Martins Tod erfahren haben, eine Schande, mit der ich für immer leben muss.«

Nachdem er sich von den Mikrofonen entfernt hatte, ohne Fragen entgegenzunehmen, schaltete Jerry den Fernseher aus.

»Das klingt, als könnte er jederzeit in den nächsten Stunden oder Tagen zurücktreten«, sagte Jerry.

»Oder auch nicht«, entgegnete Laurie. »Ich habe heute eine Expertenrunde gesehen, in der meinte man, er könnte es aussitzen. Viele seine Anhänger wollen, dass er weiterhin im Amt bleibt.«

Nachdem Laurie allein war, rief sie Kendra Bell an. Sie entschuldigte sich für die Störung während der Arbeit. »Ich wollte nur sichergehen, dass Sie von Longfellows Pressekonferenz erfahren.«

»Machen Sie Witze? Steven hat sie im Wartezimmer laufen lassen. Das waren zwei harte Wochen, den Kindern zu erklären, warum die Frau des Senators ihrem Vater Böses wollte, aber Sie wissen ja gar nicht, wie gut es sich anfühlt, von jeglichem Verdacht entlastet zu sein.« Sie senkte die Stimme. »Eine von den alten Schachteln, die mich immer so böse angesehen hat, hat mich doch allen Ernstes umarmt und sich entschuldigt. Es ist, als hätte ich mein Leben zurück. Steven kommt heute Abend zu einer kleinen Feier zu uns. Ich war ihm immer so dankbar für seine Freundschaft, erst langsam wird mir richtig klar, dass er der Einzige war, der nie an meiner Unschuld gezweifelt hat.«

»Haben Sie zufällig was von Robert und Cynthia gehört?« Laurie hatte in der Woche zuvor das letzte Mal mit Martins Eltern gesprochen. Sie hatte gespürt, wie sehr sie sich schämten, Kendra jahrelang verleumdet zu haben, aber eine Entschuldigung kam den beiden nicht leicht über die Lippen.

»Wir haben sie letztes Wochenende in ihrem Landhaus besucht. Ich war mir nicht ganz sicher, ob ich die Einladung annehmen soll, aber Caroline hat mich dazu überredet. Sie meint, ich sollte ihnen die Chance geben, wieder ganz normale Großeltern zu sein und nicht mehr meine Feinde. Ob Sie es glauben oder nicht, sie waren sehr freundlich zu mir. Aber was noch wichtiger war, ich sehe endlich, wie sehr sie Bobby und Mindy lieben – auf ihre ganz eigene, verkrampfte Art«, sagte sie mit einem Lächeln in der Stimme. »Sogar Caroline macht einen gelösten Eindruck. Ich war nicht die Einzige, die in den vergangenen Jahren die Last von Martins Ermordung zu tragen hatte. Wie auch immer, es hat sich einiges verändert für die Familie, und dafür muss ich Ihnen danken.«

Kendra klang erleichtert. Glücklicher. Laurie hatte sechs Jahre gebraucht, bis sie sich nach Gregs Tod vorstellen konnte, einen anderen in ihr Leben zu lassen und dieses mit ihm zu teilen. Kendra Bell näherte sich dem gleichen Punkt.

Laurie gratulierte Kendra erneut und teilte ihr mit, dass sie sich melden werde, sobald sie mit der Produktion fertig seien. Sie hatte gerade aufgelegt, als ihr Handy summte. Es war eine SMS von Alex: Wir sind unten.

Draußen wartete ein schwarzer Wagen. Timmy sprang aus dem Fond, umarmte sie und setzte sich anschließend auf den Beifahrersitz neben Ramon, während Laurie hinten zu Alex einstieg.

»Das alles muss einfacher zu bewerkstelligen sein«, sagte Laurie. Ramon hatte Timmy von der Schule abgeholt, war dann zum Bundesgericht gefahren, wo Alex gewartet hatte, und war jetzt in Midtown, um Laurie einzusammeln.

Timmy sah mit einem breiten Grinsen nach hinten. »Das ist schon okay, Mom. Ramon mag es, wenn ich mitfahre. Wir hören dann Jazz, und ich erzähle ihm was über die einzelnen Musiker.«

»Und manchmal muss er sich auch die Hip-Hop-Sender anhören, die ich gut finde«, warf Ramon ein. »Wir könnten auch in einem dieser Filme sein, wo ein Alter und ein Junger in den Körper des jeweils anderen schlüpft. Also, wohin soll es jetzt gehen?«

Ramon und Timmy wussten nur, dass sie alle zusammen irgendwohin fuhren. Alex nannte Ramon die Adresse des Gebäudes an der 85th Street zwischen der 2nd und 3rd Avenue.

Sie stiegen aus, und Timmy und Ramon folgten ihnen und Rhoda Carmichael, die auf sie vor dem Gebäude gewartet hatte, im Aufzug hinauf in den fünfzehnten Stock. Mit Erleichterung sah Laurie, dass das Absperrband der Polizei wie versprochen von der Eingangstür entfernt worden war.

»Die Eigentümer akzeptieren unser Angebot«, sagte Alex glücklich. »Aber bevor wir alles offiziell machen, sollten wir sicherstellen, dass sich auch alle hier wohlfühlen. Wenn nicht, suchen wir weiter.«

Fünf Minuten darauf war es offiziell. Die Wohnung sollte ihr neues Zuhause werden.

»Wir haben definitiv die beste ›Wie habt ihr eure Wohnung gefunden?‹-Geschichte«, sagte Alex, als sie auf der Kücheninsel die letzten Dokumente zur Angebotsabgabe unterzeichneten.

Ramon und Timmy gingen schon zum Wagen voraus, Laurie und Alex waren noch einmal stehen geblieben und warfen einen letzten Blick auf die Stuckverkleidung an der vier Meter hohen Decke in der Diele. Er nahm ihre Hand. »Denk an die vielen Erinnerungen, die wir uns hier gemeinsam schaffen werden.«

Sie dachte bereits an die kleine Person, die vielleicht in dem netten Eckzimmer gleich neben Timmys Zimmer aufwachsen würde.

Danksagung

Wieder einmal wurde mir bewusst, was für eine kluge Entscheidung es war, mit Alafair Burke zusammenzuarbeiten. Als Ergebnis unserer gemeinsamen Bemühungen wurde ein weiterer Kriminalfall gelöst.

Marysue Rucci, Cheflektorin bei Simon & Schuster, stand beim Verfassen dieser Geschichte erneut mit Rat und Tat zur Seite.

Gleiches gilt für meine Heimmannschaft. Dazu gehören mein außergewöhnlicher Ehemann John Conheeney und das »Team Clark«, Familienmitglieder, die zu jedem Zeitpunkt das Manuskript lesen und ihr Feedback dazu abgeben. Sie erleichtern das Bestreben, Wörter auf einer leeren Seite entstehen zu lassen, ganz ungemein.

Und dann sind da noch Sie, meine lieben Leserinnen und Leser. Wenn ich schreibe, sind Sie immer in meinen Gedanken. Und Sie sind mir so teuer wie jene Leser, die im Jahr 1975 meinen ersten Krimi gekauft und mich damit auf eine lebenslange Reise geschickt haben.

Gruß und Segen,
Mary

Werkverzeichnis der Titel von Mary Higgins Clark

© Gunter Glücklich

HEYNE <

Die Autorin

Mary Higgins Clark, geboren 1928 in New York, wuchs in der Bronx auf. Ihr Vater starb, als sie kaum elf Jahre alt war. Die Mutter zog sie und ihre beiden Brüder allein groß. Nach der Highschool machte sie eine Ausbildung zur Sekretärin und war drei Jahre in einer Werbeagentur tätig, bevor sie das Reisefieber packte und sie ab 1949 als Stewardess für PanAm arbeitete. Ein Jahr später heiratete sie ihren Nachbarn Warren Clark. Kurz nach ihrer Hochzeit begann sie, Erzählungen zu schreiben. Sie verkaufte die erste im Jahr 1956 für einhundert Dollar an eine Zeitschrift. Nach dem plötzlichen Tod ihres Ehemanns im Jahr 1964 verfasste sie bald ihr erstes Buch, einen biografischen Roman über George Washington. Sie schrieb immer morgens zwischen fünf und sieben Uhr, bevor die fünf Kinder zur Schule mussten. Der erste Kriminalroman, *Wintersturm*, aus dem Jahr 1975 bedeutete einen Wendepunkt in ihrem Leben und in ihrer Karriere: Er wurde zum Bestseller. Neben dem Schreiben studierte sie Philosophie und schloss 1979 ihr Studium mit »Summa cum laude« ab.

Mary Higgins Clark zählt zu den erfolgreichsten Thrillerautorinnen weltweit. Die Autorin lebte und arbeitete in Saddle River, New Jersey, und starb am 31. Januar 2020 im Kreis ihrer Familie.

»Mary Higgins Clark ist die Meisterin der Hochspannung.«
The New Yorker

»Eine Legende unter den Krimischriftstellerinnen.«
Hessischer Rundfunk

Aspire to the Heavens, 1969/ Mount Vernon Love Story, 2002

In ihrem Erstling gestaltet Mary Higgins Clark ein lebendiges Porträt George Washingtons. Wir begegnen einem jungen Mann, der einer unerfüllbaren Liebe nachtrauert, ehe er sein Herz seiner zukünftigen Frau öffnet ...

Wintersturm

(Where Are the Children?, 1975)

Ray und Nancy Eldredge leben mit ihren Kindern in einer malerischen Siedlung an der amerikanischen Ostküste. Aber die Idylle trügt: Ein geheimnisvoller, neurotischer Mörder entführt die Kinder des jungen Paares. Zug um Zug wird eine grauenvolle Vergangenheit aufgedeckt, die sich zu wiederholen droht ...

Die Gnadenfrist

(A Stranger Is Watching, 1978)

Ein Junge wird Zeuge des Mordes an seiner Mutter. Doch als sein Vater die Todesstrafe für den vermeintlichen Täter fordert, stellt eine spektakuläre Entführung die Ermittlungen auf den Kopf. Die Polizei beginnt einen nahezu aussichtslosen Wettlauf mit der Zeit ...

Wo waren Sie, Dr. Highley?

(The Cradle Will Fall, 1980)

Der Frauenarzt Dr. Highley unterhält eine renommierte Privatklinik in New Jersey. Aber er missbraucht seine Patientinnen auch für wissenschaftlich nicht fundierte Experimente. Eine Reihe von mysteriösen Todesfällen alarmiert schließlich die Polizei. Da macht die junge Richterin Katie DeMaio eine Beobachtung, die für sie höchst gefährlich wird ...

Schrei in der Nacht

(A Cry in the Night, 1982)

Eine Ehe verwandelt sich in ein Szenario des Grauens, als Jenny ihrem Mann in die Wälder Minnesotas folgt. Als Jennys Töchter verschwinden, begibt sie sich auf die Suche. In einer Jagdhütte macht sie eine furchtbare Entdeckung.

Das Haus am Potomac

(Stillwatch, 1984)

Die junge Patricia Traymore will ein Geheimnis lüften, das sie seit ihrer Kindheit bedrückt: der plötzliche, gewaltsame Tod ihrer Eltern. Als sie auf die ehrgeizige Senatorin Abigail Jennings trifft, ahnt sie nicht, dass sie in eine Auseinandersetzung gerät, die sie an den Rand des Abgrunds bringt.

Schlangen im Paradies

(Weep No More My Lady, 1987)

In der luxuriösen Umgebung einer exklusiven Schönheitsfarm versucht eine junge Schauspielerin, Klarheit über den Tod ihrer Schwester zu gewinnen. Aber hinter den Fassaden des Idylls lauert das Unheil. Elisabeth gerät in einen Strudel gefährlicher Ereignisse, die nicht nur ihr Leben bedrohen …

Das Anastasia-Syndrom oder Doppelschatten

(The Anastasia Syndrome and Other Stories, 1989)

Fünf Kurzgeschichten in einem Band: In der Titelgeschichte sucht Judith Case, eine erfolgreiche Historikerin, einen Psychiater auf, da es in ihrer Vergangenheit viele ungeklärte Fragen gibt. Er versetzt sie in Hypnose. Eine haarsträubende Reise beginnt …

Schlaf wohl, mein süßes Kind
(While My Pretty One Sleeps, 1989)

Dass Ethel Lambstons, eine elegante Gesellschaftskolumnistin, einfach so, ohne sich vorher mit entsprechender Garderobe einzudecken, verreist sein soll, kann Neeve nicht glauben. Schließlich ist Ethel eine der besten Kundinnen ihrer Modeboutique. Neeve beginnt, Nachforschungen anzustellen …

Schwesterlein, komm tanz mit mir
(Loves Music, Loves to Dance, 1991)

Erin und Darcy antworten auf diverse Kontaktanzeigen, um einer Kollegin bei einer Untersuchung darüber zu helfen. Sie treffen sich mit Kandidaten und tauschen ihre Erfahrungen aus. Bis Erin eines Tages spurlos verschwindet …

Dass du ewig denkst an mich
(All Around the Town, 1992)

Alles an Laurie Kenyon ist mysteriös. Als Kind wird sie entführt und bleibt zwei Jahre vermisst. Als sie aus dem Nichts wieder auftaucht, hat sie die Erinnerung verloren. Der plötzliche Tod ihrer Eltern erzeugt einen Schock, der eine Persönlichkeitsspaltung auslöst. Eine dieser Persönlichkeiten begeht einen Mord, für den Laurie vor Gericht steht, verteidigt von ihrer Schwester, einer talentierten Anwältin …

Das fremde Gesicht
(I'll Be Seeing You, 1993)

Meghan Collins glaubt, ihr seit Monaten verschwundener Vater sei bei einem Unfall verstorben. Dann häufen sich die Hinweise, dass er noch am Leben ist. Die Suche nach ihm enthüllt merkwürdige Geschehnisse. Ist Meghans Vater ein Mörder?

Das Haus auf den Klippen

(Remember Me, 1994)

Mysteriöse Vorkommnisse in einem alten Kapitänshaus, hoch über den Klippen von Cape Cod, versetzen die Schriftstellerin Menley Nichols in Angst und Verzweiflung. Das Haus war schon einmal Schauplatz einer Tragödie …

Sechs Richtige. Mordsgeschichten

(The Lottery Winner: Alvirah & Willy Stories, 1994)

Nachdem Alvirah und Willy 40 Millionen Dollar im Lotto gewonnen haben, könnten sie eigentlich in ihrem am Central Park gelegenen Apartment das Leben genießen. Alvirahs unheilvolles Hobby aber sind ungelöste Kriminalfälle …

Ein Gesicht so schön und kalt

(Let Me Call You Sweetheart, 1995)

Als die Staatsanwältin Kerry McGrath einigen Patientinnen des renommierten Schönheitschirurgen Dr. Smith begegnet, macht sie eine grausige Entdeckung: Die Gesichtszüge ähneln denen der vor Jahren ermordeten Suzanne. McGrath nimmt die Nachforschungen auf und begibt sich selbst in größte Gefahr.

Stille Nacht

(Silent Night, 1995)

Der siebenjährige Brian hofft, ein Christophorus-Medaillon werde seinen todkranken Vater retten. Da wird es ihm auf der Straße von einer Frau entrissen. Brian nimmt die Verfolgung auf, ohne zu ahnen, in welche Gefahr er sich begibt. Die Heilige Nacht wird zum Albtraum …

Mondlicht steht dir gut

(Moonlight Becomes You, 1996)

Nachdem ihre Stiefmutter ermordet wurde, beginnt die Mode-fotografin Maggie Holloway Nachforschungen in einem Alten-stift anzustellen. Sie kommt zu einer erschütternden Erkenntnis: Auch andere ältere Damen sind auf unerklärliche Weise verstorben. Schließlich gerät Maggie selbst in eine tödliche Falle.

Und tot bist du

(My Gal Sunday: Henry and Sunday Stories, 1996)

Henry Parker Britland IV, früherer Präsident der Vereinigten Staaten, und seine Frau, die Kongressabgeordnete Sandra, betätigen sich als Privatdetektive. Selbst Kapitalverbrechen wie Mord und Entführung schrecken sie nicht ab …

Sieh dich nicht um

(Pretend You Don't See Her, 1997)

Lacey Farrells Leben ändert sich schlagartig, als sie zur unfreiwilligen Zeugin eines Mordes wird. Warum musste Isabelle Waring sterben? Und was hat es mit dem rätselhaften Tagebuch ihrer Tochter Heather auf sich? Lacey ahnt nicht, in welche Gefahr sie sich begibt, denn der Mörder verfolgt nun sie.

Nimm dich in acht

(You Belong To Me, 1998)

Als eine Bekannte während einer Luxuskreuzfahrt spurlos verschwindet, versucht die Psychologin und Moderatorin Susan Chandler, die Wahrheit zu ergründen, und bringt sich dabei selbst in tödliche Gefahr.

In einer Winternacht

(All Through the Night, 1998)

Sondra weiß sich in ihrer Verzweiflung nicht anders zu helfen, als ihr Baby vor einer Kirche auszusetzen. Doch in jener Nacht ist sie nicht die Einzige, die Unlauteres im Sinn hat. Kurz nach ihr bricht ein Kunsträuber in die Kirche ein. Sieben Jahre später macht sich Sondra auf die Suche nach ihrem Kind …

Wenn wir uns wiedersehen

(We'll Meet Again, 1999)

Als Molly Lash nach sechs Jahren Gefängnis entlassen wird, ist sie entschlossen, den wahren Täter des Verbrechens zu finden, für das sie verurteilt wurde – den Mörder ihres Mannes. Sie macht sich auf die Suche und gerät in einen Albtraum …

Vergiss die Toten nicht

(Before I Say Good-Bye, 2000)

Nell McDermott plant eine Karriere in der Politik. Gegen den Willen von Adam, ihrem Mann. Da kommt Adam auf mysteriöse Art ums Leben. Nell recherchiert. Sie entdeckt eine Schmiergeldaffäre in der Immobilienbranche – und gerät ins Visier von Adams Killern.

Gefährliche Überraschung

(Deck the Halls, zusammen mit Carol Higgins Clark, 2000)

Privatdetektivin Regan Reillys Weihnachtstage werden turbulent: Kurz vor dem Fest wird ihr Vater Luke entführt, die Kidnapper fordern eine Million Dollar Lösegeld. Bei den Ermittlungen hilft die ambitionierte Alvirah Meehan, jene den Lesern bekannte Heldin aus *Sechs Richtige*.

Du entkommst mir nicht

(On the Street Where You Live, 2001)

Das Haus ihrer Urgroßmutter, in das die Strafverteidigerin Emily Graham gezogen ist, birgt unangenehme Überraschungen: Bei Gartenarbeiten taucht die Leiche einer Frau auf. Die Tote hält den Fingerknochen eines weiteren Skeletts in Händen...

Denn vergeben wird dir nie

(Daddy's Little Girl, 2002)

Ellie Cavanaugh ist außer sich, als der Mörder ihrer Schwester aus dem Gefängnis entlassen wird. Seit zwanzig Jahren ist Ellie von seiner Schuld überzeugt. Jetzt will sie endgültig den Beweis dafür erbringen – und ist bald in tödlicher Gefahr.

Und morgen in das kühle Grab

(The Second Time Around, 2003)

Nicholas Spencer, Leiter eines pharmazeutischen Forschungslabors, verschwindet spurlos. Dann wird enthüllt, dass er die Firma um Millionen betrogen hatte. Die Journalistin Marcia DeCarlo wagt sich bei ihren Recherchen zu weit vor – und gerät in Lebensgefahr.

Mein ist die Stunde der Nacht

(Nighttime Is My Time, 2004)

Ein Fluch scheint auf der ehemaligen Schulklasse von Jean Sheridan zu liegen. Bereits fünf ihrer früheren Mitschülerinnen sind tragisch ums Leben gekommen. Noch ahnt niemand, dass ein wahnsinniger Serienkiller dahintersteckt. Wird er sein mörderisches Werk beim nächsten Klassentreffen vollenden?

Hab acht auf meine Schritte

(No Place Like Home, 2005)

Bei einem schrecklichen Unfall tötet die kleine Liza Barton aus Versehen ihre Mutter. 24 Jahre später kehrt sie an den Ort des Geschehens zurück und erkennt, dass hinter dem angeblichen Unfall von damals der Plan eines Mörders steckte. Schon hat ein Verfolger ihre Spur aufgenommen: Nun soll auch sie sterben …

Weil deine Augen ihn nicht sehen

(Two Little Girls in Blue, 2006)

Margaret Frawleys dreijährige Zwillingstöchter werden entführt. Nach einer dramatischen Geldübergabe kommt eine Tochter frei, die andere aber sei gestorben, heißt es. Doch Margaret will nicht an den Tod ihres Kindes glauben …

Und hinter dir die Finsternis

(I Heard That Song Before, 2007)

Kay Lansing heiratet den viel älteren Peter Carrington, doch über ihrem Glück liegen die Schatten der Vergangenheit. Carrington wurde vor Jahren verdächtigt, etwas mit dem Verschwinden einer jungen Frau zu tun zu haben. Auch der Unfalltod seiner ersten Frau im Swimmingpool ist noch nicht aufgeklärt …

Warte bis du schläfst

(Where Are You Now?, 2008)

Vor zehn Jahren verschwand Carolyns Bruder von einem Tag auf den anderen spurlos. Um der quälenden Unsicherheit endlich ein Ende zu bereiten, beginnt Carolyn zu recherchieren. Sie stößt auf fürchterliche Verbrechen in der Vergangenheit – und auf einen Täter, dem sie bereits viel zu nahe gekommen ist.

Denn niemand hört dein Rufen

(Just Take My Heart, 2009)

Eine Schauspielerin wird brutal ermordet. Die angehende Staatsanwältin Emily Wallace übernimmt die Anklage. Zu spät erkennt sie, dass es eine Verbindung zwischen ihr und der Toten gibt. Längst ist sie selbst zur Zielscheibe des Bösen geworden.

Flieh in die dunkle Nacht

(The Shadow of Your Smile, 2010)

Die 82-jährige Olivia Morrow steht vor einer schicksalhaften Entscheidung: Soll sie ihren Schwur brechen und das dunkle Geheimnis ihrer Cousine lüften? Sie könnte so deren Enkelin ein ganz neues Leben in Reichtum verschaffen. Oder aber, was sie nicht weiß: ihr den Tod bringen.

Ich folge deinem Schatten

(I'll Walk Alone, 2011)

Vor zwei Jahren begann für Zan Moreland ein Albtraum: Am helllichten Tag wurde ihr kleiner Sohn Matthew im Central Park spurlos entführt. Nun tauchen ausgerechnet an Matthews fünftem Geburtstag Fotos auf, die damals im Park geschossen wurden. Sie zeigen die Frau, die Matthew aus dem Kinderwagen stiehlt. Es scheint Zan selbst zu sein. Treibt jemand ein unmenschliches Spiel mit ihr?

Mein Auge ruht auf dir

(The Lost Years, 2012)

Dr. Jonathan Lyons glaubt, eine sensationelle wissenschaftliche Entdeckung gemacht zu haben. Kurz darauf findet ihn seine Tochter Mariah ermordet auf. Die Hauptverdächtige ist ihre Mutter. Mariah kann nicht an deren Schuld glauben und setzt alles daran, den wahren Täter zu finden. Sie kommt ihm bald gefährlich nahe.

Spürst du den Todeshauch?

(Daddy's Gone A Hunting, 2013)

Mitten in der Nacht explodiert die Möbelfabrik der Familie Connelly. Kate Connelly wird dabei schwer verletzt, ein früherer Angestellter getötet. Aber was hatten die beiden überhaupt nachts auf dem Gelände verloren? Nur Kate könnte Licht ins Dunkel bringen. Doch sie liegt im Koma – und ein skrupelloser Mörder würde alles dafür tun, dass sie nie mehr erwacht.

In der Stunde deines Todes

(I've Got You Under My Skin, 2014)

Vor den Augen ihres Sohnes wird Lauries Ehemann ermordet. Seitdem lebt sie in Angst. Nun soll sie eine TV-Serie über ungelöste Verbrechen produzieren und taucht tief in einen spektakulären Mordfall aus der Vergangenheit ein. Doch auch im Hier und Jetzt droht ihr und ihrem Sohn mörderische Gefahr.

Wenn du noch lebst

(The Melody Lingers On, 2015)

Die Innenausstatterin Lane Harmon soll die Wohnung einer zwielichtigen Familie einrichten: Der mutmaßliche Betrüger Parker Bennett verschwand vor zwei Jahren bei einem Segelausflug spurlos. Nur seine Ehefrau und der Sohn Eric beteuern seine Unschuld. Lane ahnt nicht, wie sehr sie sich und ihre kleine Tochter durch ihre Nähe zu den Bennetts in Gefahr bringt …

Und dann kommt der Tod vorbei

(Death Wears a Beauty Mask, 2015)

Eine Stewardess, die unter höchster Gefahr einen Flüchtling aus dem Land schmuggelt. Eine frühere Putzfrau, die sich nach einem Lottogewinn der Aufklärung von Kriminalfällen widmet – eine Sammlung spannender Storys, gekrönt von einem neuen Kurzroman.

So still in meinen Armen

(The Cinderella Murder, 2014)

Vor zwanzig Jahren wurde Susan Dempsey ermordet aufgefunden – mit nur noch einem Schuh an den Füßen. Der »Cinderella-Mord« wurde nie aufgeklärt. Nun greift die TV-Produzentin Laurie Moran den Fall auf – und macht sich damit selbst zur Zielscheibe des Täters.

Und deine Zeit verrinnt

(As Time Goes By, 2016)

Seit Jahren ist die TV-Journalistin Delaney Wright auf der verzweifelten Suche nach ihrer Mutter, die sie nie kennengelernt hat. Immerhin läuft es beruflich perfekt. Täglich berichtet sie im Fernsehen über einen spektakulären Mordfall: Betsy Grant soll ihren reichen Ehemann ermordet haben. Doch der Prozess nimmt eine schockierende Wendung, die Suche nach Delaneys Mutter führt zu einem dunklen Geheimnis – und plötzlich schwebt Delaney selbst in Gefahr.

Und niemand soll dich finden

(All Dressed in White, 2015)

Fünf Jahre ist es her, dass Amanda Pierce unmittelbar vor ihrer Hochzeit verschwand. Amandas Mutter ist überzeugt davon, dass der Bräutigam sie auf dem Gewissen hat. Auf ihr Drängen hin nimmt sich Laurie Moran, die sich als TV-Journalistin auf Cold Cases spezialisiert hat, des Falls an. Und sticht mit ihren Recherchen in ein Wespennest. Immer mehr Verdächtige tauchen auf. Nur Amanda bleibt verschwunden ...

Einsam bist du und allein

(All by Myself, Alone, 2017)

Auf einem Kreuzfahrtschiff freundet sich die Edelsteinexpertin Celia mit Lady Em an – einer steinreichen alten Dame, die eine unschätzbar wertvolle Smaragdkette besitzt. Drei Tage später wird Lady Em ermordet aufgefunden. Die Kette ist verschwunden. Celia ist entschlossen, die Tat aufzuklären. Auch wenn die Liste der Verdächtigen immer länger wird und sie sich ihres eigenen Lebens an Bord bald nicht mehr sicher sein kann.

Schlafe für immer

(The Sleeping Beauty Killer, 2016)

15 Jahre lang saß Casey Carter wegen Mordes hinter Gittern. Unschuldig, wie sie behauptet. Nun will sie endlich ihren Namen reinwaschen. In ihrer Verzweiflung wendet sie sich an Laurie Moran, die in ihrer TV-Sendung Cold Cases behandelt. Laurie nimmt den Fall zögernd an – ohne zu ahnen, welches Unglück sie damit heraufbeschwört.